贾利松 —— 著

潮生月上

我和斯坦福学子

浙江文艺出版社
Zhejiang Literature & Art Publishing House

图书在版编目(CIP)数据

潮生月上：我和斯坦福学子 / 贾利松著. -- 杭州：浙江文艺出版社, 2025.4. -- ISBN 978-7-5339-7866-2

Ⅰ．I25

中国国家版本馆CIP数据核字第2025QJ1399号

责任编辑　邓东山
责任校对　萧　燕
责任印制　吴春娟
封面设计　吴　瑕

潮生月上：我和斯坦福学子

贾利松 著

出版发行	浙江文艺出版社
地　　址	杭州市环城北路177号
邮　　编	310003
电　　话	0571-85176953（总编办） 0571-85152727（市场部）
制　　版	浙江新华图文制作有限公司
印　　刷	浙江新华印刷技术有限公司
开　　本	880毫米×1230毫米　1/32
字　　数	224千字
印　　张	10.125
插　　页	6
版　　次	2025年4月第1版
印　　次	2025年4月第1次印刷
书　　号	ISBN 978-7-5339-7866-2
定　　价	89.00元

版权所有　侵权必究

海宁横头街　贾利松摄于 2024 年 12 月 1 日

海宁西山　贾利松摄于 2023 年 12 月 9 日

女儿（姗姗，左一）与堂哥、表姐等在一起　贾利松摄于 2003 年 10 月 3 日

杭州绿水芙蕖亭　贾利松摄于 2023 年 11 月 13 日

《钱江晚报》2003年6月7日报道家长为孩子参加培训报名

贾利松摄于2023年12月24日

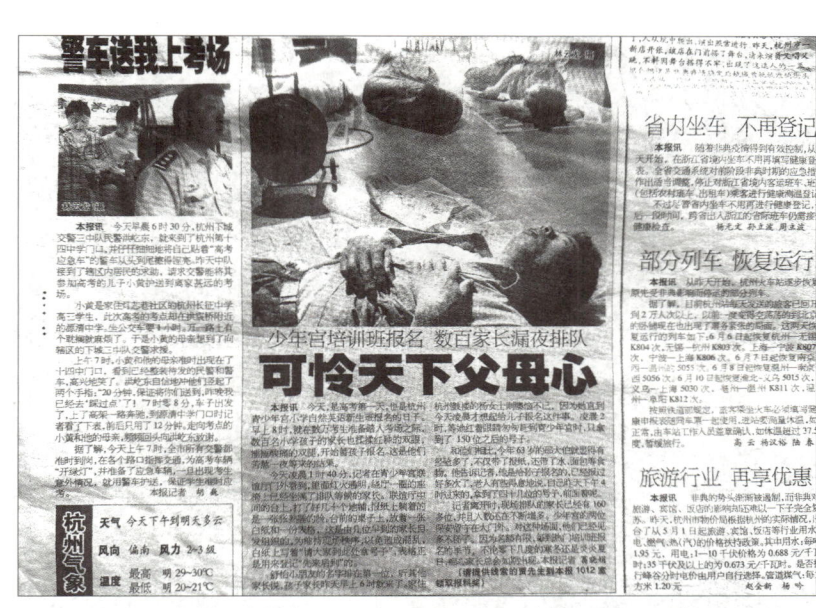

女儿参加"十岁小小记者看香港"活动发团仪式

贾利松摄于2007年7月23日

女儿第一次独自一人在家整理菜肴　贾利松摄于2008年7月7日

女儿高中母校一角　姗姗摄于2015年6月6日

康奈尔大学尤里斯图书馆　穆玮摄于 2024 年 12 月 23 日

康奈尔大学雪景　姗姗摄于 2020 年 12 月 18 日

女儿上过课的康奈尔大学商学院楼　姗姗摄于 2019 年 5 月 25 日

斯坦福大学校园　姗姗妈摄于 2013 年 10 月 31 日

俯瞰斯坦福大学　姗姗摄于 2019 年 9 月 15 日

女儿小时候种在家阳台上的枇杷又熟了　贾利松摄于 2022 年 5 月 8 日

我父母与女儿隔着千山万水用微信交流　聪聪爸摄于 2021 年 9 月 20 日

中秋节我家阳台。潮生月上，佳节思亲　贾利松摄于 2021 年 9 月 21 日

自序

著书立说是一件极其庄重的事情,而此书写作却极具偶然性。

2019年秋天,女儿离开家乡去斯坦福大学求学后,我开始整理一些材料,想着说不定以后有机会用到,或做讲座交流,或与家里小辈们说说。

实际上,一些朋友,朋友的朋友开始向我咨询孩子的教育培养和出国留学等方面的问题。比如如何培养孩子良好的学习习惯,如何提升孩子的学习和研究能力,当孩子学科成绩不平衡时如何取长补短,上什么样的国际高中与去哪个国家留学更匹配,根据孩子自身情况读什么样的专业更合适,留学生如何转学校转专业,等等。我在知悉范围之内一一作了回答,在这过程中,我也逐渐喜欢上了相关知识的学习和研究,近两年收看留学讲座俨然已成了我的业余爱好。

关于孩子的教育,我的主要体会是:为人正气,培养兴趣,扬长避短,因材施教,抓住时机,见风使力。但光讲这些空洞内容是不够的,需要有许多事例作支撑。

利用业余时间,我一边整理材料,一边敲起键盘,涉及的内容有所延伸,写起了我们家几代人的故事。"强劲的想象产生真实",法国思想家蒙田的观点让我震撼。美国著名心理学家大卫·舒尔茨认为，人类最珍贵的感觉是"心灵视觉"，"它是一种深层的态度、一种深层的行动计划，是一种内心最深处的期望，是一种使梦想成真的能力"。该观念使我坚持不懈。或许，串联起家族往事，把女儿成长的故事写出来，是一件比较有意义的事。

大家一定不会想到，历史上，我们家实在是太难了，似若隐若现的油灯火苗一样，好几次快要灭了。有幸迎上了大好时代，再加上各自的不懈努力，终于峰回路转，柳暗花明。家是社会的细胞，也是一个时代的缩影，从一个家庭的变化可以感受到社会变化和时代进步。

本书上篇主要是平凡而又坎坷的家族史，内容真实，情节曲折。奶奶是一个寡妇，一只眼睛失明，曾经带着孩子要饭十多年；外婆新婚一个月后的晚上，逃出日本鬼子的魔掌，后来她偶尔向小辈提起这段经历，眼神空洞地望着远方，含着泪默默地干活，然后长时间不再说话；妈妈小时候曾与停棺不葬的邻居家的孩子做伴，长大后远嫁他乡；爸爸曾救起邻居家两个孩子性命，挽救了两个家庭，曾被他人诬陷而受到难以想象的侮辱；而我小时候也吃足了苦头，后来借改革开放的春风，从浙北一个小乡村来到了大城市学习、工作和生活……这些故事无不透露出坚韧不拔、团结博爱的精神和不被困难吓倒的勇气，与此同时，也从不同角度展现出城里孩子难以体验到的乡村乐趣。

下篇主要记录女儿成长和求学的点点滴滴，虽然她普普通通，但是，二十三岁能取得斯坦福大学、康奈尔大学双硕士学位，除运气之外，平心而论也是很不容易的。虽然讲述海外名校留学的图书已汗牛充栋，而且我也认识一些家长，他们的孩子非常优秀，可不管怎样,我还是想大胆地凑个热闹,毕竟我是女儿成长最直接的见证者,更主要的是希望能够分享普通孩子的成长经历,普通孩子的成长经历对其他孩子更有借鉴意义。书稿中讲述了如何教育培养孩子和申请美国大学本科、研究生的相关经历,还穿插了她小时候的作文,老师、同学家长等对她的评价,女儿内驱力的产生,遇到困难如何战胜自我,遇到挫折作为家长如何给她鼓劲等,这些都是真真切切发生的。这些或许对读者教育培养孩子有一定的参考价值,对申请美国和英国留学的同学有一定的借鉴作用。

人生的路,往往不会一帆风顺,人只有勇敢地往前走,苦才会退后。无论过去曾经吃过多少苦,受过多少累,那都是我们自己或留给后人的宝贵财富。未来大家可以有不同打算,但唯有一代又一代人的正确选择和不断努力,人们的生活才会更加多彩多姿,如我家乡海宁的潮水一样,精彩纷呈,生生不息。

目　录

上篇：筚路蓝缕

003　穷苦的娘仨

011　爸妈成亲啦

021　首次去外婆家

025　两个弟弟

032　困难中长大

042　过年

049　上小学了

061　趣事和囧事

073　冥昭瞢暗时刻

077　颤巍巍的初中

084　艰苦的高中

095　杭城求学

104　开始养活自己

110　奶奶走了

116　同学爱人

122　女儿姗姗来迟

128　永远的亲情与乡情

135　我们一大家子

下篇：蒙以养正

147　善待爱玩天性

155　上幼儿园难

161　漏夜排队

166　燕子老师表扬了

172　四万多人挑战

185　在港收获满满

191　课外有"课"

198 她长大了

209 初中那些事

217 走在"十字路口"

225 大学的申请与录取

243 离别与相聚

264 几件趣事

270 手表和衬衫

276 双喜临门

289 从康奈尔归来

294 去斯坦福大学

301 再出发

311 后记

上篇：筚路蓝缕

穷苦的娘仨

地处浙北的海宁市袁花镇彭墩集镇往北约三百来米,有个名叫夏家漾上的地方,是我的老家。海宁市也称潮乡,"八月涛声吼地来,头高数丈触山回。须臾却入海门去,卷起沙堆似雪堆",是唐代诗人刘禹锡形容钱塘潮的千古佳句,气势磅礴,十分逼真。夏家漾上离大缺口"十字交叉潮"观潮点约二十一公里,距嘉绍大桥"鱼鳞潮"观潮点约二十五公里,距盐官"一线潮"观潮点约三十三公里,距老盐仓"回头潮"观潮点约四十五公里。那里平畴沃野,阡陌交错,桑竹掩映,河网密布,民风淳朴。

那里有一条小河叫夏家漾。我家在夏家漾之南,当地人称"河南"或"贾家埭",我小时候村里只有五户姓贾人家,后来多了一户姓蔡人家。夏家漾之北当地人称"河北",户数约是"河南"人家的三倍,"河北"夏姓是大姓,还有周姓和朱姓等。"河南""河北"以及西北的祝家庄一部分、北面的顾家堰头共二十来户人家,组成了新丰生产队(夏家漾上)。后来顾家堰头和祝家庄的这部分农户搬入"河北"。当年,新丰生产队归属于彩虹大队,彩虹大队归属于向阳公社,1983年,向阳公社恢复谈桥乡名称,2001年10月,谈桥乡并入了袁花镇。

夏家漾是当地的母亲河,当年当地老百姓喝的、用的都是夏家漾的水。人们将水缸底的脏水清理掉，再或挑或抬，将河水倒进缸中，加上明矾做絮凝剂，用擀面杖在水中搅拌，漩涡在水缸中产生又慢慢消失，不洁之物沉入缸底，方便下次去除。河道除了用于排涝和灌溉，还是运输要道。夏家漾往东经台上往北，过跨河桥，再往西可以到达海宁城区；夏家漾往东接汇里，转魏家堰头连接家南面的南港，再往西南可到达海宁第三大镇袁花镇。斜海桥至今横跨南港两岸，是目前夏家漾上唯一的桥。

袁花镇最有名的是查家。明代，查家在科举考试中最令人瞩目的，当数查秉彝祖孙三代连中进士，一时传为佳话。查秉彝为官正逢嘉靖年间，严嵩父子祸乱朝政，他刚正不阿，冒死直陈时事。

到了清康熙年间，海宁查家人丁逾三百人，科甲鼎盛，进士及第者就有十人，其中有五人入翰林院，留下"一门十进士，叔侄五翰林"的美誉。康熙帝曾为查家题对联："唐宋以来巨族，江南有数人家"，并赐匾额"嘉瑞堂"。海宁查家人口研究表明，查家在明清两代，共有进士二十二人，举人七十六人，秀才八百多人。

近现代查家一样人才辈出，如查济民、查良钊、查良鉴、查良铮、查良镛等。查良铮将让他自豪的姓氏上下拆分，取笔名"穆旦"，是现代诗人、翻译家。他有个跑到香港的族弟查良镛，别出心裁，将名字中的"镛"左右拆分，取笔名"金庸"，就是让广大读者痴迷的武侠小说宗师。

我家与查家虽然同属袁花镇，可家境大相径庭。我祖上是普普通通、地地道道、缺少见识和没有文化的最最底层的农民。

"河南"几户人家的宅基地分前排和后排，我家的祖屋在后排东面叫"房间里"的地方。"房间里"面积只有一分多一点。我小时候看到种了不少蔬菜,东面和北面连着不大的竹园,周围还有好几棵挺拔的树木,有桦树、榆树、榉树、冬青等。我与小伙伴们在那片区域爬上爬下玩竹子,时常看到与竹叶颜色相同的毒蛇竹叶青匍匐其上,黄色的小眼睛阴森森的,嘴里吐着红色的芯子。临"房间里"两三米远,沿着斜坡,条石砌筑成的台阶,从河堤一直伸向夏家漾,这里便是贾姓五户人家淘米洗衣、挑水洗菜、洗漱聊八卦的河埠头。早晨起床后、中午做饭前、傍晚息工后是大家去河埠头最多的三个时间段。夏天,河埠头是属于孩子们的,旁边的浅水滩是学游泳的好地方,充满了孩子们的欢声笑语。

祖屋是谁建造的不得而知。曾祖父贾顺天拆除祖屋并往西移了几十米建了"老屋"——我小时候居住的地方。前人栽树,后人乘凉,不但我和两个弟弟在那里出生并生活,连爸爸贾关林和姑妈贾如珍也在那里出生和生活。

"老屋"为五间平房,约一百二十平方米,砖木结构,白墙黛瓦,木门木窗,泥巴地面。西边房间天窗和北窗是玻璃,天窗只有书本大小,北窗比一般的电脑屏幕大一点。若关紧门窗,屋里白天也是黑的,如要抲只鸡,不用东追西跑花力气的。

屋后有一个狭长的竹园,宽不过三四米,再往后也是夏家漾。北门旁时常放一条春凳,那里光影斑驳、竹影婆娑、凉风习习,是家人夏秋时节休息的好地方。

曾祖父、曾祖母寿命都不长,爸爸都未曾与他们见面。建"老屋"的时候奶奶何引囡未过门,房子完工后,爷爷贾幼山娶了奶奶。由于离河较近,地基出现不均匀沉降,房子南北向有些倾斜,使用了近七十年后,于1986年拆除建了"新屋"。

普通人家的五间开间都是一丈二宽,而"老屋"除正间一丈二之外,其余每间只有八尺宽。小时候小朋友们捉迷藏,我发现别家的卧室床与墙壁之间放了马桶还有空余地方,而我家的只留着罅隙。

房子开间那么小,不是缺少建筑材料,而是缺少宅基地所致,是不得已而为之。

有一天,天刚蒙蒙亮,曾祖父上门找相邻地块的主人商量,希望用自家屋东面两百米不到的汇里半亩地换他面积不到半分的三行桑树地,还加三十个银圆。可不管曾祖父赔多少笑脸,费多少口舌,人家就是铁板一块,坚决不肯答应。过了好些时候,那人狮子大开口,说可用我家祖上八分良田换,当时这田的左右两爿全是他家的。曾祖父考虑到一家人的吃饭问题,没有同意。曾祖父无奈想花钱买地,对方却放出狠话:"你就是在想换的地上铺满银圆也不行。"不答应也罢,看着那人神气活现的样子,曾祖父只得无奈地摇摇头。那人时任保长,在当地很有势力,他有这个资本。

给我家建房的加林木匠,住在东北面的新桥头,泥水师傅家在西南面的菱角湾,他俩都是我家的亲戚,叫曾祖父为舅舅。曾祖父共有三个外甥,还有一个在红旗公社建旗大队(现属马桥街道)。宅基地调不成,加林木匠建议,房子建五间还是需要的,有的开间只能小一些,与曾祖父想法不谋而合。由于建筑材料多得用不完,房子成了夏家漾上质量最好的两幢之一。另一幢是"河北"夏雪通伯伯家的,不仅高大,而且梁柱子很粗,不过用的是松木,容易遭白蚁侵蚀,而我家用的是杉木,质量较好。

曾祖父经济不宽裕,建房钱款主要来自他做长工的收入。奶奶常常跟我讲,临近中午时,曾祖父经常在饭锅中铲些焦黄的锅巴,抓在手中蘸上水捏成饭团,在去彭墩小集镇喝茶的途中,一边走一边吃。白米饭是留给木匠和泥水师傅等人的,当家人舍不得吃。当地的男人们差不多天天去喝茶,主要为了灵市面和兜生意。

由于家里的房子开间改小了,买好的木料用不完,剩余的送给曾祖父菱角湾的妹妹,这些木料够他们建三间新房。

奶奶约1900年出生,在家排行老大,娘家在我老家西南面两公里左右的桑棵里。她名字中有一个"引"字,我猜老太公希望在她后面能有个儿子。奶奶有三个妹妹,一个弟弟,其中两个妹妹和弟弟与奶奶是同父异母。富在深山有远亲,贫居闹市无人问。奶奶嫁给爷爷后,只与同一爹娘的大妹妹有来往,且关系不错,与其他两个妹妹断了亲。

奶奶一生很不容易,年轻时死了丈夫和四个孩子,之后一直守寡。爷爷死后,家里只有奶奶、爸爸和姑妈三人相依为命,成为穷苦的娘仨。

爷爷患严重的气管炎撒手人寰时,爸爸只有九岁,而姑妈只有一岁。爸爸前面还有三个哥哥,在他后面、姑妈前面还有个妹妹,不过,这三个哥哥和这个妹妹先后都夭折了。其中一个哥哥,已长到九岁,一次到他外婆家做客,看到蚕豆刚出锅,大人盛了小半碗让他与他同岁的舅舅分享,舅舅二话不说,将蚕豆重新倒入锅中,目的是不让小客人吃。那个年代严重缺衣少食,小孩子嘴巴馋啊,后来他伤心地哭着回家了。他回家后就莫名其妙生病,不久不幸离世。听人说,爷爷对大儿子的无故夭折心里一直有结解不开。

爷爷奶奶的六个孩子中只活了两个,可见当时的生活和医疗条件有多差。以前在农村,孩子取小名"狗蛋""狗子"等,都是为了好养活,爸爸小名和尚,也是为了好养活。爷爷走后,家中的条件更差,是奶奶守着家,含辛茹苦,抛去尊严,讨饭近十年,靠别人接济才把爸爸和姑妈养大。

奶奶个子不高,约一米五十五,人长得瘦削,背不驼,但走起路来身子不太挺直,脸上的皱纹密集而深刻,有点耳背,一只眼睛还是瞎的,可人的精气神在,始终闪耀着坚毅、善良和暖暖的慈祥。她喜欢穿蓝色大襟上衣,腰上围着半块围裙。奶奶从来没向我说起一只眼失明的原因,她的痛苦经历不想与人诉说。听大人们讲,是爷爷死后,家里缺少劳动力,瘦小的奶奶只能亲自出马,在给邻居盘工打稻时,比奶奶小几岁的邻居不小心,将稻穗针芒扎入奶奶眼睛造成的。一个年轻妇女,身体残疾,又守着寡,把两个孩子拉扯大很不容易。家里仅有的几亩薄田,要么干旱,要么生稻病,养不活娘仨。为了使全家活命,脑子打不过肚子,奶奶身穿破烂衣服,拿着打狗棒,挽着讨饭篮,抛去尊严东奔西走去讨饭,有时候还带着小小年纪的姑妈一起去。在讨饭过程中,杨汇桥西南面吴家埭有一户人家看姑妈实在可怜,好心提出帮带孩子,后来姑妈在那户人家一待就是好几年,尽管没有收入,但不用风里来雨里去,能填饱小肚子。

彭墩这一带,我家穷是出了名的,我问过父亲,他说附近讨饭的就我们一家。

穷与病往往是一对孪生儿。

爸爸十六岁时左腿上长疖,病了三年,小腿严重溃烂,连骨头也能看到。乡野郎中说要动手术,可家里出不起治疗费。不得已,爸爸拿着磨快的剪刀,放在火中烧烤消毒,然后咬紧牙关,将剪刀扎入自己小腿,刹那间,人简直要昏过去。他定了定神,剖开烂肉,血水渗流到地上,爸爸大口喘着粗气,剧烈的疼痛简直要把整个人吞噬一般。之后爸爸终于缓过神来,感觉人慢慢有了力气,他用纱布蘸盐水一遍遍清洗伤口,并简单包扎。近一周后,小腿才慢慢消肿,后来伤口逐渐收拢结疤。现在他左腿上还留着很长的一片深紫色光溜溜的疤痕,样子像珍贵的红木有了包浆一般,整个小腿有些变形。由于那片区域毛孔堵塞,经常发痒。还有一块地方,是脚踝附近,有时候不知在哪里擦碰到,经常发生无菌性感染溃烂,形成一个小洞,医生对此也束手无策,爸爸自己用酒精棉花擦伤口,用黄纱布包扎,过了几个月才一点点好起来。不过,如果下一次不小心擦破皮,又需要重复这个治疗过程。

爸爸到了十九岁,好心人劝奶奶不要再去要饭了,名声不好,对爸爸找对象有影响。是啊,哪家姑娘肯嫁乞丐人家呀?奶奶想想也对,是该歇脚了。

后来爸爸找了份海宁湖塘造纸厂的工作,再加上家里遇到贵人相助,情况有所好转,日子勉强过得下去了。

姨爷爷、姨奶奶家在一公里远的叫"墙边"的地方,家境还算殷实。姨爷爷董龙庆是村农会主任,在当地有一定威信。每年农耕时节,夫妻俩带着女儿、两个儿媳赶着自家的牛来到我家帮助耕田插秧。一下子增加五个劳动力,农活进度突飞猛进,收工后姨爷爷他们有时候简单吃点,有时候连一口热粥也不肯喝就回家了。特别是姨爷爷的两个儿媳年年来帮忙,更加难能可贵。他们就是我家的贵人,使一个风雨飘摇、摇摇欲坠的特贫家庭焕发出一丝生机。

  家里再穷,奶奶也决不将姑妈送人或做童养媳,一直等姑妈长大了,通过一个熟人做媒,让姑妈与石路公社长田大队马家兜的小伙子夏富堂结为秦晋之好。而爸爸是婚姻困难户,虽然比姑妈大八岁,但一时找不到对象,结婚比姑妈还迟。

爸妈成亲啦

妈妈朱兰珍是江苏省泰县洪林公社兴无大队（现泰州市姜堰区娄庄镇洪林村）人，她的家史也是一部血泪史。

外公朱长海与外婆王凤英结婚时双方都是再婚。外公原配夫人生病死了，留下一个幼女。有一次，小孩子在家不小心从春凳上意外摔了下来，也死了。

外婆娘家在泰县白米乡（现姜堰区白米镇），条件尚好，她也嫁了意中人。结婚才一个来月，小两口你侬我侬有说不完的悄悄话。外婆的婆家有前房后屋，中间为一个长方形的院子。有一个晚上，外婆和她公公婆婆、丈夫、小叔子在前屋一起推磨。石磨粉碎着小麦，小麦变成面粉落在磨托盘上。干了一会儿，婆婆觉得让新媳妇干粗活太辛苦，怪不好意思的。于是便让她换一些轻松点的活干，到后屋帮忙切胡萝卜，想不到这小小的决定救了外婆一命。

"砰砰砰""啪啪啪"，不一会儿前屋厮杀声集合在一起，外婆知道大事不妙。她迅速探头偷偷观察前屋发生的情况，不好了，有好几个日本鬼子与家人打起来了。外婆本来想冲过去与敌人拼命，只听得她婆婆哭喊："阿英，你快逃，你快逃啊！"声音显得尖细颤抖。于是外婆迅速打开后屋的门，含着眼泪，跑出了几十米远，身子仆倒在一望无际的麦田里。外婆心里非常难过，默默祈祷，希望家人能逃过此劫。不一会儿,只见家里黑烟滚滚,熊熊烈火张牙舞爪,把半个天空映成了红色,噼噼啪啪的物体爆裂声依稀可以听到。

外婆悲伤地哭了起来,但又不敢发出大声,牙齿咬得咯咯响,两个拳头紧紧握着,眼睛紧盯着家的方向,像要突破眼眶一般。早春的天气还十分寒冷,她在麦田里躲了一夜,看着大火熊熊燃起又渐渐熄灭,整个身子像掉进冰窟窿。直到第二天凌晨,东方出现了一片薄薄的玫瑰色朝霞,外婆才发现自己满身泥巴,一只鞋子也不知去向。她跟跟跄跄回到自己失去的"家",看了现场心惊肉跳。房屋烧得形似焦土,公公、婆婆、丈夫和小叔子四个人横七竖八躺在地上,他们个个怒目圆睁。亲人的鲜血染红了泥土。

外婆的婆家人都被万恶的日本侵略者残酷杀害了。

外婆面如土色,悲愤交加,仰天长叹,欲哭无泪,晕了过去。

外婆处理完家人的后事之后无奈只能重新回到娘家生活。之后经妈妈的姑妈介绍,与外公结成了夫妻。

外公也与日本鬼子打过交道。有一次,听说敌人要来,他躲到自家屋后河边的大杨柳树桩下的一个坑里,人快与水面齐平了。不一会儿,他看到一群日本鬼子排成纵队,一个个腰背笔直,头稍往后仰,步子整齐划一走了过来,外公害怕极了,连大气都不敢出,心怦怦直跳,还好外公没有暴露。还有一次,外公正划着船,岸上突然出现一群日本鬼子叽里呱啦朝他指指点点,那架势把外公吓个半死。后来外公才弄明白他们要坐船过河,外公望着他们手中明晃晃的枪,害怕极了,只得赶快小心翼翼照办。船行进的途中外公怔忡不安,心想这次一定是完蛋了,横竖都是死,想不到这天会来得那么快。一直等到这些日本鬼子上岸后渐行渐远,外公抬起手摸着自己的脑袋,口中喃喃地说:"天哪,我还活着,我还活着。"

外公外婆共生了六个孩子。妈妈是家里老二,前面有我大姨,后面有我阿姨和三个舅舅。

妈妈上过小学,老师说她会读书,可惜只读了半年就辍学了。那个时代,农村中能识字的女孩子不多,穷人家的女孩往往没有读书机会,孩子多的贫困家庭女孩子能读书的概率更加微乎其微。这一切都让妈妈碰到了。在这仅有的半年时间里,妈妈还要背着大舅一起去上课,一边读书,一边照看大舅,照看孩子的艰巨任务落在她羸弱的肩上,尽管自己还是个孩子。

妈妈家里穷得叮当响,只有两间泥墙破草房,家大口阔,根本住不下。妈妈十岁后绝大部分时间借住在她大伯家,大伯去江西省打工后,她就与大妈为伴。别人家孩子可以常在爸妈怀里撒娇,可是妈妈从小就白天参加劳动,晚上也看不到她父母亲的影子。苍天有眼,所幸大妈对妈妈关怀备至,对她幼小的心灵是一种精神抚慰。

邻家女孩小王比妈妈小两岁,父母和奶奶相继生病死了,年幼的她与弟弟相依为命。三具棺材按当地风俗停棺不葬存放在家中时,每天需要多次在棺材之间穿梭而过,小王和她弟弟胆小,白天还好,到了晚上常要我妈妈陪她一起睡觉。由于自己家里没床睡,也基于一颗慈爱之心,妈妈每次都是有求必应。冬天的风冰冷刺骨,天空灰茫茫一片,大片的雪花密密麻麻飘落下来。室外雪白的光线映照到三具棺材上,显得特别苍白和寒气逼人。晚上,妈妈与小王还有她弟弟蜷缩在床上,听到外面噼噼啪啪的声响更是提心吊胆、惊恐万分，根本无法入睡。第二天，妈妈发现昨晚的声音是大雪压折了屋后的大片竹子所发出的。

小王姑娘长大后，嫁到了邻村，每次妈妈回江苏老家，她得知消息后总是很快赶了过来，对着妈妈姐姐长姐姐短的，亲切的问候总是停不下来。

外婆的娘家离得远，路远的亲戚走动少。远亲不如近邻。而外公的前丈母娘家，与妈妈家不远，外公经常带妈妈去，外公的前丈母娘对妈妈特别好。

长大后，妈妈在家里干活主动性强、人缘好、脑子活络，深得大家的喜爱。可想不到，妈妈后来竟然背井离乡，远走他乡。

1963年，妈妈的家乡发生严重灾情，很多人缺衣缺食。在她堂哥的鼓动下，为了减轻家里负担，也为了自己活命，那年的农历五月二十五，虚岁十九的妈妈跟随熟人离开故土到海宁打工。妈妈出那么远的门，外公既舍不得妈妈走，又不得不同意妈妈离开家，一个大男人偷偷地流了好几天泪。轮船在长江中航行，想不到遇到强台风，船体开始左倾右斜起来，浪头特别大，一直打到甲板上，不少乘客惊慌失措，怕有什么不测，可妈妈内心足够强大，她并不担心会发生什么意外。路上花了两天时间，到海宁已经是农历五月二十七了。

后来，妈妈通过别人介绍认识了爸爸，他们俩相差十一岁，刚开始妈妈与爸爸成亲心有不甘，但看爸爸人实诚，手又灵巧，也就勉强同意了。大姨朱桂珍比妈妈大一岁，人也很实在，过了一年，也从江苏老家来海宁，后来通过妈妈引见与同一生产大队的朱明官相识，徐家场的这个小伙子家里只剩他一人，他的父母亲都已不在人世,两个姐姐一个妹妹也已嫁人,他后来便成了我姨父。

姨父家祖上条件还不错,但整个徐家场自然村曾经被日本侵略者放火烧过,姨父家只留下了牛棚。利用拆除的牛棚再添些建筑材料,姨父才勉强建了三间面积较小的平房。

那个年代,我家的条件只比外婆家稍好一些,家里有五间平房,住是没有问题的,吃呢,有一点口粮,能基本混个饭饱。

1964年元旦,爸爸妈妈结婚了。喜酒摆在家里,所有的亲戚都请来了,大家推杯换盏,好不热闹。证婚人是还在部队参军的邻居加荣叔叔,那几天他正好带着女朋友回家。证婚结束前他中气十足地调侃道:"三十和尚,今夜风光。""和尚"是爸爸的小名,大家听了都哈哈大笑起来。其实加荣叔叔与爸爸同岁,比爸爸还小几个月。邻居们怀着好意说接下去要喝证婚人的喜酒,让证婚人也早日风光一下,他听了笑而不语。之后,加荣叔叔结婚没有在家摆喜酒,这是后话。厨师是阿四的大儿子,他很卖力,还非常客气,厨师费坚决不肯收一分。爸爸经常说,那天的汤是咸菜肉丝汤,味道鲜美,咸菜就地取材,当地每户人家都有。

后来妈妈怀上了我。

1965年1月8日,农历十二月初六下午1点光景,我出生了。家里穷得叮当响,尿布只准备了七片,多一片也没有,正常情况该备二十多片。由于尿布数量太少,靠自然晾晒不行,只好通过烘干的办法提高周转率。妈妈生我没去医院,是接生婆毛太上门接生的。我生下来时特别瘦小,估计妈妈怀我时营养不够。隔壁几位奶奶都说,那么瘦小的孩子她们没看到过。还好我长大了身高没有受到影响,个头也有近一米七五。

家里添了丁,有老有小,就有家的样子了。接下来就是改善各方面的关系,提升我家该有的社会地位。

俗话说,人善被人欺,马善被人骑。妈妈来海宁以前,我家因为以前太穷,一直被人家看不起,时常被人家欺侮,可妈妈毕竟不一样,她对人有理有利有节,遇到不合理的情况也会斗争,叫人家刮目相看。

有一次,堰桥生产队(新丰生产队的前身)队长要将队里收成的黄豆全部存放在我家。生产队具备存放条件的有好几户,本来做点好事也应该,如果队长对我家客气一点,此事也就成了。可队长趾高气扬,还放下狠话:"我们将东西过秤后放着,拿走时也会称重的,少了分量找你们。"这下妈妈不高兴了,凭什么义务帮助存放还要赔黄豆? 他们不尊重人,说白了是怕我们偷,妈妈对此有意见。妈妈知道存放的黄豆还没有干透,干透的黄豆放久后重量会多出来,可没干透的存放后分量会减少。妈妈也不想惹这个麻烦,免得我家背上坏名声,说你们爱放谁家就放谁家去。队长看了妈妈的架势,想不到一个小女子竟如此不好对付,就说一个外地人如何,云云。此时爸爸刚好从外面回来,队长与爸爸说不了两句,突然凶神恶煞地与爸爸打了起来,把爸爸穿的白衬衫撕得粉碎。白衬衫还很新,是爸爸的心爱之物,在那个年代显得尤为珍贵,可碰到不讲理的,算爸爸倒霉。

妈妈既讲道理又很能干,还善于与人相处。有一位女邻居身残志坚,妈妈经常要爸爸给他们家一些力所能及的帮助,比如草屋顶漏了,帮忙整修,等等。当然,这个邻居也常常帮助妈妈,有一些农活因地域差异,妈妈原来不会干,人家手把手教妈妈。再加上妈妈善于博采众长，她在不长的时间里学会了种田、织布、纳鞋、打毛衣等等。

爸爸虽然个子小，身高只有一米六十出头，年轻时体重不足一百一十斤，但他特别能吃苦，那么小的个子能挑二百多斤重担，双手还特别灵巧。

干农活多数要看天气，大雨天多数人只得在家休息。而爸爸为了多挣几个工分，雨天也帮生产队里干活，如修理畜舍等等。即使生产队里没有活，他也会忙家里的。

爸爸打草鞋、做竹篮是一把好手。草鞋耙头、线板凳、草鞋腰便是爸爸打草鞋的工具。他用一条长凳将草鞋耙头挂在长凳一端，再把弄好的绳子套在草鞋耙头上，人坐在板凳的另一端，将草鞋腰拴在腰间。先打鞋鼻，再打鞋身，最后打鞋跟，到时还要添鞋眼和鞋耳。在打制过程中，爸爸一手将稻草搓紧，一手从左向右又从右向左，如穿梭织布一般，将稻草一股一股地添上去，并用手指伸进去往后拉，把稻草拉紧，手法十分熟练，一个小时不到就能打成一双草鞋。

做竹篮要做很多准备工作。爸爸在屋后或"房间里"的小竹林，砍下几根老竹子拿回家，去枝去叶后搁在腿上，用锋利的篾刀将竹子劈开一道口子，然后顺着往下推，伴着"啪啪"的几声脆响，竹子被剖成了竹片。接着他又娴熟地拿篾刀在竹片间穿梭，把篾青与篾黄分开。一根根厚薄均匀的篾青就从爸爸手中做出来了。劈好篾，爸爸又灵巧地编起竹篮来，他用脚踩着最初的几根篾青，将篾青左转右旋，边拉边编，经过一连串的经纬交错，一只精美别致的竹篮就做好了。

爸爸还花了好几个晚上，为大弟精心打制了一辆木质儿童推车。可以说，整个彩虹大队亲手为孩子打制推车的，爸爸是第一人。这辆推车有扶手、栅栏、坐板、搁脚板、轮子，可拉可推。我没有坐过这辆车子，大弟也只坐过一两回。阿及和关富两个年轻男子来我家，看到木质童车觉得好玩，偷偷坐了上去，车子承受不了大人的重量，散架了。

爸爸还是救人的英雄。

江南水乡，每到夏天，既是小孩学游泳的好时机，也是溺水事件的多发季和大人们的揪心季。爸爸年轻时曾救过两人的性命，那时宣传工具也不发达，要是这些事发生在现在，救人者有可能成为有口皆碑的英雄，毕竟一生中救过两人性命的人还是很少的。不过对爸爸而言，是否留名不重要，能挽救两个家庭比什么都强。

20世纪60年代初的一天，爸爸在"河北"田头干活，中途回家休息，平时是需要绕到夏家漾河西边，经一座小木桥回家的。那年大旱，夏家漾河特别浅。为了缩短路程，他挽起裤管直接从夏家第二河埠头（夏家第一河埠头在东边，距第二河埠头约二百米）穿行到对岸贾家五户人家的河埠头。他突然看到水中有像黄南瓜一样的东西，觉得奇怪，就迅速将"黄南瓜"翻转后捞起来，惊恐地发现原来是个孩子——夏云飞。爸爸把夏云飞抱到了岸上，此时夏云飞一动不动，他已经溺水失去了知觉。爸爸连忙高声呼救，邻居们迅速赶过来。当时夏云飞的爸爸还在江西出差。夏云飞的妈妈堂大妈号啕大哭，说自己也不想活了，趁人不注意，一双脚已跨入水中，准备投河自尽。"你这个笨货色。"夏云飞的爷爷破口大骂儿媳妇。他对着堂大妈说："勿晓得孙子是死是活，你还嫌不够，还要忙中添乱啊?"有的人下水拉着堂大妈上岸,有的人劝夏爷爷少说两句,现场乱得像一锅粥。几个男人接力倒背着溺水者来来回回奔跑,几个妇女对着落水者整齐呼喊:"来哦,来哦,来哦,来哦。"据说这能协助把没有意识的溺水者喊回人间。终于,夏云飞嘴里吐出了一摊水,然后慢慢地苏醒了过来。几十年过去了,夏云飞儿子结婚时,他们拿着酒菜上门送给爸爸,感谢当年的救命之恩。

夏建明发生意外是在夏家漾往西转弯的地方,河再往北可到顾家堰头。夏天,生产队里的大水牛常常惬意地浸泡在附近区域的水中,露出黑色的背脊,牛尾巴不时地来回摆动,拍打着牛蝇。附近一条颤悠悠的木桥连通了河南与河北。河转弯角落是排水渠入河的交界口,在黄梅季节丰水期,小朋友们喜欢在那里捉逆水鱼。

那是20世纪60年代中期的一个夏天,我还不会走路。那时,一起游泳的小伙伴发现夏建明渐渐沉入水中,立刻爬上岸大声呼救,几个人像接龙一样,连跑带喊,将声音传到在农田里干活的社员当中。爸爸和夏建明父亲等人飞快赶往出事地点,水面已经平静,在阳光照耀下闪着点点金光。爸爸等人立马跳入水中,而夏建明父亲却瘫倒在地上,无法动弹。爸爸迅速含上一口水,屏住呼吸,潜入水下用手捞、用脚踩,一会儿浮出水面把口中含的水吐掉,吸一口新鲜空气,再含上一口水,扎入水中。反反复复,一无所获。爸爸心有不甘,扩大范围,继续搜寻。虽然体能渐渐下降,但爸爸没有泄气,在最后关头终于摸到了落水者,奋力将他推出水面,然后众人合力把夏建明拉了上来。捞上来时孩子也已没有了呼吸,几个男人用同样的方法接力倒背着溺水者来来回回奔跑把他救活了。

又过了十多年,夏建明结婚时特地邀请爸爸喝喜酒表示感谢,这是乡下农民对救命恩人最朴素最真挚的感情表达。爸爸欣然接受邀请,按当时的行情随四元礼金赴宴。

首次去外婆家

照理，孩子去外婆家做客是稀松平常的事，但对我来说却很难。爸爸更是离谱，他第一次去丈母娘家做客时我都已参加工作好几年了呢。

1967年秋天，妈妈第一次带我去外婆家。我们从海宁县城硖石镇坐火车去上海，经十六铺码头坐长江轮到江苏省江阴县，从江阴摆渡到达江对岸靖江县，然后坐自行车六个多小时（那时受"文化大革命"两派武斗影响，汽车已经中断）到外婆家所在的泰县县城姜堰镇，再走路两个多小时到地处洪林公社兴无大队的外婆家。天不亮，我们从家中出发，直到第二天下午5点钟左右才到达目的地，一路上风尘仆仆，吃尽了苦头。那时我只有两岁多一点，有些情节没有记忆，比如一起去的还有谁，大姨有没有去，大姨的儿子有没有去，妈妈的一个小姐妹有没有去，我都没有印象。甚至连那个时候妈妈是不是大肚子，怀着大弟，也没有印象。但是有些情节我至今历历在目，不会忘记。2022年4月16日晚，我问了妈妈，她说同去的还有大姨及儿子利忠，妈妈小姐妹粉林及女儿袁芬，另一个小姐妹后英，后英还没有小孩，一行共七人。

滔滔黄浦江江豚翻飞，我记忆很深。那天，黄浦江江面上没有金光闪闪，应该是一个阴天，我记得有微风吹拂。这是我第一次看到白茫茫一片的黄浦江,江面很宽,江水滔滔不绝,一排排浪花,此起彼伏。我不时地看到远处有一些露着黑乎乎的背脊,像鱼一样的东西在水中忽上忽下,或跃出水面,或钻进水中,妈妈告诉我这叫江猪(江豚)。我查阅资料得知,江豚被称为"微笑天使",在地球上已存在两千五百万年,长江江豚属于濒危物种,由于非法捕捞、繁忙的航运和水污染对长江江豚造成较大生存压力,最近几十年,十六铺码头附近已看不到江豚出现。

途中遇到无礼盘查,我印象很深。在江苏境内有一个卡点,南来北往的行人经过都要被盘问搜查。有一个穿着黑色圆领衫的光头男人,头大大的,样子看起来既壮实又凶神恶煞,他盘问了妈妈,还有几个恶狠狠的家伙在旁边站着。妈妈的回答我不记得了,但是我记得那个光头男人突然操起手掌扇了妈妈一巴掌。我吓得想哭又不敢哭。这时正值"文化大革命"两派武斗期间,非常乱。

后来,听妈妈讲起,这个地方在江苏泰县的县城姜堰,本想坐轮船到外婆家的,我们和大姨、利忠共四人慢了一步,没有乘上船,只能走路,而其他三人全坐上了船。正是在走路的时候,我们碰到了关卡。妈妈被光头男人扇了一巴掌后,她哭着说,他的行为吓着小孩了,后来旁边人出来打圆场,光头男人才总算肯放我们过去。想不到,当我们几个到达外婆家的时候,坐上船的三人还没到,后来才知道他们乘错了船,坐上了帮私人搬家的普通商船。

在外婆家的点点滴滴,我也记得很清楚。有一天,我跟着舅舅去采菱。我穿着背带裤,胸前有一个小口袋。外婆家旁边的河浜,水面看起来比我老家的还要宽一些,河中间有许多菱角。舅舅将采下的菱角放到我胸前的小口袋中,放不了几只口袋就满了,剩下的叫我拿在手上,我的手小,也拿不了几只。还有件事我也记得,河面上停着一艘很大的船,与我老家的木船不一样,大概是一条水泥船。当时好多叔叔阿姨在船上,人声鼎沸,他们把一头牛宰杀后分牛肉。为什么要在船上将牛宰杀,是牛老了吗,是否属于生产队公家的?2022年10月16日,我终于找机会问了妈妈,妈妈说这头牛是外婆家生产队的,由于年老体弱耕不动田所以被宰杀了。在水泥船上宰杀,是为了利用船舱的大空间,把牛杀死后,得把水烧热后倒在牛身上,方便脱毛,因为牛身较大,找不到更合适的地方。我记得的第三件事是我和一个年纪比我大一点的小朋友一起玩耍,在田野里欢快地奔跑,泥土已经被翻耕过,是一块块十分规则的土地。那时我与小朋友光着脚丫在泥块上面奔跑,不小心扎到了木刺,十分疼痛,最后是谁帮我取下木刺已记不得了。后来我与妈妈交流,情况也得到了证实。

  对于从外婆家回到海宁县城硖石的情景,我也有很深的记忆:一盏煤油灯摆放在八仙桌上,黄豆大的火花在灯芯上不断跳跃,把一张张脸照得通红。据妈妈说这是小姐妹后英的姑妈家,在县城唐桥南附近。火车到达硖石站天已经黑了,离家还有二十多里路,当晚是回不去了,我们只好在这家过夜。人家非常客气,晚上很迟了还烧饭做菜给我们吃。我吃饭时,听到外面偶尔有十分刺耳的声音,大人们告诉我,那些武斗的人又在朝天放空枪了。我们原计划第二天坐轮船回家,想不到形势严峻轮船已经停开,我们只得走路回去。

  那次去外婆家非常不容易,因为我年纪很小,对外婆外公也没啥印象,只记住了上述几件零零星星的往事,有的甚至还不太连贯，但的确是我人生最初的记忆，有懵懂，有美好，有心酸。

我曾与一位朋友说起这事，他说："你牛皮吹得有点大。"反正他不信那么小的孩子会有记忆。我与另一位同事也说过，刚开始他也不信，认为那么小的孩子不可能有记忆的，后来他看到了一部人物传记，信我了。

2003年国庆节，我时隔三十六年第二次去外婆家。那年9月，女儿刚上小学，这回我带着女儿从海宁市区乘长途客车去江苏走亲戚。同去的有妈妈、大姨及她孙女、大弟及两位侄儿。过长江时摆渡，在渡轮上，大弟一手拿着摄像机四处摄像，一手叼着香烟，很悠闲的样子。女儿与两位堂哥笑着注视着江面，他们第一次来到长江，一定感觉十分新鲜。到了对岸靖江后已是午饭时分，我们在酒店点了许多菜，直至驾驶员催我们上车才快速离开。到了外婆家，想不到外婆闭口不言，一副呆呆的样子。妈妈急忙问外婆："我是谁，你认不认识呀？""浙江的。"外婆没有搞错，她还记得我们。外婆穿着蓝翠色的上衣，白发苍苍，饱经风霜的脸上，皱纹像沟壑一样纵横交错，还有一小块紫褐色皮肤，好像是不小心磕破后结成的痂，两只眼睛有些浑浊，手上青筋暴起，皮肤皱巴巴的，像老树皮一样。外婆老了，已是风烛残年，可在我眼里，她永远是那么可敬可亲，那么慈祥。只可惜那是我最后一次见到外婆，也是我至今唯一一次带着女儿去亲近那片土地。

两个弟弟

我有两个弟弟,大弟和小弟。

大弟1967年农历十一月初三出生,小弟1972年农历八月二十七出生,他们与我一样,也是生在家里。

三兄弟中大弟长得最帅。他眼睛大而有神,脸庞英俊无可挑剔。大弟小时候,妈妈带他去大队开会,很多妇女见他长得有趣,像洋娃娃一样,都喜欢抱他。我长得不咋地,有一张苹果脸,眼睛较小。小弟比我好看不少,他的两道眉毛特别浓,眼睛也比我的大不少。两个弟弟性格迥异,大弟比较活络,小弟忠厚老实。

大弟小时候很会说话,到现在也很会说话,他还有一项本领是从小就很会烧菜。他读小学三年级前后,家里请来了木匠阿官,帮助我家做两张八仙桌,大弟独自一人掌勺掌出了名气,从此一发不可收。直到现在一大家子相聚时,烧菜这项光荣而艰巨的任务仍常常由他完成。他还有个特点,不需要人打下手,洗理剖切,煎炒炖蒸,喜欢一个人全包,速度很快,菜品色香味全。因为能干,所以辛苦。

小弟小时候还不会走路时,坐在秧凳上能一个多小时身体保持纹丝不动。妈妈干着活,小弟在旁边坐着,不喊不叫、不哭不闹。妈妈看着他可怜,有时候喊我抱抱他,我抱他时,他朝我笑笑,过一会儿我重新让他坐在秧凳上,他还是老样子。他的好脾气一直保持到现在,当然,有时候他如感到委屈,也会想办法捉弄别人,有时候得了便宜还会卖乖呢。

我和大弟出生后,爸爸妈妈很想要个女儿,也曾经如愿以偿。小弟上面曾经有个姐姐,但生下来她就不幸夭折,那时候我大概五岁的样子。当时农村没有产检,为了省钱,小孩还是在家里生,如果在医院生妹妹应该不会死的。听妈妈说,当时预产期过了较久还没生,其实已经留下了隐患。我记得妹妹没了,爸爸妈妈哭了很长时间,我不懂事,本来想要跟着爸爸一起去埋葬妹妹的,爸爸为了减少我的心理阴影,最后还是没有带上我。听爸爸说,妹妹被埋在曾祖父边上。

协助照看好两个弟弟是我小时候的主要任务之一。我们经常玩过家家、捉迷藏,看白雾茫茫、百鸟翔集、云卷云舒。过家家在老家叫"摆人家饭饭",将线板凳翻过来,凳面着地,凳脚朝天,几条凳之间还用绳子连起来,像一列火车。首条凳子坐着人,我们让小弟坐,他人小分量轻。我在前面拉,大弟在旁边盯着,等着啥时候轮到他坐。还好,这些凳子都很结实,不过油漆早已脱光。没有玩具玩,小朋友们只能一起找乐子。除了"摆人家饭饭"外,一年不同季节有不同的节目玩法。

春天,到邻居文强家的辅助用房泥墙中捅蜜蜂。阳光照在身上暖洋洋的,此时万物复苏,到处弥漫着春天的气息。我们朝那些小小的泥洞望进去,就知里边是否有小蜜蜂,如果有,就用非常细小的棒子将它拨进玻璃瓶中。此时的蜜蜂大部分非常幼嫩,样子乖乖的,我拧着玻璃瓶盖子看它,但盖子不能拧紧,需留点空气。

这些蜜蜂除了个别大多数还不能飞舞。有的小伙伴直接将蜜蜂的屁股拗断，用嘴舔食，说有甜味，以为吃到了蜂蜜，可我觉得不卫生，没这样做。

　　夏天，火辣辣的太阳炙烤着大地，连空气都是热烘烘的。几个小伙伴大汗淋漓，光着脚丫，心无旁骛地在泥地上跑来跑去抓知了，乐此不疲。最常见的知了是黑蚱蝉和蒙古寒蝉，家乡话叫"老前"和"无知鸟"。前者体色几乎全黑，它的叫声单调，是一种持续的、强大的、电锯噪音般的声音；后者背部以绿色为主，杂以黑斑，鸣叫的音调多变，高低起伏，时急时缓。两者力气也不一样，"无知鸟"力气小，而"老前"力气较大。我们将三四十厘米长的小树枝两头弯起来，插在竹竿孔中，然后找到多处蜘蛛网，转动树枝，让蜘蛛网缠绕其上，然后去粘"无知鸟"或"老前"，"无知鸟"能够粘到，但"老前"即使粘上也会逃走。对破坏蜘蛛网我们也有罪恶感，毕竟蜘蛛结网付出了辛勤劳动。后来，我们用新的办法抓"老前"，用一根三四十厘米长的小枝条两头弯起来，插在竹竿孔中，将白色的塑料兜沿着小枝条用针线缝上几针，做成一个似抓鱼的网兜一样的工具。看到树上的"老前"就立即用兜子罩，这个方法抓"老前"十拿九稳，它会乖乖地钻进去，一个劲地往塑料兜里飞，不会回头。听说抓到"老前"后将它放到家里床上的蚊帐里，能把蚊子吃掉，可不知道是否真的。

　　秋天，天空湛蓝湛蓝的，朵朵白云慢条斯理地聚在一起"画"着骏马、"二师兄"、绵羊、高山、河泊等逼真而又美丽的图画。柔和的阳光照在我家屋前空地边的枣树上，稀稀拉拉已经发白的枣子显山露水，在阳光的照耀下变得突兀起来。我抬头挥舞着竹竿，朝着有枣子的地方打了一竿又一竿,感觉脖子有些发酸,枣子还死死地钉在枣树上,效果不够理想。我家的枣子个头不大,吃上去缺少水分,甜度也不够,可是在那个年代,无疑是稀罕之物。为了能打到高处的枣子,我在春凳上面再放上小马凳,然后站在小马凳上继续挥舞竹竿。为什么不直接用梯子呢?我们知道用梯子效果会更好,但家里没有双梯,单梯因场地条件有限无处倚靠而不能使用。

冬天,小朋友们一起玩火药纸枪。玩具枪是自己做的,主要材料是八号铁丝,用手将铁丝弯成一把枪的形状,通过扣动"扳机",使"趴头"顺利落入"枪膛","枪膛"是装火药纸的地方,为了增加压力,还要在"枪"上绕几根橡皮筋,使"枪膛"内装入的火药发出"枪"声。"枪膛"材料是注射用的针头,先将针头根部的U形部分用小榔头敲入桑条枝,然后将电源保险丝放入灶膛熔化后倒入,把针头细孔填平,"枪膛"就做成了。

此外,冬天我们还在铜火炉里煨玉米,我们将玉米粒埋在柴火灰里,"噗"的一声,黄黄的玉米粒膨胀开花,跳出柴火灰,大家也不管脏不脏,直接捡起来抖掉灰尘就往嘴里送。

春节是一年中最棒的节日,这时的大人对小孩特别开恩,我们无所顾忌地将家里的门板拆下来,搁在凳子上当乒乓球桌子,我与几个小伙伴一起打球,多数是打擂台。使用的工具很蹩脚,球拍是找形状大小合适的木板代替;中间没有球网,就在两边各放一块砖块,砖上搭一根芦苇代替。只有那只白色的乒乓球是货真价实的,是"红双喜"牌子。平时用多了这些原始工具,正式工具就不会用了,一到学校参加正式乒乓球比赛,我们这些小孩中没有一个打得好的。

除了玩,我就与弟弟们聊天,讲所谓的知识、理想、八卦。有人说,我们的地底下是美国,这里是白天,而美国是晚上,但我们并不懂地球是圆的;聊贾家的历史,说有一个人用"贾家骑贾马,不见得你们得天下"这句话破了贾家的风水,使贾家从此辉煌不再;聊《西游记》,大家很崇拜孙悟空,他威力无穷,会七十二变,令我们羡慕不已;谈长大后的理想,我们都最希望成为一名光荣的解放军战士,保家卫国,神圣、神气让众人羡慕。

还有几件事我也记得很清楚。

一个夏天的下午,天上乌云翻滚,不一会儿,天色迅速黑了下来,像快到晚上一般。我带着弟弟赶快往家里赶,此时一道接一道的闪电噼里啪啦,爆炒豆子一般在天空中恣意滚跳,把大地照得闪亮,有的闪电又神速钻进室外的柴垛中,惊雷好像就在耳边炸开。当我们到家时,滂沱大雨便倾泻而至了。我发现屋外泥场上的鸡已不见踪影,只剩下许多蟾蜍有条不紊地朝一个方向跳动着,还有雨滴一遍遍不厌其烦地打在水面漾起一个个酒窝又消失在水里。我也的确担惊受怕,那么响的雷声从来没有听到过,那么大的雨也从来没有看到过,可是两个弟弟在,我必须保持当哥哥的样子,不能惊慌失措,更不能脸色失常。一会儿,看到妈妈从田间心急火燎地赶来,她说是怕我们受到惊吓而回家的。当我看到妈妈后,连忙说:"妈妈,两个弟弟我看牢的。看天快下雨了,我带着他们从外面跑回来了。"妈妈一看我们兄弟三人老神在在的样子也就放心了。不久,雷声停止雨滴渐小,妈妈重新出门干活。时间一分一秒过去,到了天色将晚的时候,家里的几只鸡有的在泥场上跑来跑去,有的在地势较低的积水处喝水,它们看起来很健壮,很有力气。而我有气无力,原因是小肚子饿了,爸妈还没有回家,两个弟弟也开始不安分起来。我带着两个弟弟假装对着几只鸡问爸妈快回来没有。我都不知道,鸡哪里会知道呢?无非是哄哄两个弟弟罢了。

两个弟弟年纪尚幼,他们跑不快,有时候也会成为我出去玩的"累赘"。有一天下午,他们在家里蚕匾中睡着了,此时正是出去放飞自我的好时候,如果他们睡醒后我还在外面,那也会闯祸,万一他们跑出去不见了那可怎么办呢?事不宜迟,我关上摇囥门,用布条捆紧摇囥门的两端后就出门去了。当然,我在外面玩也不放心,心挂两头,过不了多少时间我就赶快回家,怕有什么闪失。还好,摇囥门没有被打开,两个弟弟午睡醒后乖乖地在蚕匾里玩着呢。

到了两个弟弟再大一点,有一次一起去姑妈家做客,我在柴灶上熬鸡蛋烧面条当点心,听下放青年唱很好听的《英雄赞歌》,大家非常开心。"烽烟滚滚唱英雄,四面青山侧耳听,侧耳听;晴天响雷敲金鼓,大海扬波作和声;人民战士驱虎豹,舍生忘死保和平。为什么战旗美如画?英雄的鲜血染红了她。为什么大地春常在?英雄的生命开鲜花。"这是我除了《东方红》《大海航行靠舵手》之外听到的第三首红歌了。前两首红歌我家广播里天天放,凌晨5点50分广播开始播放《东方红》,晚上8点20分广播结束前放《大海航行靠舵手》。上学后,我学会了唱《我的祖国》《歌唱祖国》等红歌,那是后面的事了。

兄弟三人大多数时间相处得比较好,但也有例外。如果我与大弟吵架,不管谁对谁错,妈妈总是批评我,小弟太小,我与他吵不起来。我有时候也感到十分委屈,明明我没做错什么,但是也受到批评。"你大在狗身上吗?"妈妈说我比大弟年龄大,应该让着他。

当时我的内心像拉起的风箱,来气了!可看着妈妈威严的脸色,除了忍气吞声,还能有什么办法呢?长大了,我体会到父母亲对小孩其实是很公平的,这也是保护弱势一方的很好体现。还好小孩子吵架不会记仇,前面吵架,后面很快就和好了。

　　当年家里孩子多,负担重,但事情总是一分为二的,现在看来却是好事。大弟住在海宁城区,小弟就在爸妈身边,大弟小弟和两位弟媳对爸妈都很孝顺。大弟媳买了一套理发工具常帮爸爸理发,小弟媳经常把老人家喜欢吃的菜尽量靠近他们一点,从这些细微的事例中看出他们对父母亲的好。我工作在杭州,回家不是太方便,没有尽好当儿子的责任,幸亏有弟弟和弟媳照顾,我也可以安心些。回想当年家里曾打算把小弟送给别人养育,那份人家与姑妈家在同一生产队,那边距县城近,生产队分红高,小弟去了几天不适应,爸爸妈妈就把小弟要了回来。要不,我还享受不到现在的好。

困难中长大

托曾祖父的福,家里住的条件与别人相比还算不错,但其他生活条件就很不如意了。

小时候处在买粮要粮票,买布要布票,买烟要烟票的年代,所以光有钱还不行,必须与那些票证配合起来,才能买到计划供应的商品。当然,我家也没有啥钱。

按理说,老家所处的杭嘉湖平原是鱼米之乡、丝绸之府,生产队里二十多户人家有良田一百多亩,除良田外还有不少地,吃饭肯定没有问题。但由于吃大锅饭,农民的劳动积极性大打折扣,粮食产量受到严重影响。再加上一年两熟水稻中要上缴不少公粮,留给农户自己吃的就不多了。

有一天,我站在屋外东墙角旁,从一片竹林空隙之间望见停泊在夏家漾上的水泥船。船头与河边石阶之间搁着一块狭长的跳板,爸爸及其他几个男劳力挑着重担,轮流走上跳板将稻谷源源不断倒进船舱。不少男人肩上挂着一块毛巾,不时地用它擦去额头上的汗水。晒场上的稻谷越来越少,船舱里的稻谷越来越多,船舷离水面越来越近,慢慢地快与水面齐平。船头两个水手将篙一撑,船体离开了河埠头。船尾橹绳紧绷,一个水手吃力地摇着橹,橹板伸在水里来回划动。还有几个社员坐在谷堆上,看起来却无精打采。船艰难地前进着,到了小地名叫"河上"的一家粮管所,这是缴公粮的地方。

听爸爸说,验粮员看起来是那么趾高气扬,他将粮探子深插船舱,取出一些谷子,捏一下,闻一下,再看一下。当验粮合格后,爸爸等人还要将稻谷过磅后一直挑到粮库指定的地方。粮库里的稻谷堆得像小山一样,爸爸说将粮食挑往高处时上气不接下气,非常累人。如果碰上谁家验粮不合格,粮站有一个超大的晒场,稻谷要重新晒,等待验粮员重新验粮。

"木匠家里没凳坐,种田人家没粮吃。"那时我经常听大人们讲这样的故事。还说某某人家的小伙子准备找对象啦,有家姑娘和她的妈妈一起到小伙子家里看看,当地俗称"看人家",发现小伙子家米囤中的米堆得老高老高,生产用房里的猪羊满栏,娘俩对小伙子的家景非常满意。可是,据说他们看到的不是真实的情况,米囤下面是用杂物搁空的,猪羊是从亲戚家临时借来的。

当时家乡的农村绝大多数地方还很穷。记得我三四岁时的夏天,为了节省衣服,经常与几个小男孩一起,光着身子四处玩耍,也不管是男人还是女人、大人还是小孩会看见。有一次,我看到摇摇摆摆走路的鸭子特别有趣,它们"嘎嘎嘎嘎"欢叫着,我光着身子逗鸭子玩,过了一会儿我干脆坐在地上,该死的鸭子有恃无恐,冷不丁夹住了我的私密处,不知道它是否以为在夹蚯蚓,一时不肯松嘴,事后我那个地方有些肿胀。太阳西沉,我去河滩边洗澡,然后回家穿上短裤吃晚饭。我的私密处一直难受了好几天,不好意思告诉家人。

还记得我四五岁时,清明节过后,正是一年中青黄不接之时。

有一次,我的小肚子饿得实在难受,快要前胸搭上后背了,可家里的米所剩无几。奶奶知道后二话没说,带着我来到一块桑园地里,我看到桑叶是那么碧绿茂盛,一根根桑条伸向了天空,浓荫蔽日。我们仰着脖子,小手大手共同用力拉紧一根又一根桑条,采着桑条上的桑葚充饥。那一颗颗紫色的桑葚长得像小小的葡萄,十分诱人,放进嘴里,是那么的香甜醉人。留在嘴唇上的紫色,回家后用水洗半天也洗不净。不过,靠采桑葚填饱肚子是不容易的,偶尔可以,长时间不行,毕竟没那么多桑葚可采。快到立夏时节,我还从家中自留地上摘新蚕豆充饥,先拗断豆荚,再挤出豆子,往嘴巴里送,轻微苦涩伴随着阵阵清香,满嘴都充满着绿油油的乡野气息。

还有一次,在生产队一大块十分平整的水泥场地上,一群男男女女正在干活,有的脱麦子,有的捆柴火,还有几个男人在一旁宰杀生产队里的老母猪。水泥场地有多种用途,晒谷子、分东西,还是小朋友们玩老鹰抓小鸡、跳房子、滚铁环、跳大绳的地方。这只老母猪已经不会生小猪了,宰杀后队里将猪肉分给农户。虽然大家知道老母猪肉不好吃,老得咬不动,但毕竟能吃出猪肉味道来,好多人家已经断荤腥好几个月了。杀好的老母猪肉按户数被分成了二十几份,猪颈肉和奶脯肉血红血红的,其他部位的肉起皱,看起来肉质非常糟糕。

大家缺吃的,一些人的行为也开始变得怪异。有一次,有两个人为分得的一小袋麦子打赌。农民甲说,你能把母猪奶脯生肉吃掉这袋麦子就归你。农民乙眼睛都红了,毫不犹豫拿起鲜红的奶脯肉往嘴里送。奶脯肉是猪肋骨下腹部的肉,呈泡泡状,肥膘太多,肉质较差,一般被用来加工提炼、熬制猪油,很少直接食用。眼看会出现无法收场的情况,幸亏有人将那一小袋麦子拿走暂时保管起来,在人们的嘻嘻哈哈声中,结束了这场毫无意义的赌戏,维护了打赌双方各自的脸面。更重要的是,每份人家的家人正在盼着将分到的麦子磨面后下锅呢,如果有人拿不到这像救命稻草一样的麦子,不知道会出现啥后果。

与我家一样,生产队里还有不少家庭生活也并不好过。

尽管这样,我还是幸运的,如果早出生几年,碰到三年困难时期,是要吃榆树皮或糠团子的。有一次,群英生产队搞忆苦思甜活动,妈妈带着我参加,我看到社员们有的忙忙碌碌做糠团子,有的负责挑水、烧火和蒸团子,还有的将蒸好的团子分给大家吃。我尝后感到十分难吃,很想吐掉,可是没有这个胆量。

后来,家里条件稍微好一点,但到了青黄不接之时,也需要向姑妈家借米。姑妈虽然有两男两女四个孩子,比我家还多一人,但家里离县城不远,条件相对较好。那时他们生产队每十个工分能算到一元多,而我们只有三角三分。十个工分是一个女全劳力一天的劳动得分,男全劳力要多两分。我家若扣除已拿得的口粮,分到的稻草还有瓜果之类的,到年终往往要倒贴生产队里不少钱。妈妈曾对我说,她的梦想是年底分红能分得三五十元钱,让家人们能好好地过个年,可这谈何容易啊。

姑妈和姑父都是大气之人,归还他们粮食的时候,总是让袋子里剩下不少米,姑父说拿回去给丈母娘吃。名义上给奶奶吃,实际上都是吃在我和两个弟弟的三张小嘴里。我家三个小光头吃起来实在太厉害,比三个女孩的家庭要多费不少粮食。可是,就是在这样的情况下爸爸还很乐观。为了省些米,晚餐都是烧粥吃,我们自制一些豆瓣酱或咸菜配粥。可爸爸有时候一高兴,往往到了快睡觉前,突然提出烧点心吃。所谓点心,一般是白米饭和鸡蛋,还说刚烧熟没焖过的米饭最好吃。我们几个狼吞虎咽,大快朵颐,三下五除二,像风卷残云一般,将新出锅的米饭一扫而光。晚餐吃粥是为了省点粮食,可一吃点心,事与愿违,反而多费了粮食。

姑妈姑父对我家的帮助我一直记挂在心上。他们家也不顺,姑父前几年意外去世,近两年,姑妈和表弟都得了重病,后来表弟也去世了,我尽力给予一些微小的支持,也算是报答他们曾经给我家的帮助。

人就是这样,越是没得吃,越是想着吃。小时候我有几盼:一盼下雨天,二盼亲戚来,三盼喝喜酒,四盼过大年。说穿了,这盼来盼去主要是盼吃的。可小孩们的喜悦,却是大人们的忧愁换来的。辛弃疾写《丑奴儿·书博山道中壁》,尽管时间已过去了八百多年,同样适用:"少年不识愁滋味,爱上层楼。爱上层楼,为赋新词强说愁。而今识尽愁滋味,欲说还休。欲说还休,却道天凉好个秋。"

绝大部分下雨天,爸妈干不了农活,可以在家陪着孩子。当然妈妈也不太有空,纺纱、织布、纳鞋、打毛衣、补衣服几件事轮着干,几乎忙个不停。爸爸如果不在生产队里干活也时常在家里打草鞋、做蓑衣、结蚕网。而我们也要劳动,做得最多的是搓稻草绳。但不管怎样,下雨天一家人能其乐融融地聚在一起。爸爸妈妈有时会揉面擀面条,自己做的面条特别好吃,我每次都吃得小肚子滚滚圆。有时候会炒沙豆,沙是家里存下的"家当",放在一个黑色的坛子里,将蚕豆一起倒入锅中翻炒,蚕豆吃起来会特别松脆,沙子用过后重新装入坛子存放,便于下一次继续使用。

我的舅爷爷、姨奶奶，还有大姨做客来得多一些。虽然家里平常没得吃，但是客人来了还是要些面子的。特别是舅爷爷，他每次来，都会对妈妈说："大娘，烧酒要有哦，菜呢少弄一点，烧酥烂一点。"舅爷爷喜欢喝点小酒，上了年纪的人，牙不好使。尽管舅爷爷那么说，但妈妈还是认真对待，会迅速去趟市场，再在自家地里弄些蔬菜，几个菜八仙桌上一摆，已经有模有样了。此时孩子们会特别开心，因为难得碰上有好吃的了。姨奶奶来我家手闲不下来，不是帮这就是帮那，家里有什么吃什么。而大姨来，更多的时候是与妈妈聊聊天，到了准备做饭的时候，她好几次突然提出要回家了，妈妈一般劝她吃饭但不会多次挽留，大姨属于来去特别随意的那种。

平常来客人只是小酌，要是碰到喜宴则可以吃大餐了。亲戚家办喜酒会提前一个多月上门来请，而邻居家办喜宴只会提前几天上门来说（不正式通知也早已传开了），孩子们得到消息后兴高采烈、欢欣鼓舞，每天会算着时间，可时间过得特别慢，我们真恨不得喜宴第二天或第三天就来到。大人们要做很多准备，特别是去亲戚家喝喜酒之前，往往会请来裁缝师傅上门给全家人做新衣服，妈妈还要纳新鞋子。到了时间大家衣着整洁、风风光光赴宴，心里别说有多开心了。

条件好一点的人家用圆桌办上几十桌，条件一般的方桌也有近十桌，不管圆桌和方桌，桌上的盘子会叠起来，像叠罗汉一样，对平时缺衣少食的我们来说，喜宴菜肴真是太丰盛了。不管邻居也好，亲戚也罢，喜酒上用的猪、鸡和鸭都是自家养的，需要提前大半年甚至一年准备。当年大家条件不好，办喜酒粮食消耗也大，据妈妈说，邻居家有位姑娘出嫁，几份人家柴灶上轮流烧了十二大锅米饭，赴宴的人们真能吃，如换成现在，两锅饭也吃不完。

越是不太富足的年代，越是爱折腾，当地的"农业学大寨"也变了味。

彩虹大队有一片红旗田垟，在现在鹍东沁园楼盘的东侧，距老家只有一公里多，可当时大路没有通的时候七拐八弯要远很多。红旗田垟有二三百亩，是生产大队老百姓肩挑手拉把地改成田的。当时彩虹大队所有劳动力约五百人一共干了大半年时间，每天大队领导把确定的任务划到生产队，再由生产队划给个人，每天每个劳动力划到约三立方土任务，谁家先挑完可以先回家。完成如此浩大的工程，人人需要出力，连小孩子也要做力所能及的事。我除了给爸妈送中饭外，还要去现场参加劳动。在现场看到人山人海，大家撸起袖子卷起裤腿战天斗地的景象，我就想到曾经与小伙伴一起蹲在地上看蚂蚁搬家的情景，此时我们都像一只只"小蚂蚁"在"撼动山河"，我人小挑不动担，就将泥装在一只簸箕里，找一个小朋友合力抬。回家途中，感觉自己的小腿肚很僵，两条腿像灌了铅似的，每一步都迈得有点艰难。我是偶尔参加劳动，可爸爸妈妈呢，若干年后说起，他们可难了。他们息工回家的路上，走起来都很困难，两条腿似乎成了O形腿。

我家西边有一块高地，大部分是我家的自留地。高地由"上高地"和"下滩"两部分组成，中间有一条泥路，是我小时候走得最多的一条路。到"河北"找小朋友玩要走这条路，上小学要走这条路，去县城还是要走这条路。高地中间的路慢慢延伸，到家的西北面分岔：一条路继续往北；一条路通过一座木桥绕到"河北"，再往东走七八百米,一直能到达彩虹大队队部。

雨天道路泥泞,走在高地路的中间,一双小脚像一台犁,一只脚跨过去,深陷在土中,另一只脚用力拔出,泥块会跟进雨鞋帮子中。高地路南高北低有一定坡度,特别滑,犹如湿手抓泥鳅,走路一不小心会"屁股蹲"或"四脚朝天",所以小时候在那条路上我没少吃苦头。

"上高地"的东南角上有两棵桃树,树干斜长,正午时分一大半影子落在下面的田里。春天桃花灼灼,夏天果实累累。我们人小,采桃子不易,只能拿着竹竿用力抽打桃子,有些掉在地上容易捡,大部分掉进稻田,桃子落在淤泥中,因水浑浊很难摸到。其实,有一个好办法,先四周架网,再打桃子,让桃子掉进网里,可我当时没有想到。采下来的桃子有些透红,有的还有碧绿的叶子连着,吃起来是那么鲜甜。妈妈还在"上高地"上种着脆瓜和韭菜。脆瓜具体种哪里她不告诉我们的,怕还没长熟我们提前偷吃,直到妈妈将成熟的脆瓜采摘回家才恍然大悟。

"下滩"靠河边种了不少树,妈妈很喜欢在树旁边种扁豆和豇豆,这些藤蔓会沿着树爬上去,到了秋天,扁豆和豇豆长得密密麻麻。采摘这些蔬菜需要用到长长的梯子。有一次,我与妈妈一起摘豇豆,我手中拿着竹篮,妈妈站在梯子上,我将竹篮子举向头顶,她将摘下的豇豆往篮子里扔。西斜的阳光投下了树木、梯子、篮子还有娘俩的影子,照在河滩边的泥地上,闪着金光。不一会儿,我的竹篮越来越沉,到了很难支撑的时候,我开心地把它放在地上。当伸起腰抬头望时,发现炊烟已经袅袅升起,柔柔的阳光照在灰白色的房屋上,家边上南北向的机耕路上,有一位邻居牵着一头老牛朝生产队的牛棚方向走去。好一幅美丽的乡村图画！

"深挖洞,广积粮,不称霸"是我小时候再熟悉不过的口号。"深挖洞"是构筑坚固的地下防空工事,加强战略要地和大中城市的防护工程建设,防备敌人的大规模空袭,抓紧时间做好反侵略战争的准备工作。"广积粮"是增加粮食储备,以应付可能发生的战争或自然灾害。"不称霸"是强调我国抓紧战备、增强国力完全是为了自身的安全和发展,中国不搞霸权主义,并坚决反对超级大国推行的霸权主义政策。

这"深挖洞"与我家小小的一块高地也联系起来了。生产队按照上级要求,既要集体"深挖洞",挖大洞,也要一家一户"深挖洞",挖小洞。老房子往东一百多米的竹园旁,南北向小道不到五六米,沿着道路走下去有临河台阶,那片水域是"河南"人家刷马桶的地方。南北向的小道下坡过程中有个高度差,大洞被安排在小道西侧,是贾家五户人家共用的"大洞"。贾家的几个男劳力在竹园下往西南方向挖,锄头、铁锹、耙子、簸箕等农具全用上了,他们一个个汗流浃背。一周后,"大洞"挖好了,进深三四米,小孩子身体可以直着进去,但大人必须猫着腰,估计能藏一两家人。"小洞"安排在"上高地"下面,是爸爸一人挖的,大小只能藏一个人,因没有结构支撑,不久就塌了。还是"大洞"牢靠,毕竟挖在竹园下面,有竹子盘根错节作支撑。不过,无论"大洞"还是"小洞",对付空袭都是没有用的。

对于那块"上高地",爸爸妈妈还有个想法——以后可作为我们兄弟的宅基地。我家毕竟有三个男孩,老的宅基地周边已没地可选。可事与愿违,无论是"上高地"还是"下滩",都让生产队的

"农业学大寨"搞没了,不光被夷为平地,而且还掘地三尺,改地为田。有一年初冬,社员们一样采用肩挑手拉的方法战天斗地,不过因多数曾是我家的地,所以我不愿意再参加抬土等劳动,只是独自一人信马由缰在那里溜达几圈,在人家翻过的地里捡一些遗弃的树根,拿回家当柴火。

多年以后,有两户人家在原"上高地"变成田的基础上,重新填了一些土,将其变成了宅基地,在那里建起了房子。

当年除了与天斗与地斗,还要与"阶级敌人"斗。每年"双抢"誓师大会或大队召开的其他会议上,有一项议程是把农村"四类分子"拉出来斗一斗,以免他们"不老实搞破坏"。我看到生产大队礼堂挤满了人,高高的主席台上,大队领导把几个"四类分子"叫了出来,其实他们早已按要求排成一队在边上候着,像现在的大会上获奖单位或个人候着领奖一样,所不同的是他们一个个耷拉着脑袋,似霜打过的茄子,了无生气。个别"四类分子"站在台上双脚不听使唤,整个人在簌簌发抖。"只准你们老老实实,不准你们乱说乱动!"主持人突然对着他们大喝一声,他们一个个呆若木鸡,只能沉默无声。台下有部分老百姓在窃窃私语:"这些人真可怜。"斗过了"四类分子"后,会议才进入正题。

想不到,现在红旗田垾垫土后建农民新村了,原"上高地"上的其中一户人家也搬走啦。

过年

　　平常家里荤腥是很难吃到的。可是,过年却不一样。无论穷与富,家家户户过年都要办年货、搞卫生、放鞭炮,大人还要给小孩发红包。

　　年货有年糕、发皮、勒笋、猪肉、鸡肉、鱼、油豆腐、高粱肉、千张等几样。鸡是家养的;发皮多数是买现成的;高粱肉自己做,是肥肉外面包鸡蛋面粉,在油锅中煎炸而成的;其他东西去市场上采购。

　　年糕是贾家五户邻居合着打的,壮年男人是主劳力,妇女们做一些辅助性的工作。"河北"几户人家经临时商量,也可参与进来。每年农历十二月二十左右,在"河南"各家轮流打年糕。石臼圆圆的,直径约六十厘米。榔头击打石臼中的糕头,震动很大,据说对木结构的房子会造成一定的影响,这就成为场地在几家之间轮换的理由。打我有记忆时起,石臼已经缺了一个角,估计是有人曾将榔头直接打到了石臼上。每年打过年糕后石臼露天放着,榔头由专人保管起来。榔头很有特色,底座是用木头镶着石头,石头为香菇状,被磨得圆圆的。打年糕时糕需要通过蒸粉、击打、翻臼、后整理等一道道环节,在没有电动机械的年代,靠纯手工,工作量非常大。

　　柴灶中烈火熊熊,一个老婆婆烧着火,一个壮劳力守着蒸桶,蒸桶"哧哧"冒着热气,糯米粉蒸熟后,倒入石臼,"扑通"一声,顿时蒸汽腾腾、香气满屋。两个壮男劳力用榔头轮流击打糕头,低沉而又铿锵有力的"咚咚咚"声会传得很远。翻臼师傅坐在石臼旁,边上放着小半脸盆冷水,当糕头被打成扁平状或者粘石臼时,一只手快速地将糕头整理成一团,便于继续击打。由于糕头温度太高,翻臼师傅的手容易起泡,遇到烫手吃不消时,手蘸一下旁边盆中的冷水再翻。翻臼虽不是力气活,但人反应一定要快,要跟上节奏,否则容易被榔头打到手上。经过几轮的击打和翻臼后,糕头又糯又香,成了年糕的雏形。两个后整理师傅用力将它抬到门板上,用一大块干净的白布裹起来,用擀面杖来回滚动压平。当白布打开后,呈现在大家面前的是一块热气腾腾的年糕。再在年糕上点几个红印,增添过年的喜气。小孩子们在场地上嘻嘻哈哈,来回跑动。

打年糕很花时间,平均每家需要两三个小时,还要开夜工,可小孩子玩嗨了不觉得时间长。有一次我与几个小朋友在邻居家中的前屋到处转悠,玩过家家、捉迷藏等游戏。饿了吃点糕头,含哺鼓腹,十分过瘾;冷了帮忙往灶里添把火,灶膛的火苗映红了脸庞,宛如脸上擦了胭脂一样。大家喜笑颜开,兴奋得通宵未睡。

临近除夕,妈妈头戴大草帽,身穿旧外套,手上拿着竹竿,竹竿梢头上捆绑着稻草扎成的掸帚,依次从厅堂、房间、灶间,到养猪养羊的生产辅助用房,将墙四角的"长脚檐尘"轻轻地缠绕到掸帚上。这在当地叫"掸檐尘",以干干净净迎接农历新年的到来。据民间传说,"掸檐尘"习俗始于春秋时期,因"尘"与"陈"谐音,新春扫尘有推陈出新的含意,也意味着把不顺心的事统统扫地出门,希望来年有全新的开始。

过年鸡是不能缺少的。家养的土鸡味道超级赞,可临近年关最怕小偷惦记。为此,多数家庭已将鸡窝转移到家里。白天抓回在室外到处跑的鸡是有窍门的,先在家里"喔嘟、喔嘟"呼几下,一群不知在哪里的鸡会循着你的声音很快跑过来,只要将一把稻谷或米撒在地上,然后快速把家里的木门木窗关上,鸡躲在黢黑的地方跑不了,一抓一个准。

普通人家鱼不会买多。一来难于保鲜,二来为了节约。除夕晚上,自家人一起能吃点草鱼或包头鱼,新年里去亲戚家做客是不能向鱼碗动筷的,大家心知肚明那碗鱼是凑碗数的,否则会被认为小孩子缺少教养、不懂规矩。

尽管老家不产勒笋,但过年、结婚、上梁吃勒笋的习惯一直沿袭了下来。大人们很早从市场上买回一两斤勒笋干,距过年还有一个多星期时,将它扔进水缸里,最好用淘米水浸泡。当勒笋被浸软后,父亲像篾匠用刀劈竹子一样将它横劈几层,然后竖向切丝。笋丝煮熟后从水里捞起,浸在清水里,然后每次想要吃多少就拿多少。勒笋很吸油,与肥肉末或猪油同煮味道最佳。勒笋干价格虽然贵,但东西实在,浸泡后体积会膨胀不少,一两斤能泡发好几大碗。勒笋不但松脆有劲,而且香味十足,不光村民喜欢吃,城里人也一样。

虽然儿时缺吃少穿,但年夜饭还是非常丰盛的,还会剩下一些,寓意年年有余。奶奶用升箩量米时,口中总是念念有词:"猪一升,羊一升,猫一升,狗一升……"嘴上说一升,行动上不会真的量一升,主要表达来年有得吃,连家里养的猪呀羊呀猫呀狗呀等也一样有得吃。祈祷来年五谷丰登在此时显得特别有意义。做年夜饭这项艰巨任务一定是落在妈妈身上的。我常常干的是烧火的活,有一搭没一搭地往灶里添柴,有时候还用火钳在灶前的平地上一遍又一遍画着圈。那块平地的泥土非常稀松,因为刚过去的夏天我扒开泥土捉过地鳖虫,收获还不小。烧火虽没有多少技术含量,但也不能完全开小差,炒菜需要旺火,焖煮食物要用小火。"火烧旺来",妈妈的声音传到我的耳朵里,看到灶膛的余烬只溢出暗红的光芒,我拿起火钳,将几大块柴火往里送,大火重新熊熊燃烧着,效果真不错,妈妈做的菜香味迅速钻到我的鼻孔里了。

除夕那天上午,要进行祭神仪式。公鸡煮熟后放在八仙桌上,鸡头朝里,它的嘴里衔一根大蒜,尾巴上插三根长长的鸡毛。"蒜"和"算"同音,"鸡"与"计"近音,寓意有算计。周围还要放年糕、一大块烧熟的肋条肉、水果、黄酒、米、盐和一条活鱼。八仙桌面的南边要点香烛。两个烛台上各挂一长串纸质金元宝。八仙桌北边放着二十四只小酒盅和立着的"马张"。桌前地上放着蒲团,家人轮流跪着祭拜。

除夕那天下午三四点钟,还要进行祭祖仪式。穷的时候,即使过年仪式省去,但祭祖仪式必须保留。祭拜时,将肉、豆制品、鱼等几个菜,以及年糕、水果等放在八仙桌上,往八仙桌东西北三边并排的数盏酒盅里倒上黄酒,筷子与酒盅齐挨着,线板凳碰着八仙桌脚,在八仙桌的南边点上两支蜡烛,地上放着蒲团或者一件旧衣服,这些准备工作做好后,请上逝去的曾祖父曾祖母、爷爷还有我的三个大伯等"坐上"八仙桌,父亲和我们三兄弟轮流叩拜,还要在室外烧些"金元宝"和"八佛"。差不多时辰后拉开线板凳,请先人们"起立"并到彭墩庙里念佛。用好后的黄酒一定是留给父亲喝的,父亲说:"喝过这酒,人的记性会变差,你们要读书,需要好记性。"祭好祖后,年夜饭就可以开始了。对着满桌大菜,母亲总是对我们三兄弟说:"多吃点,多吃点,一年一次,大家放开吃好。"我们往日的斯文一扫而光,胡吃海喝,饭饱肚圆,油光满面。

吃完年夜饭,轮到父亲给我们发红包了,钱不多,一般每人一元,我们却欢呼雀跃。晚上快8点时,父亲说:"早些睡吧,明天早点起床,一起到彭墩买野胡桃(山核桃)。"在那个买肉要肉票、剪布要布票、买烟要烟票的年代,买山核桃虽不用凭票,可连饭都吃不饱,山核桃这稀罕货有几家买得起?尽管他年年说,可我们小时候一次也没尝到过。

过年穿的新衣服是请裁缝师傅上门做的。缝纫机需要父亲在前一天晚上去上家挑过来。生活条件好的人家一般要请裁缝师傅做上三天,而我家做一天就够了。邀请的裁缝师傅有北河大队强强爷爷,海盐县澉浦的胜强叔叔两兄弟,还有北河大队的紫英阿姨和我们大队的徐芬大姐。强强爷爷来做新衣时我大概五岁,他带的铁制熨斗是用柴火加热的。胜强叔叔两兄弟家在海盐县,晚上住我们家里,我还记得胜强埋怨他弟弟时的情景。巧合的是,若干年后发现,有几位裁缝师傅与我或多或少都有一定的关系,徐芬大姐的妹妹夏芬是我小学同班同学,强强爷爷的小孙子金明和紫英阿姨的儿子建林都是我的初中同班同学。手艺人凭本事吃饭,靠的是口碑,他们有个特点,不但手艺精湛,而且吃饭速度特别快,节省吃饭时间,是为了多干些活。

脚上的新布鞋是母亲纳的。她需要先提早浆布,然后裁剪纸质鞋样,穿针引线纳好鞋底,有空时再做鞋胆、鞋舌、绲口条。妈妈为我纳的那么多鞋子中,我印象最深的是一双鸭舌头棉鞋,棉花是自家种的,棉鞋内衬上还打了几个孔,穿鞋带用。通过她的一双巧手,新棉鞋合脚、柔软,穿着特别暖和。妈妈除了为我纳新布鞋外,还要为爸爸、我的两个弟弟和她自己做,有时候还要给外婆做。外公死得早,没享到这个福。奶奶穿的鞋子主要由姑妈做。

我是家里的老大,新衣服年年有,两个弟弟就不一定了。为了节约,老大穿不了的衣服给老二穿,老二穿不了的衣服给老三穿。不但我家如此,别人家也一样。隔壁生产队有个小姑娘平常穿男式衣服,人们对此不以为奇。

除夕睡前,母亲会拿给我新衣服、新鞋子。我如获至宝,迅速将新衣服放到床的角落里,生怕半夜掉在泥地上弄脏了,再搬过一张小凳,将新鞋子放在上面,尽管年初一我还是穿着新鞋子走在泥地上。

无论家富家贫,大年初一燃放开门炮仗是每家的必备仪式,有的零点开始放,有的到早晨六七点钟才放。听着鞭炮声"砰啪砰啪"由远到近,由近到远,断断续续,此起彼伏,我躺在床上,时常兴奋得一夜未眠。"烟花向星辰,所愿皆成真""爆竹声中一岁除,春风送暖入屠苏",放爆竹也寄托着"合家守岁"的愿望,是我小时候最最美好记忆的组成部分,与有新衣服穿、有压岁钱拿一个道理。我家燃放开门炮仗的任务由父亲承担,凌晨两三点钟他从床上爬起来,口中喷着白蒙蒙的热气,快速走向室外,燃放时还要大喊一声:"开门炮仗大发财,骨碌碌银子滚进来。"希望老天保佑我家新年发财,是"明天会更好"的自我激励。燃放好开门炮仗,他会重新上床睡觉。

大年初一一般在家休息，初二开始去姑妈、大姨、舅爷爷、姨奶奶、爸爸的两个干爹等亲戚家拜年。外婆和舅舅家远在江苏，靠写信问候。拜年是相互的，亲戚也过来，热热闹闹，一般在正月初十前结束。拜年也讲次序，一般辈分小的要先拜辈分大的。可是我们拜姑父、姑妈年时，爸爸会开玩笑："掘沟先掘横沟，拜年先拜娘舅。"有一次，他笑中藏着得意和狡黠，问我："我与你姑父看起来他长得老相点，为啥他要叫我阿哥呢？"其实我知道姑父年纪轻时就掉光了牙齿，而个子又比爸爸高不少，估计两人年纪也差不太多，可看起来的确比爸爸显老。我那时也就十一二岁，我看着爸爸，慢条斯理地回答道："那为啥你叫姑妈为妹妹呢？"然后我俩哈哈大笑。按理说，爸爸大姑妈八岁，外甥先拜娘舅年也没错，可姑妈家条件好，可能是小嘴巴馋，也可能想早点去县城玩，反正我们早去的次数更多。由于那时缺少通信工具，有时候两家会不约而同在路上碰到，大家默认以一半路程的杨汇桥中间为界：在这边碰上，先来我们家；在那边碰上，先去他们家。大姨、姨父家近，拜年时也一样不按次序，有时候我们先去，有时候他们先来。大姨比爸爸小九岁，"阿姐，阿姐"爸爸嘴巴一向叫得很甜很真，规矩和礼貌那是必需的。

小时候，老家大部分家庭条件差，一般不主动做东召集客人上门，再加上没通信工具，并不知道哪些客人会在哪天上门，为了使客人来得整齐，减少接待批次和麻烦，而不希望战线拉得很长，一些邻居还悄悄地在大门背后倒放扫帚。用高粱梢做的扫帚头扎得很齐，喻示客人们来得也齐，可结果呢，肯定是老样子，哪怕客人真是一齐来，也是凑巧罢了。

上小学了

1971年春节过后,有一天晚上,家里的煤油灯火吃力地亮着。在灯光下,爸爸妈妈相互配合,一人用剪刀剪,一人用针线缝,为我做上学的书包。我睡意全无,在一旁静静地看着。爸爸还找出了一把破损的灰色雨伞,取中间的伞布重复利用。原来是绛紫色的布买少了,将伞布充当书包中的衬里布。妈妈还要我试试那细长的背带背着舒不舒服。说心里话,我很不喜欢这只绛紫色书包,那是女孩子使用的颜色,半椭圆形的形状和式样很土,内部很单薄放不了几本书。可想着家里的条件,我怎么能开口提出调换书包的要求呢?只能将就着使用了。

按老家风俗,小孩上学的第一只书包应该由外婆家买的。除了书包,还需配几斤糖果,好"进贡"给学长或同学们吃,也叫"接缘",以取得他们的关照。

可我外婆远在江苏,以那时候的交通条件,路上需要两天行程。上小学前我碰到外婆一共只有两次:一次我还在襁褓之中,是外婆来我家照顾做产的妈妈和我,当然我那么小也压根儿不认识外婆;另一次,我两岁多时,母亲第一次带我上外婆家做客。再说外婆家条件还不如咱,要想外婆给我送书包就不指望了。

春节过后不久,我背着书包去家后面三百多米叫顾家堰头的地方上小学。路上要经过"上高地"和"下滩"之间的路。上课铃响后，几十双黑宝石一样的眸子从教室的各个角落扑向讲台。第一堂语文课，老师教大家认读写"毛主席万岁"。同学们小手摆放得整整齐齐，声振屋瓦。但是，当第一次握笔写字时，大家你看我、我看你，都不知道咋回事，好在老师很有经验，每一个小朋友旁边安排一位学长帮助。我先是自由发挥，把"毛"字不是写而是画下来，字还是躺着的。后来，高年级的邻居珍宝姑姑，大手把着我的小手教，几番练习过后，字才算有点样子。第二堂和第三堂语文课是学"中国共产党万岁！"和"中华人民共和国万岁！"。

学校有一排平房，有五六间房子，平房前面是泥巴场地，是学生们的室外活动空间。入学不久，学校要求每个学生带上自制的红旗到校。我们是生在新社会、长在红旗下的一代儿童，鲜艳的红旗喻示着朝气蓬勃，鼓励我们努力学习，长大后努力做合格的社会主义建设者和接班人。爸妈为我准备了一块红色的丝绸，用一根小竹竿当旗杆，拿针线缝一缝，我的小红旗就做好了。每天上学除了背着书包外还要扛着小红旗，到了学校把小红旗集中插在校舍前面空地一角，微风吹来，几十面小红旗齐刷刷地迎风飘扬，成了一道亮丽的风景。

上了两个来月课后，班里开始选班干部，说是选举其实是老师指定的，我任班长。想不到，这班长一当，竟连续当到初中。到了小学高年级，我还担任学校红小兵大队长。我想，任班长或大队长无非是率先示范好好读书，并帮助班级和学校多做些事罢了。好好读书是父母亲对我的期望，多做些事是服务同学的需要。

"你昨天上课不来，老师说你是吃喜酒去了？"一个同学问我。

我先吓了一跳，后一脸茫然。是的，我曾向班主任请假一天，到亲戚家里"吃酒"去。"吃酒"是家乡话，书面语是"喝喜酒"，一般指结婚、上梁、小孩满月时摆的酒宴，十几年之后范围扩大到孩子参军和考上大学等摆的酒宴。家乡话读音"喜"与"死"不分，我听她说的"吃死酒"一开始以为是吃豆腐饭呢。原来同学把普通话和家乡土话混合在一起，一时把我搞蒙了，让人想起来忍俊不禁。

一把小小的粉红色塑料洋号玩具十分稀奇，它长不足十五厘米，吹起来声音蛮好听的。我上二年级时，妈妈去外婆家做客，在路上买了送我的。我拿到学校里，上课和课间休息时放得好好的；直到放学回家路上，才敢拿出来，与同学一起吹，一起分享。"嗒嗒，嗒嘀嗒，嗒嗒"，几个同学轮流吹着，有一个同学多吹了一会儿，"好了，好了，该我了！"另一个同学已迫不及待。我们玩着如此"高档"的玩具，一张张小脸上洋溢着得意的笑容。我小时候一共拥有两样从店里买来的玩具，除了洋号外，还有两颗玻璃弹子。

在顾家堰头读完小学一、二年级后，第三年便去费家桥的彩虹小学本部读三年级了。费家桥既是地名，又是桥名，石桥附近是生产大队队部所在地，那里有机埠，有水桥，有加工稻谷、小麦、稻草的小厂。机埠和水桥至今完整保留着，还在发挥作用。特别是水桥，一座架空的引水槽，多数同学在那儿翻爬过，也有胆子大的从上面细而间隔很宽的水泥横档上走到河对岸。教室设在小河之南一户姓汪的农民家里，小河是夏家漾往东到台上的水路。农家厅堂东西长，南北窄，学校安排三、四两个年级的复式班。三年级朝西坐，四年级朝东坐，老师给一个年级同学上课的时候让另外一个年级的同学做作业，他一节课在东边上，另一节课在西边上。我作业做得快,做完作业后喜欢蹭四年级同学的课。

家里穷,每一分钱都要掰成两半花。多挣钱有困难,只能尽量少花钱了。申请减免学费是少花钱的办法之一,同时又不影响我的学习,为此,爸爸经常要我写减免学费申请。三年级一个学期学费九角钱,当时相当于妈妈两天劳动所得。也许因为我读书认真,成绩又好,老师总是给我开绿灯全免学费。"老师,我也要打报告减免学费。"一个家庭条件与我差不多的同学也想申请。老师说:"报告打上来吧。"等申请结果批下来的时候,我是全免,而他只是减半。他带着疑惑的神情找老师,老师说等他学习成绩与我并驾齐驱时也会全免。

那时候,不光我家里穷,学校也很穷,穷到连教室里只有书桌没有凳子。

雨滴滴答答下个不停,我肩上扛着线板凳背着书包,手中撑着雨伞艰难地行进在去学校的路上。路旁有的社员穿着蓑衣挑着秧苗,有的穿着塑料雨衣弯着腰种田,稍远处青蛙的呱呱叫声不绝于耳。学校缺凳子,可不少同学家里也缺凳子,为此,大家只能早晨上学把凳子带到学校,晚上又从学校把它拿回家。我最喜欢拿家里的线板凳,一种长约一米,宽不足三十厘米的凳子,这样的凳子不但可坐两个人,而且走路时可以方便地扛在肩上。到了夏天,线板凳能用于午睡,为了公平,同桌轮着在桌子和线板凳上睡。

三年级前,教过我的有魏留成、陆春甫、吴珠松、陆关球等老师。三年级下学期,学校有了新校舍,学习条件得到极大改善。学校有很大一个院子(兼操场),前面是大队礼堂,后面一排平房是教室和老师办公室。教室里除了桌子,还有了凳子,同学们再也不用从家里拿凳子去上学了。学校依旧没有食堂,晴天,学生们中饭回家吃,遇到下雨天,由家长或请邻居送饭过来。放学后同学们在学校操场上统一集合,按不同线路排成几支队伍回家,大家一路上引吭高歌,一首歌唱完接着唱另一首,走在队伍中的人越来越少,一个个离开大部队往自家的方向走去。

学校条件得到改善的同时,家里的条件也得到了改善,最明显的标志是开天辟地通上电啦。第一次用上电觉得好新奇,电是什么东西,我看不见闻不到不能摸,但我知道电可以使灯泡明亮。从此,光线昏暗的煤油灯时代一去不复返了。

这是三年级时的一天,放学回来,我突然发现家里有棕色带白花点的电线通过奶白色的瓷质固定夹架在房梁上,电线穿过胶木连接到灯头。家里总共装了两个灯头,一个在西边卧室,另一个在厨房与厅堂放八仙桌位置的中间,两只灯泡尽管都只有十五瓦,但对用惯煤油灯的人来说,这电灯瓦亮瓦亮的,青灯黄卷的历史终于结束了。

学校注重德育。不仅教"爷爷七岁去讨饭,爸爸七岁去逃荒。今年我也七岁了,高高兴兴把学上。翻身不忘毛主席,幸福不忘共产党""糖儿甜,糖儿香,卖糖老头把毒放"等儿歌,讲述桐庐南堡大队"泰山压顶不弯腰"的抗洪事迹和绍兴上旺大队党支部书记王金友的故事等,还注重现场教学的方法,效果很好。

有一次,学校突然通知全体学生到操场上集合。只见吴珠松老师高高地举起右手,手中拿着吃剩的米团子,告诉大家这是他在来学校的路上捡到的,他说可能是我们中的某个同学扔掉的,但不管是或者不是,大家都要吸取教训,因为浪费粮食是一件非常可耻的事。我觉得吴老师讲得很对,饿过肚子的人体会更深。不知是谁扔的米团子,反正他(她)的行为是可耻的。现场教学很生动,效果很好。若干年后,我才学唐诗《悯农》,还学"一粥一饭,当思来处不易;半丝半缕,恒念物力维艰"的道理,学习的时候我不由自主地想起吴老师那次现场教学的情景。

放学后,我们经常学雷锋争做好人好事,几个小伙伴挨家挨户宣传小心火烛,检查柴火灶炉膛的火苗是否熄灭和灶前柴火放置是否有合理间隔,碰到五保户和家庭困难户还帮助抬水把缸盛满和打扫卫生。大家干得热火朝天,还充当起"田螺姑娘"的角色,做好事不留名。分别时,大家走在路上精神抖擞,还轻轻地唱着歌:"学习雷锋好榜样,忠于革命忠于党,爱憎分明不忘本,立场坚定斗志强……"

晚饭后,同一生产队的学长奇芬等带着小朋友们一起锻炼身体,在生产队共育室前面的水泥场地上集中做广播体操。

上三年级时,我接受了人生第一次现场红色教育,当时的活动叫"野营",去海盐县六里堰瞻仰新四军烈士墓。路上来回两天,晚上睡在闸口附近老沪杭公路南侧的一所小学里。被子是从家里背去的,教室里几张课桌拼一下,便是床,吃的是从家里带去的干粮。通过窗户能望见北面公路上偶尔有卡车飞驰,在那个看到汽车不知有多么过瘾的年代,这实在是一次难能可贵的活动。第二天天刚鱼肚白,大家沿老沪杭公路步行,一路往东,来到了海盐县六里堰公路旁的山边上,往上看,山坡上有一个个土墓,没有苍松翠柏,没有围栏石柱,便是新四军烈士的墓。之后,同学们排成几排,低眉凝眸,向烈士默哀鞠躬。老师说:"同学们,红领巾是用烈士的鲜血染成的,大家要珍惜现在来之不易的机会,好好读书,长大后做对社会有贡献的人。"我好奇这些新四军战士是参加了什么战斗牺牲的,为何长眠在海盐县六里堰,想必当年老师也一定讲过,可我忘得一干二净。通过查阅资料得知,1944年7月,新四军海北支队与日军、伪军于海盐县六里堰爆发了一场大规模战斗,经过殊死搏斗,虽然最终取得全面胜利,但不少战士却献出了年轻宝贵的生命。我们敬仰革命先烈,懂得要不忘历史,好好学习,增强本领,以自己实际行动完成革命先烈们未竟的光辉事业。

学校还注重开展文艺活动。我虽然没有多少文艺细胞,但作为班长,必须带头参加一些班级文艺表演,如歌舞节目,还有三句半。老师要求统一演出服装,那个年代不可能买新的,大家就想办法向别人借。有一次,我向邻居文强借草绿色军装上衣,文强比我小一岁,服装大小差不多,他满口答应,我非常高兴。那次表演的节目是合唱《歌唱祖国》等,几个小朋友从舞台两侧假装骑着奔马上场,因为没有音响设备,嘴里还要喊出"咯噔噔,咯噔噔,咯噔噔"的马蹄声,然后快速集中到舞台中央合唱,还要边唱边舞。我们还表演三句半,手中本应拿小锣、钹等,这样表演效果更佳,可这些东西学校没有。不过由于内容具有趣味性,台下的同学看得津津有味,不时爆发出欢快的笑声。

我从小喜欢看书,可除了课本,家里没钱买书,也没听说哪里有借。这样,我就学不到很多课本外的知识。不过代写信件和去田间地头读《"双抢"快报》两件事倒是锻炼了我的学习本领。

外婆家离得远,妈妈又不识字,她经常要我代她给舅舅写信。以前写信的任务由爸爸完成,后来落到了我身上。三个舅舅中二舅文化程度高一点,他小学毕业,所以信就写给二舅。信的内容一般先由妈妈讲述,先介绍这儿的情况,再问一下那边的情况,然后再问问外公外婆的身体情况。除了妈妈口述外,还有些内容我也提醒她考虑要不要写。当然我只是提醒,写与不写由妈妈决定。写完以后,我认真地从头到尾读一遍,等妈妈认可后就可以邮寄了。

除了帮妈妈写信,有时候还要帮她的小姐妹写信。妈妈的小姐妹粉林,我叫娘姨,她小学毕业,会识字,也会写信,但她有时也要找我代写,她对我青眼有加,夸我聪明、信写得好。

七月,太阳像烧得赤红的锅一样炙烤大地。从七月中下旬,到八月初立秋前,是一年中农民最辛苦的"双抢"(抢收抢种)季节。要将成熟的早稻抢收进来,同时要将晚稻秧苗种下去。这些农活包括割稻、打稻、晒谷、耕田、拔秧、插秧等,一般在半个月内完成,工作量极大。如果误了农事,立秋后才插秧,晚稻就没有好收成了。为了避开容易中暑的中午高温时段,凌晨三四点钟大人们就开始在田头干活了,到晚上七八点钟息工。这个季节大人辛苦,小孩自然也不会轻松,我凌晨三四点钟在乌漆墨黑中拔过秧,晚上拉上电灯打过稻。有时候虽然没有上工,但也要从事烧早饭、拾稻穗、割羊草等劳动。有一次,爸爸妈妈头天晚上要我第二天负责烧早饭,我也答应得好好的,可第二天他们开完早工回家,发现我竟然还在床上熟睡着,这下,家里的火药桶炸响了,大人把我骂得狗血喷头。我细思极恐,心里也十分难过,自己也不知道为什么会睡得那么死沉沉,要是家里有个闹钟就好了。

每到夏天"双抢"时节,大队领导会请学校完成一项任务,让老师带着学生去田头读《"双抢"快报》。《"双抢"快报》由学校老师负责编辑油印，内容不外乎上级通知、各生产队的双抢进度、身边发生的好人好事等。全大队地方也不小，为了提高效率，去田头朗读一般要分几个组，我多年参加其中一个组，每天跑五至六个点，每次都是圆满完成任务。有时候，我们前脚离开一个点，社员群众后脚就打听我们几个是谁家的孩子，说这孩子长大后一定会有出息，我听了倍感骄傲。

小学四年级，学校来了两位新老师，一位是教语文的王文乐老师，是我的新班主任；另一位是教图画的龚盎明老师。王老师四十多岁，龚老师五十岁左右。王老师的语文课打破常规，给学生讲《水下尖兵》《难忘的战斗》等故事，每天讲一到两章，同学们听得津津有味。《水下尖兵》讲述海湾南端的飞鲨水道，是万吨巨轮通向新港的必经之路，为了疏通航道，解放军驾驶一艘潜水工作船，捞沉船、炸暗礁，已经苦战了两个多月。眼看任务快要完成了，又发现龙虎两个暗礁间有金属障碍物，水下尖兵排除了障碍物。《难忘的战斗》讲述的是1949年，解放军某部解放了江南某城市，可国民党特务陈福堂以富国粮行总经理身份潜伏下来，妄图卡住我城市粮源。我军管会购粮工作队队长田文中带领队伍深入主要产粮区发动群众，粉碎了敌人一个又一个阴谋诡计，擒拿了潜伏特务陈福堂和土匪头子。但是，打死我卫生员的敌粮行账房先生仍逍遥法外，艰巨的战斗仍将持续下去。

现在想来，如果语文课上王老师穿插一下要求同学讲故事，那就更好了；如果再安排几次讨论，那就完美了。这些都是培养小孩子能力的必备手段啊。

王老师对待学生真当好。有一次学校组织我们去海宁县城硖石镇东山春游,可我舍不得花钱说不打算参加。想不到那天天刚蒙蒙亮,王老师悄悄地亲自到家里来叫我了。"利松呢?"我隐隐约约听见王老师的声音。"他还睡在床上呢。"父亲回答道。老师给了那么大的面子,我还能不参加春游吗?我睡眼惺忪,一骨碌从床上爬起来,简单吃了点早饭,屁颠屁颠跟着王老师出门去了。

临近中午时分,我才发现自己忘带吃的,所幸老师和同学们匀了点东西给我。

东山高不足百米,但我感到十分稀奇。居高临下,第一次眺望海宁县城硖石镇及周边农村的全景:错落有致的缩小版街景,由近及远参差数以千计人家,马路上来回走动的小小人影,一块块排列整齐的绿油油的迷你型田畈,还有一条影影绰绰的长山河伸向远方,那是我从家里坐船来县城的必经之路。山水画一样的美景,煞是好看,让人如醉如痴、流连忘返。

新来的龚盘明老师绘画水平很高,随手在黑板上寥寥数笔,或成一物,或成数人,极具情趣。可我试了多次,发现没有画画的天赋。

我的小学既不是五年,也不是六年,而是五年半,最后的半年称"过渡班"。因为我们那时一年级到五年级是春季开学,初中是秋季开学,中间需要过渡。1976年夏,我小学毕业了。

家庭是人生的起点。除了学校的教育,家庭教育也极其重要。特别是在小学阶段,父母对我的教育和奶奶对我的鼓励使我受益终生。

父亲常灌输"铁锄和笔""草鞋与皮鞋"的道理。虽然有些功利,但也非常现实。说的是小孩子一定要好好读书,长大后可以穿着皮鞋拿着轻巧的钢笔上班,否则一辈子只有穿着草鞋拿着沉重的铁锄在田头辛勤劳作的命。我小学三年级之前,家乡没有通电,那个年代,谁也不会想到以后还有计算机,谁也没有想到现在的人很少拿钢笔,即便是当农民,铁锄也一般用不着拿了,取而代之的是机械。但当年的确是这样,一位邻居伯伯从部队转业回家后成了生产队里的会计。我发现他经常在家里噼里啪啦打着算盘,还不时地拿起钢笔写着什么。因为他有文化,所以他们家的条件会好很多。他们经常在邻居面前说黄豆烧肉或肉骨头烧黄豆的要领,比如黄豆要浸多长时间,酱油什么时候放入锅,可是我家根本没有那个条件。

有一次,爸爸炖了一碗肉给我吃。我有些诧异,那天家里既没有来客人又不是过年过节,怎么会有肉吃呢?第二天我才知道,天哪,昨天吃的竟然是老鼠肉。爸爸对我说:"家里缺粮食,可坏老鼠还来偷,老鼠长得滚壮滚壮,请它将吃掉的粮食还回来。"老鼠是爸爸用鼠笼捕到的,还说他小时候也吃过老鼠肉。我知道后觉得有点难受,但吃也吃了,有什么办法呢?还有一次,家里来了阉猪客,爸爸还炖猪的睾丸给我吃。

记忆中,我小时候家里从来没有黄豆烧肉或肉骨头烧黄豆,倒是有毛豆炒小白菜。毛豆炒小白菜谁家都有。

奶奶虽斗大的字不识一个,但她很会鼓励我学习。每当一个学期结束,我拿回奖状的时候,奶奶非常开心,总是笑着对我说:"学校给奖赏了?好!好!"我至今也不清楚,是她没有文化对着口音把"奖状"说成"奖赏",或他们那一代人本来把这些说成"奖赏",

还是因为学校除了一纸奖状,还有橡皮、铅笔之类的小"奖赏",所以说是"奖赏"？反正,奶奶口中的"奖赏"一路鼓励着我不断成长。

而父母亲更直接,把我每学期的一张张奖状高高地粘贴在墙壁上,这样无非是让邻居和亲戚朋友褒赞一番,恐怕也有要我珍惜荣誉的意思。这些奖状后来随着房子的拆迁,早就不知弄到哪儿去了,非常可惜。到了我女儿从学校拿回一堆奖状的时候,我就改变了方式,小心翼翼地放进抽屉保管起来。

趣事和囧事

　　屋前场地有一百多平方米,家家户户都一样,都是泥巴地。我小时候,场地东边有一棵很大的枣树,树龄较大,有些侧弯,树梢向着偏西的方向。大枣树北面常年有一个柴垛,从家里柴灶边上的侧门,到这个柴垛只有几步路。场地西边也有一棵枣树,这棵枣树年龄小些,树干长得相对笔直。

　　场地有多种功能,既是庭院,又当晒场,更是夏夜吃饭乘凉的好地方。太阳渐渐地向地平线靠近,静静地把金子般的余晖映照到树梢上,蓝色的袅袅炊烟飘忽到天空里,奶奶在泥地上泼了些水降温。晚饭时分,我和弟弟把春凳、秧凳搬向室外,一家人围着春凳坐着,春凳上摆着稀饭、玉米和一些咸菜,知了在不知疲倦地鸣叫。吃饭时大家基本不说话,吃饭速度很快,等大家吃好,常由妈妈洗碗,其他人继续坐着乘凉。东边红月亮开始爬高,大家手中摇着蒲葵扇,兄弟三人很喜欢听奶奶和爸爸讲故事。他们两人往往是轮流讲,边讲边用蒲葵扇"啪啪啪"地扑打着脚,使蚊子吃到苦头,四处逃窜,而我们往往听得出神,肌肤起了红红的大包小包。我有时候把家里的另外一条春凳搬出来,没有月亮的夜晚,躺在上面睁着眼看满天的星星和闪亮的银河,听奶奶说,农历七月初七那天,人间所有的喜鹊全部飞上了天,头咬着尾,天上会形成一座看不见头望不到尾的鹊桥，牛郎织女通过鹊桥相会后下到凡间。有时候，等妈妈把碗洗好，一家六口去房屋西边的机耕路上乘凉，我和两个弟弟往往静不下来，喜欢去追赶一只又一只一闪一闪飞来飞去的萤火虫，偶尔也想去抓，疯跑得满头大汗，抓到几只装到瓶子里，可发现它们不再发光，又轻轻地将它们放生，小家伙又一闪一闪地发着微光不紧不慢优雅地飞翔在大自然中。还有的时候，同姓的五户人家集中到斜海桥上乘凉，桥中间是制高点，周围几百米没有建筑物遮挡，只要有一丝风儿吹来，那股凉气就会渗透到人们的骨头里。也是在这座桥上，我第一次听说了歌唱家郭兰英以及她的一些故事，第一次知道有个叫香港的地方，还有那个城市的繁华。

房前场地前紧挨着还有一块地，一边用篱笆围着，那是我家的菜园；菜园旁是家里的生产用房。生产用房共有两间，一间养着猪，另一间养着羊。家里还养了鸡和猫，鸡窝搭在家里一隅，为了防止小偷，只能承受鸡屎臭味。那只黄猫与我同岁，脾气似乎特别好，可冬天喜欢钻进灶膛和被窝。我对黄猫不咸不淡，它陪伴了我十几年。

农村的孩子没有福气常捧书本，放学后劳动是必修课，如斫草、打楝树核、剥桑条皮、结蚕网、种油菜、种蚕豆、拔秧种田、拾稻穗、搓草绳等，为家里减轻一点经济负担。

草是给羊吃的。大羊可以生小羊，然后卖小羊换钱，也可把小羊养大；也可以剪羊毛，等羊毛长到一定时候，爸爸磨好剪刀，将羊的四条腿捆扎起来，羊乖乖地侧卧在地上，有时候"咩咩"叫上几声，有时候叫也懒得叫。爸爸用剪刀一刀一刀将雪白的羊毛剪下来,卖给供销社换些薄钱,换些油盐酱醋。羊的食物主要是草和菜叶。田埂边、沟渠边是杂草容易生长的地方,那时候大人没有地方外出打工,生产队息工后他们也加入斫草的行列,斫草的人太多,以至于很多地方已无草可割。小孩子常常两三个小时也割不满一草篰。有的人去偷割种在田里的草籽花,草籽花的紫色"小伞"能增肥力,化作花泥润庄稼;有的人偷割油菜田垄中长长嫩嫩细细的青草,油菜正在扬花,人钻到油菜丛中,会碰掉花粉,油菜籽的产量就会受影响。这些坏事,我不会去干。但不割草会无聊的,有时候干脆一不做二不休,几个小伙伴玩一种叫"掼年宝"的游戏,实际上是一种小赌博。找一块泥质酥软最好是积水退去不久的场地,几个小朋友站在两三米开外,一个个将镰刀扔出去,镰刀在空中几经翻转后落地。根据镰刀在地上的形状赋分,出现的形状概率越小赋分越高,最高分是刀柄插在泥里镰刀像"7"字,最低分是镰刀面朝上在地上"躺平",几次下来总分少的人要将草篰中的所有劳动果实贡献给总分高的小伙伴。羊要吃草,但小孩没有斫到,大人就要出去斫,或去扒水中自家的湖羊草。湖羊草是存货,相当于"储蓄",不到万不得已不会轻易动用。有一次,我斫到的草在草篰里只能垫底,多也没有,我也与小伙伴"掼年宝",讲好三局,结果是一输一赢一平,虽然草还是归各自的,但时间悄无声息地溜走了。

斜阳有气无力地洒在大地上,天色已渐渐地暗淡下来,我从外面匆匆地赶回家,迅速向在家旁边自留地上劳动的父母投去一瞥,心里发怵,生怕他们发现我的草篰几乎是空的,于是猫着腰像做贼一样,飞快地跑进羊舍里,把可怜得不能再可怜的一点点草从草篰里倒出来,投到羊的嘴边。但羊是不会听我话的,不一会儿,还是

"咩咩"地叫。羊舍角落里原来堆放草的地方还是空空荡荡的,想不留下痕迹都难。结果是我挨妈妈一顿臭骂,我木愣愣地听着,老老实实低下头不敢正视她。最后,天快黑了还难为妈妈拿着镰刀和草篰又出门去了。

我买的第一根皮带部分钱是用楝树核换来的。楝树上的楝树核,像疏于管理而长成的葡萄一样,虽成串,但颗粒之间很稀松。打楝树核与打枣子方法不一样,比打枣子累多了,因为枣子没几颗,但楝树核满树皆是。我做了钩子绑在竹竿上,通过"钩""绞""抽"等办法向楝树发起总攻,战利品盛了满满的两篮。可楝树核不值钱,卖给彭墩农副产品收购部总共不到三角钱。我去隔壁的商店左瞧右看,这点钱连一根最便宜的皮带都买不到。皮带的材质还不是皮,是尼龙布一样的材料压出来的,装了类似军用皮带的头。皮带依旧静静地躺在柜台里,似乎在朝着我微笑,我越看越喜欢。必须把它请回来!我拿出了"杀手锏",厚着脸皮,向大人开口,终于得到父母亲的友情赞助,他们添加了两角钱,总算实现了我的心愿。

我们还用桑条皮换钱。

桑条剥皮后不易被虫蛀,塞进灶里烧的时间长、火力旺,而虫蛀过的桑条就大打折扣了。桑皮能入药,供销社定期收购。

剥桑条皮一般是在晚上。白天,爸爸妈妈将桑条枝剪回家,奶奶和我们兄弟几个一起采桑叶,蚕宝宝需要吃新鲜桑叶。桑叶不能沾水,若是下雨天采,要把枝条挂在绳子上晾干,否则蚕宝宝吃了会生病。家里蚕宝宝养得多,它们吃桑叶时发出的"沙沙"声,粗粗一听,还以为门外下起了中雨。到了晚上,蚕宝宝休息了,而我们不能休息,要继续劳动,还有一大堆桑条等着剥皮。新鲜的桑条皮容易剥,若放上一天再剥,水分蒸发,难度自然增加不少。剥桑条皮最初采用榔头敲枝条,然后把皮拉下来,但效率不高。后来有人发明更好的办法:用两根棍子夹。其中一根固定,另一根做成活动的,一端与固定的棍子头绑在一起,样子像铡刀一样。放入桑条后,一人把活动棍子的另一头按下来夹住桑条,另一人用力抽出桑条。夹过的桑条很容易剥皮,效率自然提高不少。

蚕网是移动蚕宝宝的工具。蚕宝宝在蚕匾里吃桑叶和休眠,吃过的桑叶梗和蚕粪需要定期清理。蚕农们想出了一个充满智慧的办法,将蚕网轻轻叠在蚕匾中,上面均匀地放上桑叶,蚕宝宝吃叶时自然会从下面爬上来,然后蚕农拎着蚕网的四个角,将蚕网放到另一张蚕匾中,将原来蚕匾中的杂物清理干净即可。

为了省钱,在我小时候,家中的蚕网全是自制的。用事先搓好的草绳在专门的架子上织网,刚开始我观察大人们如何织,后来也慢慢学会了。等我长大了,自制的草绳换成塑料绳;再以后,蚕网不用自制,买现成的了。

除了劳动,我们还有很多玩的时候。最奢侈的就是看电影了。小学教室与大队大礼堂之间有一块大大的操场,那儿是生产大队放电影的地方。小时候,爸爸妈妈带着我和弟弟在那儿看过好多好多电影。

操场上挂着一块幕布,幕布是长方形的,中间白色,四边带黑色。操场中间有台电影放映机,放映员认真调试着机器。约晚上7点,露天电影正式开始。先放十几分钟的加映片,大部分是纪录片或科教片之类,后放映正片。场地上人群黑压压一片,前面的观众坐着,凳子是从各自的家里搬来的,后面的人站着,最后排的观众干脆站到了凳子上。他们的眼睛直勾勾地盯着前面的银幕,沉浸在剧情之中。看到电影中的坏蛋,都恨不得上去狠揍一顿;看到电影中好人快要牺牲时,恨不得上去提醒一声或干脆深入虎穴把他们救出来。在放电影过程中,烧胶片、停电、等"跑片"的状况经常发生。即使这样,人们也不急不躁,耐心地在现场一边等待着,一边聊着天。看完电影,走在回家的路上,我有时感到像被打过鸡血一样。有一次,月光实在是太美了,清清冽冽,洋洋洒洒,如潮水一般涌过来,我走路也会像三级跳一样,浑身充满了激情和力量。

《小兵张嘎》《闪闪的红星》《青松岭》《看不见的战线》《阿福》《春苗》《杜鹃山》《卖花姑娘》《龙江颂》《红灯记》《智取威虎山》《沙家浜》《地雷战》《地道战》《南征北战》《红色娘子军》《奇袭》《奇袭白虎团》《渡江侦察记》《难忘的战斗》都在那儿看的。《红色娘子军》中洪常青高举着手露出白色的破袖口以及他人给"南霸天"撑伞,《龙江颂》中江水英唱的"……该不该?"以及他人的回答"应该,应该",《青松岭》的主题曲"长鞭哎那个一呀甩吧,叭叭地响哎,哎咳依呀"以及老大叔赶着马车在跑,小兵张嘎将自行车轮胎放气,《阿福》中高高的椰子树,《看不见的战线》中的"老狐狸",《奇袭》中志愿军吹口哨,《卖花姑娘》的主题曲音调,《闪闪的红星》里潘冬子妈妈唱《映山红》及电影中的台词"我胡汉三又回来啦",等等,都给我留下深刻印象,一辈子也忘不了。

一年四季,我们最开心的有两个季节,冬季有春节,有得吃有得穿,自然是开心的,还有与春节不相上下的夏季,虽然这个季节干活艰辛,但玩起来爽快。

火红火红的球体挂在天空,将巨大的热量传递到大地。风姑娘不知去哪儿做客去了,一片片树叶全都纹丝不动。知了却不知疲倦,在树枝上不停地唱着歌。六岁那年的酷夏,我和邻居利中和文强、大弟等四五个小伙伴在良良家的竹园里爬竹子,我朝手心吐口唾沫,搓了搓手,然后曲着腰,在两只手往上拉和两只脚往下蹬的交替过程中迅速向竹子顶部爬去,我还不时地朝旁边的小朋友一瞥,他们也一样用力,有的小朋友水平更高,还会在空中从一根竹子换到另一根竹子上。不过有一次我从竹子顶部快速滑落下来时左脚踝擦到了地上的石块,这些石块是利中家买来建房用的,一下子把我脚踝拉了个大口子,鲜血直流。后来妈妈带我到彭墩的合作医疗所医治,医生用像鱼钩一样的针给我缝了几针。左脚不能下地,我只能乖乖地待在家里,用一只凳子代替拐杖才能行走,甭提有多狼狈了,伤着的地方至今还留有印记。那一年夏天,我本来在爸爸的指导下差不多会游泳了,可是因为脚受伤不能下水,只能半途而废,到了第二年我才学会。

　　之后几年的夏天,总有一艘木制小船静静地停驻在夏家漾里,船头船尾船沿船舱热得也许能把鸡蛋烫熟。我和大弟等四五个小伙伴下河游向了小木船,船成了大家最大的玩具。我们有时站在船头跳水,动作也不断变化,或头先入水或脚先入水;有时干脆几人合力将船翻过来又翻过去,船翻过来时像大海中还未潜入深水中的鲸鱼,船背黑黑的,滑溜溜的,要重新翻回去是一件不容易的事,有人踩船背边缘,有人在另一边水中奋力抬船舷,有时还要在水下顶,往往要几个回合才能成功。当然,不管如何翻,人上岸前一定会将船体归正,舀尽船舱中的水,保持船在水中当初的模样。

除了玩翻船,一次我还玩更刺激的"水下走"游戏,望着不宽也不窄的夏家漾我深吸一口气,从容地从北岸河埠头石阶下水,找准方向在水下淤泥中行走。水的浮力像一只大手,把我往上扯,为了防止人在水中漂浮起来,我双手捧着一块较大的石头。水的阻力好大,水下走路好像独自一人要推开地下人防工程厚厚的隔离门一样困难,我无法跨出较大的步伐。水下冷冰冰的,我紧闭双眼,屏住呼吸,小心翼翼走出淤泥,踏上了对岸的石阶,走出了水面。发现岸上小朋友在驻足观看,他们说我人走到哪里,水泡就翻到哪里,十几双眼睛就齐刷刷盯到哪里。不过,小时候我就走过这么一次,因为上岸不久有人告密被奶奶知道了,我被她骂了个半死。

无论是翻船还是水下行走,小伙伴们都是有一定的游泳功底作支撑的,小伙伴们自由泳、仰游以及打猛子水平都还不错,没有这些功底的小孩不要去学。再说,作为宽阔通道的水面上一定要干干净净,不能有水草等杂物遮挡。如果没有一定功夫和良好的水面情况,玩"水下走"游戏容易乐极生悲闯大祸。可是尽管这样,后来我越想也越害怕,假如在水中走偏了方向后果不堪设想,宽阔通道的左右两旁布满了厚厚的湖羊草,人能否从湖羊草下面钻上来,不得而知。现在想起来,这两个游戏确实十分危险,读者们千万不要模仿。

太阳慢慢西沉,开始向远处树枝上挂去,偶尔有一点微风可它终究是吝啬的,可即使这样,一丝丝清凉还是能够往人们的毛孔里钻,提示人们准备晚饭的时间快到了。我走近放在房间里的米囤,用升罗盛了一些米,倒进黑色的铁制淘箩里,拎着淘箩环去淘米。站在河边的石阶上,看着水中的一群群䱗条鱼快乐地游来游去。

但是,当我将淘箩放进水中时,窜条鱼像离弦之箭,四处逃窜。看样子要抓住它们是非常困难的。我慢慢搅拌淘箩中的米,淘箩周围的清水慢慢变成白色的浑水,等上一会儿,在水面基本恢复平静,水未清澈之际,快速将淘箩拎出水面。运气好的时候,能抓到一两条来不及逃走的鱼,毕竟淘箩的直径实在是太短了,绝大部分时候还是空手而归。

相比之下,父亲会抓鱼。他大多是采用扳罾捕鱼,偶尔捻河泥时会"歪打正着"捻到黑鱼。

罾是一种较大的方形渔网,两根弓形细竹竿交叉成"十"字支撑四角,网的中部呈凹形。"十"字支撑点用麻绳捆着一根长度适中的粗竹竿,利用这根粗竹竿将渔网轻轻放入水中或迅速提起,放下与提起间隔十分钟左右,若有鱼刚好游进网的区域,网提起来时就成了囊中之物了。

劳动了一天的爸爸常常利用晚上休息时间拿着罾出门。我在家里没事的时候会跟着去。

夜色黑黢黢的,空中闪烁着几颗若明若暗的星星,远处偶尔有青蛙呱呱叫上几声。爸爸不慌不忙地将他的罾在水中轻轻放下或快速提起。河对岸的树,还有远处的田园和住家,隐隐约约,朦朦胧胧。那些高矮不同、形状各异的树都怪吓人的:有的像瘦骨嶙峋的饿鬼,有的像身材高大的恶鬼。我的心一阵紧似一阵,我可不敢提早单独回家,只能硬着头皮坐在地上,有时候免不了胡思乱想。"泼剌剌",我看到罾出水时沉沉的凹形部分有明晃晃的东西,啊!父亲网到鱼了。我从他的笑声中似乎看清了他那张黝黑、额头布满沟壑又坚毅刚强的脸,是那么的悠然自得。

爸爸至今对家里曾经养过的一只小白狗十分佩服。有一天晚上，他又掮着罾出去捕鱼了，而小白狗在后面跟着。妈妈关照他早点回家，明天还要参加生产队的重体力劳动。在南港老斜海桥处河滩边，爸爸找到了合适的捕鱼点位。月亮在云层中自由地钻进钻出，月光如水从天上直泻下来，将白天的暑热一扫而光，空气还算清新，小白狗匍匐在主人的脚下十分安静。爸爸一次次提起或放下手中的罾。"泼剌剌"，这次发出的声音有点远，远处的鱼蹿出水面又落进了水里。一个多小时过去了，爸爸却一无所获。爸爸发现小白狗开始不安分起来，他依然若无其事地瞟向水面，偶尔抬头发现月亮已不知不觉中躲进了云中。不一会儿，小白狗用头顶爸爸的脚，他还是无动于衷。突然，爸爸觉得罾出水有点沉，原来不是网到鱼，而是渔网钩到了水中的柴头。这时，小白狗开始狂吠不止。爸爸无奈地收起罾，与小白狗一起打道回府。一只脚才跨进家门，大雨就像塌了天似的从天空中倾泻下来。小白狗摇着尾巴，那双明亮的眼睛一直盯着爸爸。爸爸知道，要不是带着小白狗一起去，那免不了要成为落汤鸡了。

捻河泥是男人们常干的农活。船上两人分别站在船头和船艄，各自用一张捻籇来夹河中的淤泥。捻籇外形极像一只大河蚌，两根呈"X"形状的竹竿分别与扇口铁片中间相连。捻河泥时，人的两手各抓一根竹竿，张开双臂使劲打开捻籇口并插入河底，然后把双竿并拢合上捻籇口，双手用力提起竹竿，将捻籇头拖入船舱，捻籇头是竹子编的，水大部分从中间流出，河泥留了下来。这样循环往复，直至满舱。爸爸是捻河泥的高手，运气还特别好，常常能捻到三斤左右的黑鱼，有时候爸爸一天出工还能捻到两条。黑鱼呈圆筒形,滑溜溜的,牙细眼小,容易成活,营养价值高,鱼刺特别少,味道十分鲜美。

有一天晚上,广播停播了,妈妈还在忙家务,我先上床睡觉了,大约只睡了个把小时,我被叫醒了,不知道他们为什么要把我弄醒,被弄醒后我感觉很不舒服。睁开眼时,发现除了爸爸妈妈外,还有邻居雪荣大伯也在。邻居大伯个子比爸爸矮一截,长了一张成天笑眯眯的脸,从我记事起,忧愁似乎一直与他没有关系。妈妈对我说:"爸爸捉到大鱼了,叫你起来看鱼。"只见一条大鲤鱼装在桶里,由于身子太大太长,鱼头和鱼尾都露在水桶外面。家里除了那只桶,没有更大的装鱼容器。听爸爸说,那天是他独自出门去网鱼的,连家里的狗也没带去。

春天是抓黄鳝、甲鱼的好季节。屋后夏家漾水面上我家剩下的湖羊草已是种草。爸爸妈妈将种草拉进木船,然后用船运到南港分成一小块一小块扔进属于我家范围的水域。爸爸事先已在该水域四周打上竹桩,以免扔下去的种草被风吹走。随后种草会长出嫩叶,越长越多,越长越厚,慢慢布满了整片水域。

拔种草时,只见爸爸妈妈站着船舱中,一人靠近船头,另一人靠近船尾,同时两人移动至木船的同一侧,使一侧的船舷尽量接近水面。水中的湖羊种草茂盛密实,娇翠欲滴,像铺在水中的厚厚的绿色地毯一般。"一二三""一二三",两人喊着号子同时发力,快速将湖羊种草拉进船舱中,藏在水草中的很多黄鳝——偶尔也有甲鱼,来不及跑掉,被水草裹挟着一并拉了进来,当种草移养到其他水域后,船舱中露出了美食。我人生第一次吃的甲鱼就是爸妈这样抓到的,是只老甲鱼,有四斤多重,裙边特别厚实,体内还有很多甲鱼蛋。河里的黄鳝比水田里的粗壮灵动，肉质紧得多。野生的甲鱼、黄鳝和螃蟹是老家最高档的河鲜，我喜欢甲鱼清炖和黄鳝红烧，做菜时香味会充满整个屋子，入口特别美味，据说营养极佳。特别是甲鱼蛋，粉糯清香，那样的味道恐怕只有小时候尝到过。

生产队也搞多种经营，除了种水稻，还种瓜。瓜的品种不少，有西瓜、黄瓜、生瓜、黄金瓜、雪台瓜等。其中西瓜最容易存放，一般放在既干燥又阴凉的床下泥地上。家里分得的西瓜较多，我喜欢找一个小一点的西瓜，头上剖开一点，拿掉西瓜盖子，一个人用调羹舀，往往吃得饱食肚圆。除了自家吃以外，我和奶奶经常每人各掮着两个西瓜走十几里路到姑妈家。

有几年，生产队还在夏家漾中养鱼。品种主要有鲢鱼、草鱼、鳙鱼。到了冬天，用抽水机把水抽干，队员们下河去抓。抓到归公家，然后按大户、中户、小户不同的数量分给社员。我家是中户，也能分到好几条鱼。集体统一抓过鱼的地方，个人还可以捞遗留下来的鱼，抓到归自己。大人们避嫌，好多小孩下河了，妈妈也叫我下河，可我不愿意。也有小孩抓到几条，还有更幸运的，在淤泥中踩到了大黑鱼。

尽管有鱼吃是高兴的事，不过，每年水泵抽水时，家人也会担心引起河岸塌陷，从而影响我家的房屋安全，毕竟房屋离河边太近了。

冥昭瞢暗时刻

"房间里"的西南角有两棵笔直的桦树,树底下奶奶种着"洋芋艻"。春天里,"洋芋艻"枝叶苍翠,夏秋开出黄色的花儿,形状如菊,煞是好看。这种很不起眼的植物,生命力顽强,长势很快。地下的块茎布满了整个瓦砾地。到了深秋晚稻收割季节,"洋芋艻"挖出来后,奶奶把它们洗净再晒干,腌制成"甏里菜",吃着特别清脆爽口。

"洋芋艻"是海宁人的叫法,并不是人们以为的土豆,它真正的学名叫菊芋,也叫洋姜,原产地在北美洲。开的是黄色的小盘花,花艳如菊,故将它的块茎称为菊芋。在北方,人们还叫它"鬼子姜""姜不辣"等。

两棵桦树本来就同根相连,只是大小有些差别,好像家中的老大老二一样。它们修长挺拔,遒劲地刺向天空。"老把式"们都知道,桦树是制作扁担的上好材料,它硬度高、韧性好。爸爸准备过几年等桦树长得再粗壮一些,用它做几根上好的扁担。可有人等不及了。有一天,奶奶告诉我,大的那棵桦树被人偷走了。

我三步并作两步去了现场,大的一棵桦树已不见踪影,小的一棵桦树显得孤苦伶仃。再仔细看,大的那棵根部有一坨水草覆盖着,草已经干枯。我拨开水草,可怜树的根部已经被他人用锯子锯平。

水草想必是偷树贼用作伪装，那个家伙是有备而来，想得可真周到。

回家时候，看到奶奶打开房屋北门，朝河对面的人家开骂："偷树的人你不得好死，拉'转身污'就行了，为什么还偷人家的树啊？"她不觉得累，断断续续骂了两天。第一天无人理睬，直到第二天太阳快下山的时候，河对岸的一个男人接上嘴了，他请奶奶别朝着他家的方向骂人。至此，奶奶觉得初步达到了骂人的目的，下面应该到了骑驴看唱本——走着瞧的时候了。

爸爸用绑着竹竿的长柄铁耙在河中捞了好长时间，希望能捞到那棵桦树。爸爸判断有二：一是水下是偷树人窝藏赃物的好地方；二是树较长时间浸入水中，用它做家具或物品能防蛀和不变形。但不管是屋后的夏家漾还是屋前的南港都没有找到。我家地处水网地带，周围的河道太多太长，即便是明确知道扔在某一河段，能找到它的概率也像大海捞针一样。新筑的机耕路穿过后，屋后的河再往西，也就是当年"下滩"的北部变成了水塘，有一年时值年关，村民们用抽水机干塘捉鱼，爸爸受奶奶命令，早早地守着那儿，他不是为了抓鱼，而是为了寻找我家的桦树。

终于找到桦树，却是在三四年之后。同一生产队的吴富透露了消息，有人把桦树扔进了祝家庄的河浜之中。爸爸匆匆来到祝家庄，还是用那根长柄铁耙往水草下捞，那回运气好，用不了三下，就捞出了桦树。把桦树扔进祝家庄河中，除了偷树贼，恐怕没人会想得到。

事后我们才知道，偷树的人正是那个请奶奶别对着他家骂的人，他曾与吴富一起喝过酒，酒喝多了，不小心说漏了那件事。

后来，我问奶奶为何没有报案？她给我讲了清朝康熙年间发生在安徽的一个故事。反正我那时也听不太懂,大意是乡里乡亲的,冤家宜解不宜结,事情点到为止,再说偷树贼也只有三十多岁,奶奶想给年轻人悔过自新的机会。

奶奶虽然穷苦一生,但她活得有骨气,且心地善良。

现实还真会开玩笑,若干年后快到春节时,爸爸认真地对我说,昨晚与那人一起打年糕时,那人正儿八经对爸爸说想把大女儿介绍给我。我们同岁,从小一起长大,她长得也十分标致,但是我想了想,还是对爸爸说:"我还小。"当时,我没有将此事告诉奶奶,不过也能大致猜得出奶奶的看法。

可是与那人相比,爸爸拿了自家祖坟头的树可就没有那么幸运了。

群英生产队队长当年派人砍了不少私人家的树,用于搭建生产队公家的简易房子。光在我家附近,他找人砍了我家祖坟头的野生栗树、屋后属于我家的杨树,还有种在机耕路上属集体产权的杉树等。按老家的风俗习惯,祖坟头的树是不能砍的,可他们不管不顾。当爸爸看到被砍下的堆在机耕路边上的树木被一些社员们纷纷拿回家后,他就想到了我家祖坟头的那棵树。他心想:"公家的树他们拿得,自家的树我不能拿吗?"我家兄弟多,以后造房子或做家具或许能用得到。

爸爸一早把我家祖坟头被砍下的树木拿回了家,被一个姑娘看到了。她初出茅庐,立即报告了生产大队。生产大队以我家祖坟周围的地是集体土地为由,说爸爸盗窃集体财产。可爸爸不这么认为,树长在祖坟头,毫无疑问是私人财产。可在那个"砸烂公检法,打人不犯法"的年代,他们毫不讲理,没有人性可言,爸爸遭到非法拘禁和严重的人身侵犯。

爸爸被生产队长等人反剪着胳膊,脖子上挂着一根又长又粗的铁链,铁链中间绑了一段树木。有一个家在新桥头的熟人看到了这副场面,她哀求队长说:"队长,请差不多就行了,早点把人放了吧。"那些人哪里听得进别人的劝,反而将爸爸吊在屋梁上。

此次受到的伤使爸爸失去了某项劳动技能。20世纪80年代初,农村土地实行包干到户后,能挑二百多斤重担的爸爸竟然发现无法背起小小的农药桶打农药,原来是他的左肩有伤,背着农药桶,左手无法加压,没法使药嘴喷雾。打农药是轻便活,集体经济时,是轮不到爸爸干的,所以问题一直没有发现。

爸爸心里一直咽不下这口恶气。有一次,在金华监狱当狱警的加荣叔叔回家探亲,爸爸当着我和加荣叔叔的面,说了有关情况,加荣叔叔也为爸爸打抱不平,要求把队长叫来训话,只因找了几次,一时没找到这人,后来加荣叔叔要回金华,也就不了了之。

队长家在我家隔壁两三里路叫墙边的地方,去彭墩要路过我家门口的谈肖路,爸爸看到后常要找他评理,两人还发生过拉扯。爸爸一直是干体力活的,队长不干农活,早已精神萎靡,根本不是爸爸的对手。后来,队长从彭墩来回会绕很远的路,以躲避爸爸。

几年后,上面赔了十二元树钱给我们,算是承认这棵树是我家的。但这有什么用呢?爸爸受到的心灵伤害和身体伤残到哪里去诉说,能抚平他多少创伤?

幸好至今爸爸九十岁身体还算硬朗,只是肩有残疾,再加上年老体衰,独自走路有些困难。相比较,那几个作恶多端的坏家伙早已命赴黄泉。

颤巍巍的初中

1976年上半年,我还是个十一岁的小毛孩,临近小学毕业,同学们课外碰在一起叽叽喳喳讨论起上初中的事了。相邻肖埭大队有初中部,想必初中会去那儿念的,上届同学也划片在那里。听说学校张老师和赵老师是对夫妇,是教师主力,男的教数学,女的教语文。那所学校在我小学毕业那年就停止招生了,剩下的老生毕业后学校就被撤并掉了。

1976年很不一般,毛泽东、周恩来、朱德三位伟人去世,7月28日,还发生了唐山大地震。

虽然老家距发生地震的唐山市有一千二百多公里,但地震发生后,上级要求大家晚上不要睡家里,大家在室外搭棚子住,可有的人前半夜睡棚子,后半夜还是睡家里,毕竟睡棚子没有睡家里舒服。晚上生产队还要安排社员群众在户外值班。刚好是暑期,值班时我也经常去凑热闹。天边的黑幕陡然合拢,吃过晚饭后,不少人集中在生产队共育室前面的水泥场上,与值班场地相邻的一户人家干脆将家里的八仙桌、线板凳搬出来,大家围着桌子坐着。几个抽烟的男人噘嘴缩腮,吞云吐雾,一直把手中的烟头吸到烫指烧唇的程度。大人们谈得最多的是今夜的天空和星象与往常相比又有哪里不一样,他们讲得有模有样,个个像天文学家一样,可我抬头后没发现其中有任何所谓的奥妙。我想起东汉时期科学家张衡和他发明的地动仪、八个方位的含珠龙头及下方对应的八只蟾蜍,此时坐在八仙桌旁的邻居仿佛就是那几只蟾蜍。但他们只有四个方向,还缺四个方向,就是不缺,他们口中也吃不到龙珠,连露珠也吃不到。这个季节,整个空气都是热的,哪里来的露珠呢?我天马行空地想了一番,当我重新把精力集中的时候,听他们说最近除了地震可能还会发生海啸。讲的人头头是道,听的人惴惴不安,感到岌岌可危。

这年8月份,家里讨论我上初中的事。妈妈觉得我不要再去读书该参加生产队劳动了,从此以后自己养活自己,而爸爸对此事缄口不语。"我要读初中!以后我即使去讨饭,也会还钱给你们的。"我只有十一岁,初生牛犊不怕虎,说这样的狠话没觉得什么,但妈妈的心里似刀割一样,据她后来说,避开我后她再也无法控制自己的情绪,眼泪夺眶而出。

1976年9月,我进了向阳公社中学初中部读书。

向阳公社中学不在公社机关所在集镇,而是在全公社比较中心的地域濮桥大队。从家旁边的机耕路笔直往南,经彭墩集镇,过大坟桥和濮桥两座桥,步行半个多小时就能够到达。学校坐落在路东的一块高地上,周围是宽阔的农田和桑园。学校分为初中部和高中部两部分,主建筑为朝南一排平房和朝东一列平房相交,是半口字形建筑。还有些零星建筑在学校的南侧。初一只有两个班,我所在的甲班一共有五十多个同学,乙班人数也差不多。开学第一天,就召开了班级会,我坐在教室后边左面靠窗的位置,身穿一件蓝色圆领汗衫,像入定的老道。班主任金培新老师瘦瘦的个子,脸蛋下巴有些尖,腼腆中透着一股灵气。她任命我为班长——事前没有与我打过招呼,并请我站起来让大家认识,我站起来一言不发,只是对大家笑了笑。她同时任命陈培根为副班长,张江鑫为学习委员,魏周良为体育委员,其他班干部的名字我已经记不清了。

校长吴景尤,五十多岁,清瘦精干。语文老师金培新、黄丽嘉,她们两位先后任我的班主任,数学老师葛利康,他们都二十多岁的样子,模样都很周正。特别是黄丽嘉老师,长得漂亮,丹凤眼,瓜子脸,身材修长,皮肤白皙,头发浓密自然垂挂,使我人生中第一次知道什么叫美女。同时非常佩服她的爸妈,名字取得那么好,那么贴切,人如其名,美丽有加。化学林锦华老师和物理裴老师年长些,四十来岁。

唐山大地震过去只有一个来月,我初中开学不久,另一场"地震"也来了:9月9日,伟大领袖毛主席在北京逝世。

下午快4点,老师和同学们集中在学校的操场上集体收听广播节目。同学们按年级班级排成一排排队伍,当听到惊人的消息后,很多人悲恸欲绝,有几个女同学当场哭晕了过去。小小年纪的我非常担心,毛主席逝世了,中国可怎么办啊?大家可怎么办啊?

放学回家后,奶奶发现我愁眉苦脸的样子一脸疑惑,我与奶奶说了原因,想不到她比较坦然,奶奶对我说:"不用担心,还有'小毛主席'在呢。"我不知道谁是"小毛主席",是一个人,还是一群人?反正奶奶比我见识广,我相信奶奶的话,更相信"小毛主席"一定会为国家大事和老百姓生活当家做主的。

过了几天，妈妈带着我和大弟，与邻居吴富叔叔及他爱人一起走路去十公里外的县城收看毛主席追悼大会电视转播。天色已完全暗了下来，广场上人山人海，大家齐刷刷站着，空气中弥漫着悲伤的味道。一双双眼睛全神贯注盯着远处一只九英寸黑白电视机，机盒上有两根长长的铁线，这是我人生第一次看到稀罕的电视机。不一会儿，人群中有人呜咽起来，后来声音越来越响，大家好像都被感染了一样。我的心情也十分悲痛，我瞥了一眼妈妈和旁边熟悉的邻居，发现他们的眼里都噙满晶莹的泪花。

学校是培养社会主义建设者和接班人的摇篮，可那些年里上课时间本来就少，学习浅尝辄止，学校还要学生去斫草，叫勤工俭学，草割回来称了重量后交给学校，学校里养着猪和羊。可是放学后我们几乎天天要斫草的，家里的羊也等着吃草。我一直认为，学生不能只埋头读书，教育需要与生产劳动相结合，学生可以进工厂参观或做工，可以进商店帮忙销售货物，或者参与农作物培育或养蚕等。可是当年学校里那点活，实在让我提不起兴趣。不过，那个年代，学校和老师是做不了主的。他们也是尽最大努力了。

搪瓷杯、网袋、书包是我初中读书时的三件宝。母亲给我买的搪瓷杯子是用来装菜的，每天我要从家里带菜。学校食堂有饭有菜，可菜价不便宜。从家里带菜是为了省钱，母亲买的杯子竟然没有盖子，也是为了省钱。使用中为了防止灰尘掉进杯子里，或者杯子横倒菜汁流出来，我每次在杯口上盖张白纸，将白纸向下压，用橡皮筋扎紧。网袋是用来装杯子的，拎在手上。这时用的书包不是小学时爸妈做的那种，而是从商店里买的，样子自然好了不少，容量也大，能放好几本书。当时最时髦的是黄军包，看到黄丽嘉老师挎着黄军包走在路上,那个才叫神气呢,我不敢梦想有这样的黄军包,比比上小学时用的书包,我已经很满足了。

　　同学们相处很和谐。放学后,菱角湾、墙边、肖埭等北片的不少同学回家途中把我家作为"中转站",会与我一起做完作业后玩一会儿再回去。父母亲在田间劳动,奶奶也不在家,家里的八仙桌、春凳旁站着和坐着的同学比比皆是,我变成同学中的"孩儿王",既要为同学提供做作业的场地,又要辅导一些学习能力偏弱同学的功课。时间真是奇怪的东西,小时候菱角湾的金明和茂林,是家不在同一个大队的"外敌",我们与他们曾经是相互扔砖块、泥块的打斗对手,当年打架毫不留情,成为同学后竟然会坐在一张桌子上做功课并成为好朋友,而且竟然会那么听我的话。是啊,我们毕竟已经长大了。

　　大坟桥是彭墩集镇边上的一座桥,老桥早已废弃,但桥体至今还完整保留着,不过桥上的护栏早已无影无踪了。老桥与旁边的新桥相比显得那么狭窄和寒酸,可在当年是那么宏伟。学校北片同学,包括水产大队、菱角湾、墙边、肖家木桥、肖埭等地的同学,上学都要经过大坟桥。初二的时候发生的一件事至今记忆犹新。个别同学调皮捣蛋,回家放学路上用手去摇动大坟桥上的护栏,护栏质量的确比较差,经不起折腾。现在看来,护栏的设计也有问题,不是连片的,而是一扇扇小门框单独受力。我是班长,虽然还不到十三岁,但好坏还是分得清的,我挺身而出,立马制止了个别同学的不当行为。可效果不好,随着时间的推移,桥上的护栏还是一截一截地少去。后来有人将此事汇报到学校,也汇报到公社,有关方面做了调查,还把不少同学叫去背靠背谈话,最终认定我虽然进行了制止，但仍负有"领导"责任。班主任为我打抱不平，认为摇动护栏的还有社会上的人，再说护栏过于简易，这账不能全算在学生头上，但为了息事宁人，也对上面好有所交代，决定将我由班长降为副班长，副班长陈培根同学接替我。培根同学有着敦实的身材，自然微卷的头发，宽阔的脸膛和黝黑的皮肤，一看就是老实忠厚的人，让人十分放心。降职的那天夜里我在床上辗转反侧，经历过的事情在头脑中像放电影一样又过了一遍，我像只打输了架的公鸡，心中凌乱，一身怒气。是啊，怪我当时批评同学还不够狠，怪我当时不想有事没有向老师报告。事后证明，这也不是我能左右得了的，同学们收手后，那些护栏还是一截一截地少去。好在培根同学为人正直，读书非常用功，也是我的好朋友，他当班长我从心底里赞成，班委工作我俩配合得非常好。

总的来说，初中两年我与多数同学一样没有好好读书，除了课本，没有读其他书，也没听说买课外书的途径，即便知道，因囊中羞涩估计也不会买的。课余时间，除了利用一点点时间完成回家作业外，其余全都用在参加劳动上。家里实在太穷了，人不论大小，有一分力出一分力，众人拾柴火焰高。借全国恢复高考的东风，1978年夏，全县高中首次按考试成绩招生，只考数学、语文两科。那一年，向阳公社中学两个初中班一百多个同学仅有我和另一个同学被录取，去海宁县第一中学读书，我还有幸进入了学校重点班。假如没有中考，还是沿用之前推荐上高中的方法，估计我就没有机会再读书了。当年没有考上高中的同学，有的在初中学校再读一年初中（第一次有初三），其中成绩较好的同学第二年也来到海宁县第一中学读高中，有的同学初中毕业后直接到谈桥耀明电镀厂（浙江美大实业股份有限公司的前身）等社办企业工作。初中同学中不少发展得很不错，有的成为大学老师，有的成为警界先锋，有的成为公司老总。

艰苦的高中

1978年夏,眼看我读高中的时间快到了,可家里没有钱供我念书,我又不想放弃这个来之不易的机会。为了让我如愿以偿,父亲打算到亲戚家借钱。在农村,造房子借钱、娶媳妇借钱甚至医治重病借钱是常有的,但读书借钱的确很少听到。母亲娘家远在江苏,远水救不了近火。大姨家小孩比我家多两人,最小的只有两周岁,条件和我家差不多。姑妈家对我家的帮助已经够多了,我们开不了口。父亲没有亲兄弟,我自然也没有大伯大妈。后来父母左思右想,想到父亲的几位舅舅,也就是我的几位舅爷爷。奶奶娘家在我家西南方向三里路的北河大队,奶奶有一个亲弟、三个堂弟,他们几家条件都比我家好不少,原以为此事不成问题,再说父亲只想借十元钱,若亲戚家实在有难度,哪怕借到五元钱也行。可父亲厚着脸皮一连去了三家,都是空手而归。爸爸算是体会到啥是人情冷暖了。眼看我开学的时间快要到了,家里实在没有办法,父母长吁短叹,愁肠百结。在母亲的指点下,父亲悄悄去了一趟县城,在农贸市场上卖掉了自家还没长大的鸡。一只鸡卖了钱不够,又卖了另一只,才换回了五元多钱。借钱和卖鸡的消息,父母亲一直瞒着我,直至我参加工作若干年后与爸妈聊天时他们才无意中透露出来。真可怜!当时是两只鸡的"牺牲"才换来了我读高中的机会啊！但我又很幸运，是伟大的父母亲在极其困难的情况下默默支持着我，让我实现了继续上学的愿望。按理说，在农村，好多人初中毕业后已经开始挣工分自己养活自己了，我不但还要依靠父母养活，而且还要家里帮助支付学费。

1978年9月初的一天，晴云轻漾，微风不燥，一早父亲送我去海宁县城硖石上学。硖石因境内有东山、西山和市河，取两山夹一水之意。《海宁州志》载有一个传说："本两山相连，秦始皇东游过此，见有王气，发十万囚徒凿之，遂分为二：一曰东山，一曰西山。"白居易任杭州刺史时，几度到硖石城东访问顾况旧居。一日，他登上西山顶，极目远眺这"两山夹一水"的独特风景，信笔作了一首诗——《登西山望硖石湖》："菱歌清唱棹舟回，树里南湖似鉴开。平障烟浮低落日，出溪路细长新苔。居民地僻常无事，太守官闲好独来。犹忆长安论诗句，至今惆怅读书台。"

沿途除县城街道之外都是泥路，宽的地方两米左右，窄的地方一米多一点。父亲用扁担挑着米箱和我的其他一些行李。米箱是父亲亲手做的，里边放了二十来斤大米；行李中有几件换洗的衣服、日常洗漱用品、一个装着蔬菜的玻璃小瓶。我背着新买的书包，书包中有一支钢笔、一瓶墨水和几支铅笔，夹层中藏着最宝贵的五元钱。以上便是我的全部读书家当。

家距县城约二十里路，姑妈家在路途中离县城约五里路的石路公社长田大队。中饭我们在姑妈家吃，稍作休息后向县城走去。城郊的东山含黛，离我们越来越近。此时父亲碰到他的一个熟人，那人表扬了我一番："能考上海宁一中，结棍的！"我粲然一笑，没有说什么话。至于费用呢？他消息比较灵通，说："我有个熟人的小孩也在那里读书,生活费每天需要三四角洋钿(人民币)。"我想,这下坏事了,我家没有啥钱,这个书恐怕没法读,我怅然若失,犹豫着要不要回头。可是,十三岁的我不读书能干些什么呢？再说已经快到县城了,进入城东板块的标志——大寨桥就在眼前了,我似乎已经闻到了炸油条的香味,这香味乡下是没有的。

大寨桥坐落于东山南麓,南北朝向,横跨横头河。过了桥便是横头街,横头街依山面河,前面是横头河,后面是东山,民间有"先有横头街,后有硖石镇"之说。横头街,一时改名叫东山南路。我读书当年,沿街房屋门窗低矮、墙面斑驳,像是被时光遗忘了。这条老街,曾经藏着硖石米市曾经的辉煌岁月。据有关史料,横头因米市而兴。17世纪末,米市在海宁兴起,最初在长安,后因太平天国战事移至硖石。横头街位于海宁、海盐、平湖三地来往的必经之处,这里曾是江浙一带大米的集散地之一,河上舟楫往来,繁华一时,商贾殷实。鼎盛时期,这条短短的老街,米行多达十六家,走几步就有一家。

横头街上除了炸油条店,还有各种各样的小商店上百间,街中段有"西牛弄",存有史东山故居,他曾任北京电影制片厂导演,是我国电影史上著名的大师之一,编导有《八千里路云和月》《新儿女英雄传》等电影名片。

青山有幸埋英魂。东山万石窝,葬着现代著名诗人、作家徐志摩。"文革"中该墓惨遭破坏,尸骨荡然无存,直到1983年,有关方面将徐志摩东山墓上的老碑迁至西山白水泉。东山上还有多处名胜古迹,始建于东晋、屡毁屡建的智标塔"古塔插天",塔基保存完整,2005年得以重建。

横头街离海宁一中还有一些路,几乎要穿过大半个县城,绕过东南河街,走过新桥,来到米业操场附近,学校便到了。东南河街是典型的江南老街,它依水而建,左右两旁两层小楼粉墙黛瓦遥相呼应,酒肆和茶舍充盈其间,大块青石板路上南来北往的人群接连不断。市河两岸是硖石商业的发源地,新桥头早市早有名气。随着早市不断发展,这里设立了中心菜市场。新桥以及北面的茅桥是连接硖石东西两片商业街区的主要枢纽。而米业操场是当时的县城人民广场,是召开万人公审大会的露天公共区域。

海宁一中是当年海宁最好的学校了,直至1993年,以学校高中部为基础,成立了海宁市高级中学,这个纪录才被打破。学校历史悠久,始创于1912年,前身是海宁县立乙种商业学校,伟大的革命先行者孙中山先生曾为学校题词"猛进如潮"。我读书时学校有初中部和高中部,面积不大,占地二十亩左右。2010年前后,那里已被房产商开发为名都花园。学校大门朝东,坐落在人民路上;南边的高中部教学楼是一栋两层的坡屋顶中式建筑,很有年代感,走在二楼的木地板上嘎嘎作响。教学楼前面有条河,临河有几棵大树,树下是学生课余休息的好地方;北边是初中部,是一排整齐的三层楼建筑;西边是礼堂兼体育馆,有一次华东地区的举重比赛在那里举办,我目睹了举重运动员的雄姿;西北面是学校食堂,为一层建筑,面积只有近百平方米,食堂的一边是学生淘米、蒸饭蒸粥区域,另一边是打菜区域。食堂里没有餐桌椅,饭菜大家拿回宿舍吃。

学校西南方向几百米远有一个由原破旧食堂改造成的学生宿舍,高一时我住在那里。宿舍的门卫是一位姓金的大爷,又矮又瘦,背有点微驼,大家都叫他金师傅。去那里需要从学校西边小门出去，走过好几块菜地后才能到达。毕竟是城郊，路边的菜地与乡下不一样，花菜的叶子尖尖的，有绿中带灰的感觉，其果实团团簇簇，十分稀奇，我在乡下没有看到过。宿舍房子两头有几个单间，主要是女生住的。男生被安排在大厅里，那一排排高低铺像一艘艘即将出发的战舰。宿舍外西边有一口井，宿舍区域大家用井水，自来水学校那边才有。

无论井水还是自来水，对我来说都十分稀奇，因为家里用的是家后面夏家漾里的河水。

高一年级共有六个班级，有两个农村学生班和四个城镇学生班，又分两个重点班和四个普通班，农村和城镇学生重点班各一个。我不知哪里来的运气，竟然也进了重点班。学校将高中部教学楼位置最好的最东边朝南的一间大教室给我们班上课，高一在一楼，高二在二楼。现在想来学校真是用心良苦。在班级里我年纪第三小，个子也不高，进入高一下学期时还只有一米五六，这是我人生中第一次量的身高。其实那个年代，营养差，班上同学的个子都不高，最高的也不过在一米六一出头的样子。

因家里实在寒碜，来到学校后，我只有下狠心：一个"省"字熟稔于胸，别无他路。高一上学期，我挑战极限，坚持在学校每天只花三分钱，缺一分不行，多一分不舍。钱都用在蒸饭和蒸粥上，每餐一分。学生需要买一个圆圆的铝币将它放在饭盒上，食堂师傅收到铝币后才会把饭盒放进蒸笼里。我吃的菜是从家里带来的，一般是小白菜烧毛豆、霉干菜、油盐豆等。油盐豆的做法很简单，将少许菜油在铁锅中加热，蚕豆倒入后文火翻炒，直至蚕豆皮上有了焦印，放盐后听到盐油交互在一起的起爆声后出锅。油盐豆在常温下容易保存,可是吃起来太硬,对牙齿是个考验。油盐豆在乡下一般是配粥吃的,而我吃粥吃饭都用。小白菜炒毛豆是秋季的平常菜,味道不错,但特别容易变馊,那时候学校没有冰箱,馊的问题还无法解决。后来,我感到这样的生活方式会影响到身体发育,还可能会影响我的学习,到了高一下学期后,我就改变了方式,放宽了伙食标准,每两个星期花两元钱,一天大概有一角四分,虽然日子过得还是很紧巴,但已经明显比过去好很多啦。从此以后我在学校可有菜吃了,不过,一般是一天买一份菜,中午吃掉一半,剩下另一半晚上再吃。

我是吃足了家里没钱的苦头,虽然爱读书,但除了课本,没有其他书,到了高二下时,老师要求大家买数理化高考复习用书,价格不算贵,五元钱一套,可我是没钱买的。学校里也没有图书馆,也不能提供相应的参考书。

总体上,我们那一代人,小学和初中期间多数没能好好读书,进高中前学习基础并不是太好。初中毕业前我没有读过唐诗,读过的文言文也非常简单,如《郑人买履》等,也没有学过英语。相比现在的学生,当时我们接受的知识是非常有限的。因此高中的学习任务既要补旧知识,又要上新课,要下一定的功夫的。

学校党支部书记刘大坤、校长裘愉祥,两位校领导当年都是五十岁左右,记忆中的两位校领导一胖一瘦,和蔼可亲。据同学群消息,2019年裘校长驾鹤西去,还算高寿。我网上搜了刘书记的消息,他已到耄耋之年,照片上的他依旧精神矍铄,他爱好书法,还准备筹办个人书法展。我祝他寿比南山。

我们的老师水平都挺高的。

语文老师董时中兼班主任,说话带点宁波口音。他亦庄亦谐,给学生创造了比较轻松的学习环境。为了尽快弥补我们在唐诗方面的不足,他想出了一个好办法,他每天一早在教室黑板的左上角亲自手写一首唐诗,并要我们背诵,那时候我才知道李白的《早发白帝城》和杜甫的《春夜喜雨》,读起来是那么有滋有味。

政治老师朱绮馨,后来成为省特级教师、省优秀教师、全国中小学德育先进工作者、第七届全国人大代表。朱老师有一头烫成波浪形的齐耳秀发,看起来非常精干。她上课时一半时间讲书本,一半时间跳开书本讲,舌绽莲花,挥洒自如,同学们很爱听,往往盼着下节课还是她上。她出的试题也很灵活,同学们的该科成绩普遍不错。四十年后,我才发现她还有另外一个身份:她是我国著名的英语教育家、北京外国语大学许国璋教授的儿媳妇。

数学老师是张深和蔡永琪。张老师教高一数学,他清瘦精神,是一位特别有气质的中年男子。他讲课思路清晰、逻辑缜密,能去繁就简,我每次都听得津津有味,因此我高一数学成绩还行。高二数学老师换成了蔡老师,他眼睛特别大,上课时不时地将鼻梁上的近视眼镜用手往上挺,可能镜架有点松。他教学水平也不错,据说后来去了嘉兴电大教数学,或许我与蔡老师对不上频道,我的数学成绩开始走下坡路。

物理老师施国栋,他个子不高,身材适中,头发微卷,与朱绮馨、蔡永琪老师一样,鼻梁上架着一副近视眼镜,记得他喜欢穿件白衬衫,腕上戴着一只手表。施老师看起来比较文气,但不少同学觉得他有些威严。不过,我倒是感觉不到。物理课我是稀里糊涂学,考试也是稀里糊涂考,但每次成绩出来,都还算理想。

几位老师中，我最早认识的是化学老师林锦华。他有着一副矮墩墩的身材，脸庞大大的，脖子有些粗短，头发稀疏，脑门光亮，整天乐呵呵的，人非常和善。林老师讲课时中气十足，声音传得很远。他是我读向阳公社初中时的化学老师，后来调去了海宁一中教书。照理说，那么多同学中，我做他学生的时间最长，可我无缘得到他的真传，化学成绩只是一般。

英语老师李秀英，个子不高，脸蛋圆圆，刚从学校毕业。当时有一部越剧很火，叫《碧玉簪》，李老师与剧中的女主人公同名。不过她教了几个月就离校了，接替她的是曾在杭州海洋二所工作过的姚老师。我英语很烂，到了高中才学ABC，现在碰到ABC还是一个头两个大，对上英语课的两位老师印象不深。

体育老师是吴振龙和中年的小李子（请原谅我实在记不起李老师的大名了，因为李老师个子不高，当时大家都叫他小李子）。吴老师是毛头小伙，他毕业于北京体育学院。课后他常常穿着一套印有北京体育学院的棉毛衫去打篮球，背后的字特别醒目，模样很酷。小李子哨子吹得坚毅，上课时哨子基本上不离嘴，同学们应着他的哨声，操练得很整齐。

体育搞达标，我和班上的另两个男同学年纪小，只要够儿童标准即可。我没有觉得这是幸运，因为小时候我做的最傻的一件事就是盼早点长大。

班上的多数同学读书很用功，埋头苦读，孜孜不倦，宿舍统一熄灯后有的同学还打手电筒看书。"苦不苦，想想红军二万五；累不累，想想革命老前辈。"同桌当年谈学习体会时说的话我至今记忆犹新。

对于苦我并不怕,但冬天长出烂冻疮令我十分难受。烂冻疮长在手指关节处,破皮后还渗出了许多血。无论起床穿衣、洗脸刷牙、看书写字、吃饭喝水等等,每一样都要活动指关节,而每一次活动我都感到十分疼痛。爸爸妈妈看着我狼狈的样子,帮我去药店买了药,可没有任何效果。家里没有任何取暖设施,我咝咝吸着气,度过了人生中最难过的一个寒假。班上一位女同学《红梅赞》唱得不错,我心中想着,要是能和梅花一起战胜冬天的寒冷,那该有多好啊!

我的个人困难并不算什么,想不到春天家里大后方碰到了真正的困难。家里一共养着三头猪,它是农家的"小银行",已经长成架子猪了,每头重百斤左右。有一头猪不幸得病死了,兽医也没能挽救它的生命;还有一头猪病倒了,也不知道将会出现什么状况。三头猪的猪苗钱是妈妈向小姐妹家赊欠的,指望着把猪养大出栏换钱后再支付,可这回恐怕是竹篮打水一场空了。这个时候,生产队里春蚕熟了,一部分放到我们家里上山。妈妈以泪洗面,被一个一起上蚕蔟的邻居看见了,她毫不客气地说妈妈:"真要笑煞,家里死了只猪也要哭的?"真是饱汉不知饿汉饥。

高中我只读两年,语文、政治、物理成绩还行,数学、化学成绩要弱一些。至于英语,不是偏弱,而是极弱,工作后一度接触世行贷款工作,短短的几行英文我也要靠同事翻译,否则抓瞎。1980年夏,我还只有十五岁,高中就毕业了。

高中时学习我也是尽力了,可惜后阶段成绩还是不断往下掉。当年海宁县与教育质量好的县还是不能比,依据当时的招生人数,即便是海宁一中的学生,当时考不上大学或中专也是大概率事件。

考不上的应届生绝大部分会留下来参加高复班，第二年或第三年大多会有好的收获。可我是一个连高考复习书也买不起的学生，又是家里的老大，再说成绩一般，左思右想不能去冒那个险。作为农村的孩子及早跳出农门是第一要务，早日工作能为家庭减轻经济负担是上上策，还可以让两个弟弟好好读书，否则如果事与愿违，家里的生活怎么能维持得下去？报考中专我的确心有不甘，但也只能这样。

1980年7月底，我在家帮助"双抢"。之前我也参加过"双抢"，主要是烧水做饭，偶尔也帮助种田，不是真刀实枪地干，可这次不一样，我直接"上了战场"。

割稻、打稻、拔秧、插秧，样样农活我都干。感觉最苦的活是在东边高地旁的水田中插秧。火辣辣的太阳高悬天空。周围的树叶是静止的，一丝风都没有。下午3点左右，阳光非常刺眼和猛烈，田里的水滚烫滚烫，我脚伸下去一次不得不逃上来一次，连续三四个回合后才慢慢适应。不一会儿，那满头的汗水模糊了双眼，滴滴答答地往下流。汗水模糊比泪水模糊更难受，后者通过缓解情绪能止住，前者是完全处于失控状态。热还不算苦，有时候水里一种叫水黄蜂的白色虫子往脚上扎一口，立刻让我体会到什么叫钻心的痛。有的时候小腿上感到有一点痒痒的，并不疼，仔细一看，吓一跳，原来是一条蚂蟥有一半已经钻进腿肚里，另一半也在拼命往里钻。要弄出蚂蟥，只能轻轻用力，将它从肉中拉出来，若用力过猛，将蚂蟥身体弄断的话就麻烦了。更难受的是到了晚上，人睡在床上，感觉嘴巴苦涩、身体僵直、浑身散架，两只手好像都不是自己的。

不过,即便这样,我的苦还是无法与爸爸妈妈相比。爸爸妈妈真是太伟大了。爸爸人到中年,还要挑重担,挑稻谷、猪羊产生的有机肥料或者秧苗等,他在生产队里干活从不偷懒。妈妈是全国最小的"官"——生产队妇女队长。她最会挤时间了,到了吃饭时间还带领妇女和孩子们继续埋头种田;好几个晚上已经8点多钟,天已经黑得几乎看不清什么了,她才带着我们收工回家。时间就这样一点一滴被妈妈充分利用,我们从而在较短时间内完成了几乎不可能完成的"双抢"任务。

在这样辛苦的劳作中,我等来了浙江银行学校的录取通知书。照道理能跳出农门是一件很开心的事,可不知咋的,我拿到录取通知书那一刻心情非常平静,缺少应有的激动。

我的高中同班同学大多有很好的出路。有的是联合国粮农组织官员,有的在美国从事药物研究,有的是民企大老板,有的是知名律师,有的是研究馆员,有的是书法大家,有的是有名望的教师,还有的是有一定声望的公务员……还有一些同学,虽然没有考上学校,但一样在各自的岗位上取得了令人骄傲的成绩。

班里女同学只有七个,她们个个都很优秀。有一个后来成了我爱人,她是国家一级注册结构工程师、国家和浙江省有关部门聘请的专家。我俩是同班同学中仅有的一对。

杭城求学

1980年的9月19日上午，十五岁的我第一次离开家乡来到杭州求学。

那天细雨蒙蒙，天气微凉。我上身穿深咖啡色灯芯绒小西装，下身穿竖条纹灰色的的确良裤子，由父亲陪同到了学校。身上的上衣布料是母亲买的，裤子布料是姑妈送的，然后妈妈拿到彭墩集镇请裁缝师傅制作，如此板正的行头我可是人生第一回穿。我们先去老坟前（音，地名）坐轮船，在轮船上碰到了同样去我校报到的一位海盐县的女生，记得她是由哥哥送去上学的。上岸后，我和爸爸到县城硖石乘火车去杭州。轮船票是一角九分钱，火车票学生可享受半价六角钱。

硖石火车站在县城叫北关头的地方，西山公园过去只有两三百米。硖石火车站不大，候车室只有一层建筑，面积约几百平方米。一路上到杭州城站一共要经过十个火车站，有六十八九公里。

我带的行李物品并不多，连一只箱子也没有。我一手拿了卷着的草席，另一手拎了网兜，网兜里面装着脸盆毛巾牙刷之类，还有一小袋家乡的泥土。换洗的衣服、棉被蚊帐等一些物品是装在蛇皮袋里的，分量不重，但体积较大，自然由父亲帮忙拿着。蛇皮袋是家里装过化肥的包装袋，既没有拉链，也没有可拎的把手，口子用绳子扎紧,可抓在手上或扛在肩上。泥土是母亲特意准备的,她交代我到了杭州后,若水土不服,可用开水冲着喝,还说效果很灵。母亲放家乡泥土的时候,我踟蹰着。

火车很慢,站站停靠,路途两个半小时我一直站在车厢里,没觉得有一点点累。爸爸也一样站着,每当列车快到站时,我就立即扫视整个车厢,想为他找个座位,但一直没有如愿。望着窗外逝去的田野、房子和树木,我思绪万千,再回过头看看爸爸,发现他平静祥和的脸上透出几分坚毅,我脑子里情不自禁冒出朱自清先生写的《背影》。

列车广播响起:"各位旅客,列车前方是杭州火车站……"我望着列车右边长长的一条河(后来知道是贴沙河)及河对面的公共汽车,似乎感到这大城市的繁华气氛已扑面而来。

当列车停稳后,爸爸和我跟着人流走向检票处。检票处有很多人高高地举着接待牌,接待牌上的名字既有单位,也有个人,这中间,我们学校的接待牌赫然在列。在引导员的带领下,我走出车站,发现别有一番天地,前面是非常宽阔的广场,在广场的一角,上了接待车,车像部队的拉练车,围着草绿色帐篷,人需要从车尾部爬上去。

学校位于杭州清泰门外一堡乌龙庙,现在是杭州钱江新城的一部分。杭州以"堡"命名的地名是由清代管理海塘的"堡房"的名称演变而来的,以前沿老的杭海路一路往东北,离市区最近的是一堡,最远的是九堡,九堡处在当时的余杭县。从杭州火车站(城站)出发,汽车行驶二十多分钟就到达学校了。老的杭海路是一条由钱塘江堤坝改建而成的旧国道,因从今天杭州"四季青服装市场"

所在地起始,一路向东北途经钱江潮观潮名镇——海宁盐官,直抵上海金山而得名。当年也可在杭州市区葵巷坐到临平的公交9路车,在第二站定海村站下车,定海村站东面一百米左右往南下坡有条支路,在支路上再走二百米左右,便能到达学校的大门。乌龙庙,我读书时没有了,据史料记载,历史上南宋文学家、史学家、爱国诗人陆游曾旅居过杭州,写过诗《乌龙庙》:"江边苍龙背负天,蟠踞千载常蜿蜒。其前横辟为大川,高城鼓角声隐然。龙庙於山家於渊,世为吾州作丰年。老守虽愧笔如椽,洁斋试赋迎神篇。"还有《早自乌龙庙归》:"残漏声中听曳铃,翩翩吹帽出郊垌。雨余涧落双虹白,云合山余一发青。铁马蹴冰悲昨梦,朱颜辞镜感颓龄。归来独对空斋冷,鸟迹苍苔自满庭。"

学校面积不大,只有几十亩,但房子都是簇新的,是1979年初启用的新校区。我进学校时浙江财政学校还在搞基建,他们借我校教室上课。两校有割不断的历史,原本是同一学校,1975年4月建立了浙江财政银行学校,1978年8月分设。

报到后来到寝室,我发现三位男生围着我的床铺,好像在等人。一问是上一届的三位老乡,原来他们都是来帮忙的。我喜出望外,心里感到无比温暖。他们说干就干,有的帮我挂蚊帐,有的帮我理床铺,有的帮我抹桌子。搞得我和爸爸反而变成"客人",只能"袖手旁观"了。

爸爸回家去火车站是搭学校接站的车走的,他不太认路,我比他好一点,车子往什么方向走,大概什么时候转弯估计得基本差不离,我一直送他到杭州火车站,帮他买好车票,不过没送他到月台,他自己上了火车。

回校后，我没有将妈妈要我带上的家乡泥土冲水喝，我也不信这对水土不服有用，第二天就连泥带袋把它扔了。

学校提供助学金，共三等，根据家庭条件评定等次。我家条件不好，拿一等助学金，每月十五元五角。学校食堂青菜卖三分钱，最贵的清汤肉圆两角钱，助学金已经较好地解决我每天的伙食问题了。只是商品粮每月只有二十七斤，男生正在长身体，胃口特好，饭吃不饱。我在班级里年纪第二小，年纪大的同学要大我六岁左右。几个年纪较大的男同学厉害，很会讨好女同学，能弄到女同学给的饭票。而我不行，与同学商量对策，后来买些白糖，课间回宿舍冲水喝，实践证明，这是减轻饥饿感、提高生活质量的好办法。

当年学校有两个专业，分别是城市金融和农村金融，每个专业有两个班级，我读农村金融专业，在803班。

1980年金秋十月，杭城秋高气爽，学校安排了农村金融专业新生活动，地点在吴山。吴山在河坊街边上，由宝月、峨眉等小山延绵而成，山高均不超过百米，山顶一边可眺钱塘江，一边可瞰西湖，尽览杭州江、山、湖、城。五代吴越国时山上有城隍庙，所以吴山亦称城隍山。我长在海宁，虽离杭州有七八十公里，但"城隍山上看火烧"这句俗语我早就知道了，大家理解是"说风凉话"或者带点"幸灾乐祸"的意思。但来到杭州看到吴山才知道与它的本义完全不同。吴山有火情瞭望台，能居高临下观测到杭州城里哪里着火了，便于施救。火情瞭望台的历史据说可以追溯到1907年，是老底子的"119"。

大家来到山腰中一块大平地上，围成一个圆席地而坐，四周草木葱茏，没有城市的喧嚣，这是大自然所赐的"舞台"。学校老师主持活动,介绍了学校的情况,每个同学介绍自己,还要表演节目,有的唱歌,有的跳舞,有的讲笑话,有的同学实在没有节目可表演,就向大家鞠个躬。后来,同学们集体向山顶爬去,从高处领略到了杭城旖旎风光,赞不绝口。

学校周围是一大片农田,还散落着一户户人家。这些人家当时住的大多是一层的茅草房,住房条件比我老家的邻居们还差,这是我根本没有想到的。但家家户户房前屋后非常干净整齐,毕竟是杭城郊区的农村。

学校离钱塘江不远,晚饭后常常有同学散步去钱塘江畔,我也去过一两回。走学校大门边上一条往南的土路,步行十来分钟便可到达江边。江堤是生态护坡式,上面长着不少野草。我们坐在护坡高处,望滔滔江水,谈美好理想,看太阳西下。阵阵凉风吹来,把我的思绪带向远方。

是啊,钱塘江是浙江的母亲河,往东看,潮起的地方是家的方向。钱塘江与南美亚马孙河、南亚恒河并称为"世界三大强涌潮河流"。月球、太阳等天体对海水的作用形成涌潮,而杭州湾的喇叭形状以及湾口处巨大的沙洲,则使钱塘江涌潮如此壮观。家乡嘉绍大桥附近的"鱼鳞潮"、大缺口的"交叉潮"、盐官的"一线潮"、老盐仓的"回头潮"和"冲天潮"可一潮多看。

班上也组织过去西湖划手划船、游绍兴等活动。手划船一船最多可坐六人,同学们从湖滨路码头上船,目的地是湖中小岛三潭印月。那天西湖云横雾锁,青山苍莽,前方三潭印月更加朦朦胧胧,大家比赛谁先到达。"赛手"们个个精神抖擞,竭尽全力划着船桨。有的船迅速往前,有的船因"船员"刚开始不得要领原地打转。

大家发现舵手非常关键,划船最基本也是最重要的是把准方向。"一二三""一二三",同学们迅速调整好了状态,齐心协力,一条条船像离弦之箭快速地向终点驶去。当第一条船到达终点的时候,欢呼声响彻云霄。船回驶的时候,大家轻松自如,歌声、笑声此起彼伏,有的船员之间还以桨为"枪"打起了水仗。那次在西湖划手划船的经历非常难忘,工作之后,包括成家后,我虽多次在西湖坐过船,但划手划船,至今为止,也就只有这么一次,十分怀念。

班级活动游绍兴我没有参加,当时考虑到家里负担较重,舍不得花这个钱,觉得今后游绍兴的机会肯定有,但没有认识到旅游的关键是与谁一起游,与青春飞扬的同学们一起去绍兴活动,机会只有那么一次。没有抓住这样的机会,事后我感到非常遗憾。

浙江银行学校以及后来的浙江金融职业学院教育质量非常好,被业界称为"金融黄埔""行长的摇篮",名扬中外。学生中产生了五千多名银行行长,有的官至省部级。当时主持学校工作的副校长艾兆信,是一位山东籍的南下老干部,乡音很浓,他的讲话我有一半听不懂。我的班主任有顾国英等,专业老师有施绍琪、庄严、冯明、黄志均、曹逸清、许琴芳、端木尧等,语文老师有方风雨、许锦云等。与一般学校不同,学校还根据专业特点开设珠算课和书法课。

"有借必有贷,借贷必相等""借方是资金占用的增加和资金来源的减少,贷方是资金来源的增加和资金占用的减少"。当年教会计学原理的施老师的话言犹在耳。他上课时还开玩笑说,铁路铁饭碗,银行金饭碗,意思是大家选对了学校。专业课中我记得银行会计相对不好学,基础课中语文和公文写作最难学。语文书是油印本,课文中有《滕王阁序》《醉翁亭记》等名篇,老师要求每个同学背下来。也许有人认为是高等数学最难学,可当年我们学校还没开设,我走出学校后才学了微积分、数理统计和概率论,的确有此体会。

在学校,文娱活动也很丰富。班上文艺委员杨大姐常利用课余时间教大家唱歌,如《祝酒歌》《年轻的朋友来相会》等都是那个时候学会的。学校里的集体文艺节目表演,上届两位宁波同学的相声《宁波音乐家》恍如昨日。"来发,米沙西度来""沙西?""米沙西。""沙米沙西?""来米沙西……""来发"为人名,"度来"为拿来。其人问取何物,告之棉纱线,再问何种棉纱线,回答蓝色棉纱线,不拿不拿,"来发"懒惰。将宁波人的腔调表演得淋漓尽致、妙趣横生。还有学长学姐的男女声合唱《西沙,我可爱的家乡》,旋律优美抒情,音质高亢悠扬,配上描写西沙风光的歌词,深深地打动着无数听众的心,我至今难以忘怀。

1982年上半年,临近毕业的最后一个学期,我与班上的老乡小徐一起回海宁实习,被安排在农业银行海宁斜桥营业所。营业所是农行系统最基层的单位。斜桥营业所只有十来名员工,主任安排一名女师父带我,她非常尽职,副主任也很关照我。实习期两个来月,我从会计岗、出纳岗到信贷岗等实习了个遍。印象最深的是附近有个棒冰厂,他们总是赶在临近下班前解交棒冰款,面额一分、两分、五分的纸币一大沓,让我这个实习生真正体会到数钱数到手抽筋的味道。海宁斜桥榨菜非常有名,我的毕业论文写的就是对提升斜桥榨菜市场占有率的思考,与我所学的专业没有多大关系,竟然也通过了。

银行学校由于只要读两年,再加上各方面条件较好,所以时间过得特别快。毕业后我服从分配,没有去银行工作,而是去省级机关上班,我们这一届二百零一名学生只有两人分配到金融系统外。当时学校招生二百名,多出的那名同学是从新疆银行学校转学过来的。

很多同班同学非常能干,有的第二年就当了县级支行的副行长,后来职务一路晋升;有的是国内著名民营企业高管,退休不受年龄限制;有的后来跳槽创业自办公司,业务做得风生水起。

2018年11月,我们从银行学校毕业三十六年多,我所在的803班开了一次同学会,我写了一首《致老同学》:"那年省城清泰门外学校匆匆一别/如今杭州玉皇山下同学短暂欢聚/无情年轮虽已改变你我俊俏容颜/岁月沧桑终究改变不了同学友谊/忘不了你的算盘声噼里啪啦脆响/忘不了你的毛笔字行云流水遒劲/忘不了你的爬门水平那么了不得/忘不了你的针线功夫温暖多少心/忘不了你用力划桨小船原地打转/忘不了你耳朵上架烟被老师批评/忘不了你日出江花红胜火有热情/忘不了你春来江水绿如蓝藏奥秘/忘不了我们朗读《醉翁亭记》谈山水/忘不了大家背诵《滕王阁序》说王勃/忘不了统计学与抽样调查奥妙多/忘不了银行会计这门功课不好学/当年点点滴滴无论对错都觉得好美/更何况老师谆谆教诲远没有听够/当年林林总总无论多情还是无情/三十八个年轮已一晃而过/一切过往皆为序章不还有序章吗/好好叨念好好珍惜同学纯真友情/记得今后一定要经常主动联系/盼早日团聚看到你我矫健的身影。"

2022年11月12日,我们八二届同学怀着十分激动的心情来到浙江金融职业学院参加母校"喜庆二十大,共贺四十年"活动,聆听学校党委书记金杨华"学习贯彻二十大精神,创建高水平职业大学"的讲话和张明富同学的集中汇报交流,参观了美丽校园、捷克馆、投资者教育基地、金融博览馆等,比对了自己入学时和现在的照片,受到了校友办老师和学弟学妹等志愿者的隆重接待,与尊敬的校领导和老师、敬爱的班主任和亲爱的同学们欢聚一堂,忆峥嵘岁月,话美好未来,度过了人生中最难忘最开心的一天。

巧合的是,这天我在学校汇丰大厦电梯里碰到了1980年9月19日在轮船上见到的那位海盐女生,她下楼,我上楼,在短暂的一瞬间,我与她讲了一两句话:"你是海盐的吧?""是的,你戴着口罩,我看不出来你是谁。"其实,即使我不戴口罩,她肯定也不知道我是谁。她是学城市金融专业的,我俩在学校里一直没有见过面,毕业后也是第一次碰到,但她四十二年前的样子我还记得。她在海盐县工商银行工作,我查了她的名字,与我高中的一个同学名字挺像。

开始养活自己

1982年7月10日,我和同专业另一班的小张同学由学校人事处处长亲自陪同,乘着学校安排的绿色吉普车从学校出发,到位于杭州市环城西路旁省府大楼内的一家单位报到上班。那辆绿色吉普车是学校唯一一辆小车,学校如此重视是前所未有的事。白天我们见了单位相关处室负责人和其他同事,当天晚上,我和小张同学一起在西湖边逛了一圈。夏日的西湖凉风习习,湖水荡漾,偶尔有几只水鸟掠过水面。我俩坐在凳子上畅谈着今后的人生理想。当晚我们借同事位于环城西路的杭州市机械工业局招待所宿舍住宿,第二天两人乘火车分别去了四川和西安参加国家统计局组织的业务培训。

我培训的地方在四川统计学校,位于四川省内江地区桐梓坝。内江当时是四川省的一个省辖地区,后来撤地建市,大约在成渝铁路中间位置。浙江共去了六人,带队的同事老洪大我八岁,身材瘦高,脸蛋缺了巴掌肉,他毕业于杭州大学数学系,是高考恢复后第一届毕业生。培训班学员来自全国各地,共有一百五十人左右。我们7月11日晚上在杭州火车站坐上开往重庆的火车。火车车厢内没有空调,异常闷热,我在硬卧上铺,顶上一只小小圆圆的电风扇朝下吹个不停,不过对消除暑气没啥效果。我们过江西,进湖南,长途跋涉五十一个小时才到重庆,再中转去内江,六个小时后才到达学校。下车的时候我发现大家的衬衫上已经布满不少黑点,原来是煤灰,密密麻麻,当时的火车是烧煤的。

早听说重庆是全国的火炉之一,我以为内江也很热,其实不然。内江是山区型气候,中午热,早晚凉,夏天晚上也需要盖被子睡觉,这是我万万没有想到的。学校提供了良好的学习条件,学员们住双人间,床上挂的蚊帐和用的被子全是新置的。周一到周六每天上午上课,学习内容主要是统计学原理、住户调查知识、农村经济知识等内容;下午自学,自学期间可以适当参加打篮球等体育活动。老师由两部分组成,一部分是四川统计学校的老师,上统计理论课,另外一部分是三位来自国家统计局农业统计司的老师,上统计专业课,其中朱向东老师不到三十岁,后来任国家统计局副局长,可惜英年早逝,2005年参加公务活动时意外身亡,年仅五十岁。

每到周日,几个浙江学员一起坐渡船越过沱江去市中心玩,逛个市场吃个饭什么的。我们每次外面吃饭必点炒牛肉丝,辣味很浓,三元钱一大盆,既便宜又好吃;最常见的蔬菜是空心菜,味道一般,这是我第一次在四川看到空心菜。内江有张大千、范长江等名人,可惜那个时候我并不知道,所幸我不会画画,也不从事新闻工作,否则不去看他们出生的地方肠子也要悔青了。

在内江培训到8月31日,算起来有近五十天时间。学习抓得很紧,中间只安排了一次集体活动,参观大足石刻,我因感冒发热没有去成。培训结束前组织考试,我意外获得超级好的成绩。据说是第一名,可我没有核实过,是从同事老洪那里听来的。

从内江回杭州路上非常艰辛。我们9月1日出发,先从内江坐火车去重庆,后到朝天门码头,因买不到去上海或九江的船票,只能先坐上到武汉的船,准备从武汉坐船去九江,然后从九江坐火车返回杭州。

考虑船行安全和便于旅客欣赏沿途风光,轮船过长江三峡前,在四川省万县(现重庆市万州区)停了一晚。下船后我买了两只当地产的竹编篮子,篮子被涂成彩色,很有特色。第二天天亮后轮船在长江上持续航行,突然间长江三峡扑面而来,我们依次经过瞿塘峡、巫峡、西陵峡,江流迂回曲折,江水万马奔腾,两岸奇峰陡峭,如同一幅巨大的山水画卷。长江三峡之惊险之神妙之雄伟之壮丽的确名不虚传。

到武汉时大家没有住宿,而是在东湖边相互围着坐了大半个晚上。周围只有零零星星暗淡的灯光,看不清东湖的风景。凌晨一起去江轮售票处排队买票,我感觉实在是太困了,一头倒在了长长的椅子上。我大概睡了半小时,被周围的吵闹声惊醒,发现那长椅是坏的,呈倾斜状,头睡的是低处,而脚搁在高处,累的时候,全然感觉不到。记得去内江在重庆转车时,也是晚上,我们在马路上漫无目的地走着,也省了一晚的住宿费。谢天谢地,终于买到了去九江的船票,离目的地杭州又近了一步。

到了九江,有的同志提出上庐山看看,说机会难得,但大家考虑到毕竟是公差,商量后决定放弃。9月10日,我们坐火车回到了杭州。虽然一路上非常辛苦,但看过了重庆"中美合作所"、渣滓洞、白公馆,受到了深刻的红色教育,江姐的坚贞不屈,"小萝卜头"机灵送小纸片情报,他们的英雄事迹无不在我眼前一一浮现。我们还在枇杷山看到重庆山城夜景,经过了母亲河长江,经过了雄伟的葛洲坝，还载着我培训时出色的成绩和收获，一辈子不会忘记。

回单位后我被安排从事农村住户抽样调查工作。该调查是一项重要的民生调查，被调查的"国家记账户"，要将每天发生的现金和实物收支情况，比如出售农产品、购买商品等信息逐项登记。这些数据可在一定程度上反映出农民收入水平是否持续提高、收入分配状况是否改善等，进而为政府制定民生政策提供重要依据。除了国家规定的住户调查，我们还受委托开展专项调查，比如电视收视率调查、产品满意度调查等。

办公室在一个大院子里面，院子里香樟树遮天蔽日，杉木林密密实实，有山有阁，山中有养着睡莲的小水池，环境一流。我们所在的办公楼，共五层，工作单位在楼的最北部西端。室外还有一个小广场，便是工休时打排球的地方。院子内除了这幢办公楼，还有三幢楼：设有食堂、理发室和储蓄所的两层楼；只有一层的印刷厂楼，印保密或内部文件；还有一幢武警中队楼。杭城的夏天热得要命，办公室没有空调，男同志穿西装短裤，女同志穿裙子，大家还是直冒汗，后来管后勤的人拉来机制冰降温，这才让人凉爽不少。单位的管理制度也很人性化，为了便于年纪较大的同事度过高温天，他们只要上午上半天班就行了。

我当时与多位同事一起住在杭州市化工局招待所。招待所地处宝石山麓，有一层和多层建筑，还有非常幽深的防空洞。我住在招待所北面的一层建筑内，与毕业于厦门大学的王姓同事同住一间，他在综合处工作。房间很小，但好处是距办公室不远，走路十多分钟就够了，且住宿费用由公家统一支付。宝石山风景优美，山上有奇峰异石，挺拔秀丽的保俶塔是宝石山的标志。站在宝石山上,美丽的西湖一览无余。

这年春节前,单位工会发年货,其中有来自舟山的海货。虽向职工收费,但价格非常便宜,如黄鱼是五毛钱一斤。只是我家在外地,车票不好买,提前两天请假回去了,这些海货由家在杭州的同事代为处理,不过以后再也没有如此便宜的黄鱼了。

这一年,我十七岁,终于有工作了,能养活自己了。

我还知道,今后虽饿不着我,但咱这辈子也不会发财了。

我把在万县买的彩色竹编篮子拿回了家,奶奶非常喜欢,后来成了她的香篮。

可是,欠下的账总要还的,学习账也一样。后来,我走了一条非常艰辛的路,我一边上班,一边参加高等教育自学考试。我转学统计学,这个专业不好读,特别是数理统计、概率论、计算机知识等课程难度较大,再加上单位工作很忙,我唯有认真努力,克服一个又一个难关,终于先后获得了专科和本科文凭。自学考试严格程度等同于高考,监考老师有考生电子照片,他们在考场里威风凛凛地来回巡睃,不时地仔细核对每一位考生的资料,还要我们一一签名,可能是方便以后查对笔迹验证。考试过程中如有交头接耳或其他作弊行为,该门课一律按零分处理,并且还要通报批评。至于成绩,每门课程六十分为合格,所有课程合格了才能毕业。

有不少考生坚持不下去,改从其他途径拿文凭。其中有一个同专业考生我很熟悉,他改读我省最顶尖大学的成人学院,有了本科文凭,后来还取得了加拿大一所大学的硕士学位。

当年听杭州市自考办的老师说,会有自考研究生政策出台,我也打算去尝试,递交了意向表,结果是石沉大海。

1992年12月,我参加工作十年后,换了另一家单位上班,以便于解决夫妻两地分居的生活难题。

光阴荏苒,是金子还是沙子时间最终会给你公正的评价。我混得一般,是颗沙子。不过,做沙子也好,甘于平凡,踏踏实实。

奶奶走了

1986年11月26日,我在上班,表哥打来电话:"弟弟,我是建坤,外婆人不太好了,请你早点回来。"建坤是我姑妈的大儿子,电话是从海宁邮电局打来的。我向单位领导请了假,下午就动身回了海宁老家。

奶奶躺在床上,脸色像洒着冬天冰冷的月光,非常白,嘴角已经明显塌陷下去了。奶奶本来个子不高,身材纤瘦,躺在那里,看起来更加瘦小。"奶奶,奶奶!"我叫了她几声,妈妈也在旁边说:"利松在叫您,他回来看您来了,您应他一声啊!"可是奶奶一点反应也没有。

看着她这般模样,我如万箭穿心,祈祷奶奶能渡过鬼门关,快点好起来。我问了有关奶奶的情况,妈妈说,前两个月奶奶不小心摔了一跤,额头磕到了一块尖角小石头,流了很多血,后来虽然慢慢好了,但已经伤了元气。最近,奶奶不知道怎么回事,屙尿时人倒在了马桶脚下。按农村老家的习惯说法,老人倒在马桶脚下是不吉利,多数是没希望了。

我与奶奶相伴了二十一年,对她有深厚的感情,看着奶奶这副模样,我眼中泪水已进入不可控状态,与此同时,一幕幕往事不断地从头脑中浮现。

是啊,她一生非常节俭,时常穿一件大襟蓝布衫,腰上喜欢围块围裙,衣服虽旧还有不少补丁,但很干净整洁。她一只眼睛失明以后,连累到另一只眼睛的健康,为了省钱,她从不看医生,而是自己买点眼药水滴眼。到了夏天,奶奶在逆光下时常用手掌遮挡前额找我们这些小孩子,嘴里还不断地呼喊着我们的名字,我发现奶奶在找我们后,连忙赶了过去。

奶奶身体残疾,年纪又大,人长得瘦小,除了照看我们这些孙辈外,平常时候她多数的劳动是斫草,从我记事起,生产队里的劳动她很少参加。她不像我们那样在附近斫草,她总是喜欢跑得很远,菱角湾、关桥头等地她常去。奶奶带我去过菱角湾一次,碰到她的忘年交,现在我还能记得"忘年交"的名字和模样,那位老人现在已经九十七岁了,还天天走去彭墩集市。关桥头是我曾祖母的娘家,地名我很熟,但一直未到过。记得有一次,奶奶去那里斫了很多草,她背不动,有一位中年伯伯帮助奶奶把青草背回家来,至今我印象还十分深刻。

奶奶喜欢夏天做豆瓣酱,将黄豆和面粉烧制做成饼状后让其发霉,等长出黄色的乌花,就放进坛中,加上盐和适量的水,上面盖上纱布,让其日晒夜露,颜色越晒越黑,等能闻到酱香再晒上一段时间便可以直接吃了。有时候她还将豆瓣酱舀到碗中,倒入少许菜油,在锅里蒸煮,吃起来更加醇香。她还喜欢吃炖臭菜,臭菜是冬天的咸菜放到夏天后慢慢变成的,闻起来臭吃起来香,臭菜汁是制作霉千张的上好原料。这些东西我都爱吃,可现在是很难吃到了。小时候品尝过的味道,成了舌尖上抹不去的记忆,构成了乡愁的重要部分。

她一生十分勤奋与谦让。经常前一会儿还看到她,但开饭的时候,又不知她去哪儿了。爸爸妈妈常常要我找她一起吃饭,每次找到她时,她都在干活,总是说着同样的话:"你们先吃好了,我还要一会儿。"有时候,还要第二次去请,她撩起围裙,擦了手,暂时放下手中的活,跟跄着走了过来。奶奶虽然没有文化,但她在力所能及的范围内常常教我们一些做人的规矩。比如去别人家里做客,主人不动筷客人也不要动筷,主人或年长的吃好了孩子们也要结束;在饭桌上要挑近距离的菜吃,距离远的几个菜不要随便夹。要懂"敲鱼拨肉"的规矩,正月里主人敲敲鱼碗,对客人说请吃鱼,但客人是不能吃鱼的,除非主人用筷子将鱼身弄破,把鱼肉分成几份,那才是真心让客人吃的。我曾问奶奶这是为什么,她说这碗鱼是用来看的,人家是好面子,充碗数用的。奶奶是这样说也是这样做的,按道理,她作为长者,家里有好吃的应该她先吃,可事实上,她与大多数老人一样,不但人很淳朴,而且真正做到了"吃苦在前,享受在后"。

奶奶喜欢吃肉,可年纪大了牙齿不好使,只能偶尔吃点肥肉。记得有一天晚上,我躺在床上没睡着,悄悄地听爸爸妈妈商量了好一会儿,意思是明天爸爸一早去彭墩集市上买半斤精肉还是买一斤普通肉。我猜买半斤精肉主要是给孩子们吃。我蜷缩在被窝里,扑簌簌的眼泪无论如何也止不住,真想大声对爸爸妈妈说,我不要吃肉!但睡梦中我还是闻到了肉的香味。第二天爸爸买回家的一斤多肉中有精有肥,等肉碗上来的时候,奶奶却迟迟不肯动筷。

奶奶做客去得最多的是我姑妈家,自己娘家和妹子家去得不多。她去姑妈家时常带着我。临行前,她喜欢梳发髻,插一个银质的簪子,换上相对体面的衣服,她特别喜欢穿黑色的火绸布裤子,微风吹来,裤脚像旗帜一样轻轻飘扬。

姑妈对奶奶好得没话说,姑父也一样对奶奶好,当然奶奶也十分喜欢她的女婿。姑父喜欢吸烟,那个年代买香烟要用烟票,奶奶用家里的烟票买烟送给姑父。爸爸除了逢年过节偶尔点上一两支外,一般不吸烟,所以家里烟票有多余。

奶奶时常喊我帮她搔痒,我都是随叫随到。夏天蝉鸣季节,她常在屋前坐着小矮凳,背对着我,让我尽义务。每当我帮她背上搔了几下后,她总是说"再上面,再南面(左右她分不清也不会讲)"或者"用力再重点",等等。她背上腰部上方,脊柱右边有颗肉痣,大小和位置我至今清晰记得。

黄岩蜜橘是奶奶的最爱。我参加工作后的几年,单位工会福利分了不少黄岩蜜橘,我常拎上一大包回家。单趟坐公交、乘火车和步行需要花五个多小时,我有时候将橘子扛在肩上,有时候拎在手上,有时候实在拿不动了放在地上休息会儿再拿,感觉手臂都快拎断了。虽然一路风尘仆仆,肩麻手酸,但看着奶奶和弟弟吃着橘子开心的样子,我心里甭说有多高兴了。

可惜,我以前没有收入,现在参加工作还仅仅四年,时间是何等短暂,我孝敬奶奶还很不够呀。奶奶您要挺住,千万要挺住!

我缓过神来,看见奶奶张大的嘴和翕动的鼻孔,所有的声音都凝固了。距离奶奶床铺不远,爸爸打了地铺,铺着稻草,晚上我也睡在地铺上,主动加入守夜的行列。

28日,天气寒冷,晚上七八点钟,等到她女婿——我姑父赶到的时候,大家看着她的嘴巴动的节奏越来越慢,最后一动不动了。大家说,奶奶之所以坚持不走,是因为她老人家还在等一个人,这个人不是别人,就是她女婿。现在家里的人全都到齐了,奶奶就安心地走了。可是,奶奶还欠我一声招呼,病重的几天,她的眼睛就一直没有睁开过,我呼唤过她多次,可她连一声,哪怕是微弱的一声也没有应答。

冷风似铁,黑夜似墨。那个晚上,家里哭声一片,但爸爸妈妈意识到,光哭还真不行。邻居们赶过来了,有的帮忙打扫,有的去亲戚家报丧。妈妈与我在一团漆黑中走着七高八低的路,到彭墩集镇敲开豆腐店门预订豆腐,那时豆腐店是公有的,晚上有人值班。附近豆腐作坊只有一家,如果不订,第二天要那么多的数量是买不到的。

奶奶的灵堂设在家里。第二天,一大帮亲戚朋友与奶奶作最后的道别,这中间有许多我从来没有看到过的人。爸爸妈妈、姑父姑妈、我和两位弟弟全都披麻戴孝,爸爸腰上还系着一根很粗的草绳,我的心里难过极了。看着奶奶全身素裹冷冷地躺在厅堂北边的门板上,我哭得昏天黑地。有位亲戚看我实在坚持不住了,就硬拉着我上床休息。奶奶的遗体是用船运走的,我已经无力去殡仪馆为奶奶送行。家里没钱,听我几位舅爷爷说,爸爸在殡仪馆只买了一只黄色的布袋装奶奶的骨灰。那一年,奶奶八十六岁。

有一年清明节,午饭后我与妈妈、两个弟弟上坟祭拜奶奶和爷爷,到了坟地不久,爸爸也跟过来了。出门前,爸爸考虑到下雨天,说今年大家就不要去了,看我们坚持,一会儿的工夫,他也来了。妈妈说忘记带筷子,我就地取材,折断一根桑树枝解决了问题,奶奶一生穷是穷,但从来不会用手抓饭的。这个季节,奶奶与爷爷一起默默地守望着一大片金黄色的油菜花海,还有前面那一片发着新芽的桑园。花丛中奶奶与爷爷的坟很小很小,小到如果有人从旁边走过,是可以忽略的那种。

同学爱人

我和妻子是海宁县第一中学七八级的高中同学。高一第一个学期她在二班,由于她期中考试成绩突出,便进入了我们班。上高中时我只有十三岁多,班上年纪比我还小的只有两个男同学,而她大我十一个月。现在还有人与我开玩笑说:"你那么早就谈恋爱啊。"其实高中期间大家忙于学习,当时我俩谁也不搭理谁,更不用说谈恋爱了。再说我年纪小,还没有青春期萌动,不像个别男同学,为了引起女同学注意,搞恶作剧,如把桌子往前推,使前一排的女同学不好进出,还在桌子边沿画上粉笔灰,目的是让粉笔灰擦在女同学身上。

可是我俩差一点成不了同学。

她考上了高中却想再读初三,也找好了就要读初三的"调换对象"——她同村一个要好的女同学,但被学校否决:"同学们都是通过全县统一招生考试选拔出来的,若不想读只能放弃,我们无法将放弃的名额转让给其他同学。不过,希望她来上学,考上全省重点中学不容易,放弃太可惜了!"

我爱人学习成绩比我好,由于受家人"大学全国分配,中专全省分配"想法的影响,也报考了中专,高中老师曾一度为她惋惜,学校党支部书记还亲自做她思想工作调整志愿。

高中毕业后，十五岁多一点的我于1980年9月19日上午，来到杭州清泰门外被喻为"银行行长的摇篮"的浙江银行学校读书。那一年的9月，她则到达杭城教工路被喻为"建筑工程师的摇篮"的浙江省建筑工业学校读书。若干年后，经反复确认，她报到的时间是9月10日，竟然比我来杭还早九天。

她录取的情况后来我是听一个同学说的，我曾联系过她一回。1983年三四月份，有一个周日，她到我那儿玩，手上拿着一把雨伞，包也没有带。几年不见，发现她个子虽然不高，不到一米六，但长着一张充满朝气活力的脸，一头乌黑的齐耳短发和一双明亮智慧的大眼睛。那天我骑自行车送她回校，由于骑车带人技术不行，快到学校时我俩摔了一跤。看着我狼狈的样子，她赧颜道："没关系，下次把骑车技术练练好。"

那年下半年8月，她被分配进入老家海宁一家建筑设计单位从事结构设计工作，属事业编制。

1984年2月，与她久未联系的我突然收到她寄来的一封信，打开一看，是一本薄薄的画册《硖石风貌》，著名书法家钱君匋为封面题字。画册中间夹着一页纸，有一段文字，抬头把我的姓拿掉了，只有名，落款是她名字拼音中第一个字母的缩写。中间内容是这样写的：

"上次你来硖石时，我和同学曾跟你说起过《硖石风貌》这本画册，那时每个单位只有一本，因此没法让你看到。现我已经买到，今特给你寄上一本，让你这位在杭城工作的同学，也能了解到硖石的名胜古迹、街景风光，看到家乡的变化。望收到后来信告知。"

之后两人的通信你来我往，逐渐多了起来。那年的中秋节，我去海宁看她,在她的宿舍海宁县政府招待所二楼的走廊尽头,一起观赏着一轮明月冉冉升起,似乎明月已为我俩作证,之后我们开始谈起了恋爱。见我在老家找对象,我的一个同事表示很不理解,他几次苦口婆心规劝我,其中有句话至今言犹在耳:"如果我有对象在外地,一定迟早会分手的。"我嗫嚅了半晌,对他的态度不置可否。

后来她经单位同意,脱产去嘉兴继续读书三年,其间我俩修成正果,拿到了红本。爱人现在还继续开玩笑说:"我俩谈恋爱时,由于不在一地,双方缺少了解。在设计单位上班时巧遇一个自称懂算命的,让我要么认个干爹,要么离开海宁去西南方向工作生活。杭州在海宁的西南方向,当时政策规定分居六年可调动工作,就这样,对你和你的家庭都没有更多的接触和打听,我就瞒着父母,早早地和你登记,稀里糊涂地嫁给你。"等她毕业,1989年农历十二月初六,我们在老家举办了结婚仪式。巧的是,那天正好是我的农历生日。至此,我毕业后工作已有七年多,她也超过六年。

哎,我是家里卖掉两只鸡让我上高中,一个自称懂算命的先生让我有了老婆。

那个年代,分居的一方想调入杭州市的确非常困难,要过杭州市人控办这关,每年入杭就那么几个指标,僧多粥少。当时一周只有周日一天休息,来来回回交通也很不方便,造成不少家庭生活上的麻烦。可我爱人能干,又上进,我们俩都没有放弃。我当时的想法很简单,大不了回老家工作,而她则认为杭州毕竟是省会城市,有较大的资源优势,可以等有机会再说。

我们结婚后长期分居两地,过了不少辛苦的日子,有一次她得病,病情非常凶险,是同事们用担架将她抬进海宁市妇幼保健院的。事后爱人是这么回忆的:"不记得在医院住了多少天。只记得凌晨情况突变,保守治疗失败,医院一早请来专家,明确需要紧急输血做手术。我就被推进了手术室,打完麻药刚开始剖腹时,我轻轻地说:'痛。'医生说:'我们在救你的命。'后面就啥也不知道了。等我清醒过来,发现我在输血,心里感到异常痛苦。"

夫妻两地分居时间越久,心里越感到煎熬甚至痛苦。特别是当我俩三个熟人的爱人,一个从南京调回杭州,两个从海宁调回杭州,而她却原地不动时,对我简直是一次次的重大打击。哎,要怪就怪我从小到大脸皮较薄,从不轻易求人。加荣叔叔的老首长是一位1931年入党的老党员,担任过浙江省副省级领导。我参加工作后加荣叔叔曾带我去过他家,老首长住在位于西湖边的两层小洋楼中。按理说,通过加荣叔叔找老首长说情可能会有戏,可我一直开不了这个口。

后来,我也带爱人到招聘会上去应聘。没多久,杭城一家建筑设计所的老板主动约我俩见面,他自我介绍说是从浙江省一家著名的设计大院辞职的,还谈了目前单位的发展前景,老板希望我爱人及早报到上班。考虑到一下子落实不了杭州户口和设计所的丙级资质,她没有去。不过,这家设计所现在已经发展成中国十大民营工程设计企业之一。直到1994年中秋前夕,通过努力,爱人才调入杭城一家事业性质的省级设计院。那年中秋节爱人单位开了中秋联欢晚会,会议主题只有一项:欢送爱人去杭城工作。我作为特邀嘉宾参加了那次终生难忘的晚会。单位美术功底颇深的一位老专家戴着老花镜亲自设计舞台背景;所长西装革履,亲自主持欢送晚会，说话激情澎湃，他像嫁女儿一样高兴；还有单位中的小姐妹，个个笑靥如花，一张张照片定格了她们美好的瞬间。

我们夫妻团聚之时，我已经二十九岁，爱人已经三十岁了。虽然双方工作都很忙，我们那时也还没有房子，但是无论如何，该考虑要个孩子了。

我参加工作后住过杭州市化工局招待所、花园南村和朝晖六区的单位集体宿舍，又租过三处农民自建房，饱尝居无定所的苦涩滋味。

第一次租住在西湖区古荡湾老陈家。老陈是我同事，是因土地被征用进单位的，租她家的房子一方面能省掉中介费，另一方面感到熟人毕竟好说话些。我租的房间是正屋一楼西边间，白墙面水泥地，条件一般。住得差倒没什么，毕竟价格便宜，月租金才一百二十元，可到了晚上"吱吱"声音不断，老鼠十分猖獗，半夜起来常常展开"人鼠大战"，而且抓不干净。正屋右前面辅房中，有两个年轻女租客，有一次，用煤饼炉取暖造成二氧化碳中毒，幸亏被人及时发现并拉去浙江省建工医院抢救过来。

爱人调入杭州时，我已租住在古荡益乐村，也是通过熟人介绍过去的。单看住房条件马马虎虎，可住了几天发现该地水体被严重污染，屋边的小池塘水是绿色的，房前场地上有口井，井水也是绿色的。20世纪90年代的杭州，被戏称为"美丽的西湖，破烂的城市"，很多地方特别是城郊接合部基础设施非常落后。益乐村是个吃"夜来水"的地方，而且常常是半夜才有那么"一丢丢"，房东喝水要到附近建筑工地上去拉，而我喝水不多，又不做饭，找房东接济一点水将就着。

爱人来了杭州,我们才有了一个真正意义上的家,家里需要开伙,益乐村显然不适合再居住了。我通过中介,找到了位于大关的农民自建小套房,此处临近京杭大运河,出门是大兜路,是二楼的西边套,一室一厅一卫一厨,能基本满足生活需求,月租金五百元。现在的大兜路历史街区非常漂亮,可那时还是一个非常破烂的地方,而且当时大运河的水夏天有股臭味。在那个条件艰苦的地方,我们生活得自得其乐。有一年暑假,爱人读小学五年级的侄儿来我家做客,平时爱人骑自行车带他去上班,我也带他去参加计算机培训,到了周末,我们一起带他出去玩。每次在家吃完饭,我们三个总是伸出手,通过"黑白配"来确定由谁洗碗,结果我只有输的分。事后我的估计得到了证实,他俩的确事先商量好了如何操作。话说回来,我不赞成采用如此"巧妙"的办法,但也不会计较,我多洗几次碗算得了什么呢?房东曾担任过厂长,看起来聪明干练,她有两个儿子和两个准儿媳。房租是与她小准儿媳结算。有一次,我出差几天迟付了房租,被催缴的味道不太好受。

女儿姗姗来迟

爱人来杭后肚子一直不见动静。她以前也看过医生,为了报销费用,需要到她单位定点的浙江省建工医院转方。1996年4月左右,狄医师转方时提供了宝贵信息,说可找他夫人——盛医师问诊把脉。她是国家级名中医,是全国著名中医妇科专家裘笑梅的高徒。狄医师非常谦虚,后来才知道,他是消化科方面的专家,但也看不孕不育,也是权威。挂盛医师的号很难,当时没有网络,也不能预约,可以找"黄牛"代劳,可我不喜欢这样做,每次晨光熹微,我踩着从海宁带来的二手山地车赶到浙江省中医院,等挂到号再通知爱人过去,不过还是爱人最辛苦。盛医师个子中等,皮肤白皙,留着齐耳短发,和蔼可亲。大牌医生水平就是不一样。第一次问诊她就下结论爱人身体没问题,只需要每天早晨起来测基础体温,并适当进行中药调理,我们心里的石头落地了。

7月初的一次就医,盛医师给爱人搭了脉,告知爱人十有八九是怀孕了,不过需要做孕检确定。果不其然,盛医师真是神了。

我要当爸爸了,得到消息后在下班回家路上,我想想都要差点笑出声来。我按时间和爱人的基础体温变化情况推算,爱人是在6月中旬怀上孩子的。

可是前一幢房子中的几个年轻租户时常通宵打牌,搞得我们经常休息不好。有一次，我不得不找那些人理论，之后他们才有所收敛。孕妇休息不好可不是小事，再说我们年纪都那么大了，结婚多年好不容易才有了孩子。

1996年7月，我工作十四年后，终于在西湖区弥陀寺路分到一套"老破小"，是一梯三户的中间套，两居室无厅，空间极其逼仄，上厕所要从小小的厨房间穿过。可地段特别好，距美丽的西湖约八百米，离单位大院仅隔着一条马路。由于我上班工作很忙，爱人又是大肚子，搬家前，我一个人利用业余时间在大关出租房中整理完东西已是凌晨3点30分，约了搬家公司头班车早晨5点搬家，我只在床上眯了个把小时，虽然身体感到有些累，但心里美滋滋的，这下总算不用再租房了。本来按之前公布的分房排名，我可以分到位于文二路与莫干山路交叉口梦寐以求的七十多平方米新房，可想不到刚过完春节就调整了计分规则：单位分由原来一年一分增至两分，工龄分一年一分保持不变。因我在别的单位工作了十年多，我的排名后退了好多位，选房时我成了第二个拿旧房子的职工。排在我前一位的是双职工，他们单位分多，总分少的一方百分之三十的分加到另一方，即便这样，也比我只多了零点二五分。考虑到我和妻子都是外地人，单位事情又多，年轻人总想多干点事，也为了加班方便，所以我挑了一套面积最小、离单位和幼儿园最近的房子。

我想，反正我还年轻，当时估计以后还有房子可分，暂时将就一下也无妨。可想不到，1998年后"房改房"政策取消，我们在分到的"老破小"里一共住了八年。

爱人妊娠反应很厉害，为了保胎吃过盛医师开的中药，中途还在浙江省建工医院住过院,后期去浙江省妇女保健院待产时仍呕吐不止。爱人的肚子时不时鼓起来,可能是孩子待在子宫里拳打脚踢。爱人高龄加上体质较弱,她怀孕那段时间难以坚持正常上班。十月怀胎,一朝分娩。我本来希望爱人在有熟人的医院做产,照顾起来会方便些,但医生检查后,建议去浙江省妇女保健院比较保险。该院地处杭州市岳王路,据《杭州市地名志》记载,岳王路是民国初年在拆毁清代旗营后建成的一条路,南起仁和路,穿过平海路,北至庆春路,因为在路的北端存有清代建造的岳庙而得名。我想起岳飞精忠报国的故事,医院选址在那儿,我觉得真是高明。

经医院同意,爱人待产期间与我一起去了一趟西湖白堤,那天她穿着紫色风衣,头发短得像男孩子一样,红光满面,十分精神,我以西湖和保俶塔、白堤和树木、草坡等为背景给她拍了好几张照,留下了美好瞬间。三天后,1997年3月26日15时5分,女儿出生了。

那天是周三,天空下起了蒙蒙细雨,看着一丝丝小雨我心里甜滋滋的。爱人下午1时进了产房,之前已知道要剖宫产并提前向医院支付了四百元的"指名咨询费",实际上是点刀费,指定医生做手术,我至今还保留着收据。这位医生不是别人,是爱人的主治医生,他对我爱人的情况比较熟悉。下午1时左右,我与妈妈把爱人推进十一楼手术室,附近没有凳子可坐,我俩只得在楼梯台阶上坐着,屁股下面垫了几层报纸还感觉凉飕飕的,丈母娘在一楼的病房里等候着。同病房一共有三位产妇,我们夫妇俩年纪加起来已有六十八虚岁,想不到其他两对夫妇比我们年纪还大。等待的时间有点漫长,我的心情是焦急与兴奋并存,直到下午4点左右,我终于看到了从手术室出来躺在窄窄担架上脸色苍白的爱人,我连忙接过护士推的担架,并猫着腰轻轻地问爱人:"男孩还是女孩?""女儿。"爱人用像蜜蜂叫一样的声音回答我。后面一位年轻护士紧跟着,手中抱着女儿,我一瞥,瞧见女儿满脸是雪白的胎粉,肉嘟嘟的,睡得正香。回病房后,护士让女儿舔了爱人的奶头,目的是让小宝宝学吃奶,可她还睡着,到第二天晚上9点,既不吃,又不哭,一直在睡眠中度过。

爱人对我说:"女儿出生后,我转过头望着她,发现她长得极像你。医生对我说,快把头转过来,别看了。"是啊,孩子是我们的心头肉,生女儿也好,生儿子也好,只要大人小孩健康平安就好。

爱人回病房后身体状况很不好。手术麻醉反应使她整个晚上口水流个不停,我和丈母娘轮流用餐巾纸替她擦拭,两个人忙得不可开交。看着爱人难受的样子,我立刻体会到做母亲的不易和伟大。

医院对新生儿的管理非常规范,每个新生儿手腕上都戴有一块软质姓名牌。有一次,护士帮助孩儿洗澡,我与丈母娘准备去抱回来,我正要从护士手中接孩子的时候,丈母娘说好像不是我们的,新生儿粗看很像,还是丈母娘老到,看了姓名牌发现的确是我搞错了。

八天后,我们带着女儿回到了位于杭州宝石山下弥陀寺路的家。为了腾出家里的活动空间,从此后的八年,我过上了晚上用席梦思打地铺,白天将席梦思竖一旁的生活。

女儿出生那年端午节,女儿的外公外婆来看她,带来了老虎帽子和金老虎,还送给女儿一只银脚镯。后来,爱人哺乳假中还带着女儿去娘家住了好长时间,我丈人和丈母娘、舅佬和舅嫂、大姨子和连襟等对爱人和女儿给予了极大的照顾和关怀。

女儿的童年是在宝石山下度过的。虽然房子逼仄,但去西湖边,到黄龙洞,到杭州市青少年活动中心等地方都非常方便。女儿开口很早,六个多月就会叫爸爸,叫妈妈反而稍迟一点。"先叫爸爸有得吃,先叫妈妈有得穿。"几个老邻居这么说。但事实呢,她这一代人吃穿都是不愁的。每当我出差时,我一定会带一份当地的土特产,回家后,我抱着她问:"宝宝的小馋虫在哪里?"她会点点她的小嘴巴,然后我们哈哈大笑,与她一起把买的东西找出来并要求她和大家一起分享。

女儿的小名叫姗姗,名字是这么来的。有一次,我们三人和孩子的舅舅、舅妈一起上宝石山游玩。宝石山位于西湖的北里湖北岸,高不足百米,是看西湖全景的好地方。此山很有特色,有奇峰怪石、石洞石径、道院亭台,还有保俶塔。我们从宝石一路上山,一直走到初阳台,后从北山街回家,四个大人轮流抱女儿,我和孩子的舅妈是主力。在山上,我突然想到,要给女儿取个小名。"叫什么名字好呢?"爱人征求我的意见。我思考了一会儿,说:"叫姗姗吧。"我的理由那天是女儿第三次上宝石山,再说我们很迟才有了她,她姗姗来迟了,另外她生于3月26日,"二三得六",两个三的谐音也是姗姗,出生那天还是周三。爱人觉得这小名不错,然后大家就姗姗长姗姗短地叫了起来。

我丈人很喜欢小孩,特别喜欢我女儿。在乡下,他喜欢抱着女儿去"游村",东家来西家去。"游村"一词常挂在我丈人嘴上,我估计与他曾担任生产大队治保主任有关。可是在女儿一周岁的时候,我丈人就因疾病离我们而去。当时他还非常年轻,只有六十六岁。送别他的那天,我的眼里噙满泪水。那段时间,因为大家还沉浸在悲痛之中,女儿一周岁生日也没有给她过。

女儿小时候语言能力很强,但运动能力偏弱,长到十三四个月还不会独立走路,当时我非常担心她身体有什么问题。到位于孩儿巷的浙江省儿童医院后,医生要她做脚部CT,那么小的孩子不是说要求配合就会配合的,医生给她打了针镇静剂,时间到点了却没有效果,反而有一些药物反应,看她头颠来倒去那么难受,我也非常难过,更担心针剂对小孩有副作用,可针也打了,有什么办法呢?医生看了情况决定放弃CT检查,建议过段时间再说。当天晚上,爱人向丈母娘电话汇报,被丈母娘训斥了一顿,老人家说再给点时间,女儿一定会正常走路的。

承蒙丈母娘吉言,女儿到了第十七个月,终于会独立行走了。外公外婆送给她的银脚镯戴在小脚上,走起路来发出叮叮当当的声音,非常悦耳,女儿走到哪儿,声音响到哪儿,大人一路跟到哪儿,大家一路笑到哪儿。

永远的亲情与乡情

世上父母对子女的爱往往是最无私、最博大的。

2022年8月29日晚上,我在书房里安静地看书,一盏台灯、一杯安吉白茶以及茉莉、海棠、榕树、吊兰等几盆植物陪伴着我。茶叶是上年产的陈茶,因放置冰箱,还有一丝香气,茶汤的颜色也基本保持原色。这台灯女儿用过三年,2012年秋天她在上海读高中时买的。21点40分,桌上的手机铃声突然响起,我觉得很奇怪,这个时候妈妈怎么还给我来电话,上年纪的人一般睡觉很早,特别是妈妈,以前一年四季除大年初一外,天不亮就起来干活了,今天她怎么那么晚还没有休息呢?再说娘俩的通话时间一般安排在周末,且默契地在19点30分之前开始。早点开始,早点结束,老人家可早点休息。那么迟通话,又是星期一,开天辟地第一回呀。前几年我常常催她不要再到外面打工,她却一直不听,现在毕竟年老体弱,今年还做了阿太,的确到了该休息的时候了。"岁月不饶人,鬓影星星知否",人生是有阶段的。

电话那头,我听到爸爸对我交代的声音,知道他也没有睡着,从声音分析,他是在离妈妈的手机很远的地方说着话,对我的要求我听得一清二楚。原来是二老对儿子不放心啊。通话时间却长达七十分钟,当我告诉妈妈我还没有洗漱时,她才搁下电话。我差不多度过了一个不眠之夜,第二天起来头昏昏沉沉的。想必二老也一定没有睡好。

妈妈在电话里说碰到大姨,认为大姨对人生看得很透彻。人到六十岁以后,有些事就慢慢想通了。哎,一段时间以来,由于疫情等原因,的确发生了一些不愉快的事,这也有我的责任。我一直对爸爸妈妈保密,但世上没有不透风的墙。窗外,树欲静而风不止,我也一直希望能平安度过,但越来越缺少把握。有一段时间,我想方设法到处找如何妥善解决问题的答案,可谈何容易。妈妈将她与大姨的聊天内容讲给我听,实际上是来做我的思想工作的。我长这么大,还让爸妈操心,真是愧对老人家。想着想着,我止不住心酸,泪眼蒙眬。但是,我还是留足信心,因为我知道大家都不容易,况且无论是谁本质上都是非常善良的。

大姨和姨父育有四个儿子、一个女儿。可惜二儿子二十多岁时,在走村串户收购土鸡过程中,骑车在一座石桥转弯处不慎从桥堍头掉了下去,头撞到石头,失去了年轻宝贵的生命。其余四个子女靠勤劳致富,有的成了小老板,有的开辟第二职业,家家基本达到农村有别墅,城里有洋房的条件,日子过得红红火火。对新生代的教育也肯下大力花本钱,有的毕业后在上海工作,有的在当地进了上市公司或金融系统。

说起大姨和姨父,我总感到对他们有一种亏欠。大姨和姨父待我很好,而我总是缺少乌鸦反哺的行动。2022年4月,姨父不幸病故,更加增添了我烦躁不安的心情。

谢谢弟弟、弟媳,是他们花更多的时间和精力在照顾老人。爸妈与小弟、小弟媳生活在一起,他们对二老蛮好,小弟2022年5月当了爷爷,一家人开开心心,热热闹闹。大弟2022年12月也做爷爷了,一家人有商有量,爱老慈幼,日子过得也很不错。

思念像酒,越陈越香。年纪越大越想家,越喜欢回忆过去。我很想多一些时间陪陪父母,多一些时间看望一些长辈和儿时的同学朋友,可是难度不小,因为要解决住的问题。我在乡下连一个像样的窝都没有,差不多等同于外乡人。

爸妈留给我和大弟的老房子,是20世纪80年代所建,属砖混结构,当时家里经济条件有限,房子建得十分简陋,室内没有卫生设施不说,关键是部分承重墙也有些倾斜了,里外全是破败的样子,还严重影响周围的环境。房子坐落在谈肖公路旁,特别显眼。如果拆掉重建,即便是同样的占地面积和层数,目前政策还不允许,只能够整修,修屋顶没有问题,可修墙在技术上有一定困难的。小弟家也是大家庭,他有了第三代,小辈需要客厅和书房,房子的确不够用了。尽管大弟和大弟媳邀请我去他们家,小弟和小弟媳常常请我在老家挤一挤,但我觉得不到万不得已还是少打扰为好,因此2021年我在老家三十多公里外的盐官购得雅宅一套。海宁的县治长期在盐官,1945年9月至1949年3月县治迁硖石镇。1949年3月还治盐官镇。1949年5月解放,建海宁县,属嘉兴专区。1949年6月县政府移硖石镇。盐官是著名的观潮胜地,历史悠久,全国重点文物保护单位有王国维故居、钱塘江鱼鳞石塘、唐代石经幢、海神庙、陈阁老宅。一个镇上有那么多全国重点文物保护单位,是不多见的。在盐官购房满足了我喜欢古镇,更喜欢老家古镇的愿望。再说在老家购房,也算是促进消费,反哺乡里。等我退休了,可变家乡的客人为主人,在盐官可经常邀请家人或朋友过来坐坐。美中不足的是距老家还是远了些,但有杭海城铁和海宁潮巴加持,总体上还算方便。

小学同学吴建发2022年8月24日给我发了微信,他是这样说的:"我俩都快六十岁了,好久没碰面,最近甚是想念。我全家邀请你及家人今年中秋节过来吃饭。我想与你说说农村的发展变化,我还有其他很多话要说,我真的非常感谢你,希望你全家都能过来……我的工作还是充羽绒和卖羽绒被,生意还不错。盼着你们来,祝幸福快乐!"其实,我也一样,何尝不想念他们呢?

除了父母情、夫妻情、儿女情、兄弟情、亲友情、同学情之外,邻里情也很重要,我一辈子不会忘记。

我十五岁离开家乡,很多邻里朋友见证了我的成长,这中间,也得到过有些人的热心帮助。

有一位男士,按辈分我该叫他叔叔,海盐县人,十九岁时来"河北"一户人家做养子。主人家的外甥女比他小三岁,他们曾是初恋,可当时没能成一对。若干年后,他初恋女友的丈夫不幸生病死了,她一个人带着一个儿子和两个女儿,还有个婆婆,生活非常不容易。后来这对初恋情人最终结为夫妻,这位叔叔落户女方,他俩生了一个儿子,现在孙子也在读大学了。叔叔曾有过痛苦的经历,"文化大革命"中,由于他公开说了国家领导人刘少奇的好,想不到被判处有期徒刑三年。后来国家为他平反,他获得了赔偿。当年他得知我要上高中,曾送我一条垫被,虽然有破洞好几个,但尺寸合适,垫着温暖,我一直用到了高中毕业。对此,我非常感激。1980年秋,我到杭州读书,花七角五分钱重新买了一条新的垫被,可颜色比较黑,也没有叔叔送给我的那条蓬松柔软,估计是用旧棉花重新加工的。

叔叔有一定文化,脑子也比较活络,学会帮人理发,还做些小买卖,偶尔帮人看看风水,赚点生活费,他爱人比我妈小三岁,至今仍早出晚归在家附近打工,风雨无阻,现在一家人日子过得很不错。

有一位女士,按辈分我该叫她姑妈,出生在海盐澉浦,她父亲死后随娘来到我家西南面不远的北河曹家。她一只脚有严重残疾,走起路来一跳一跳,速度很慢,也一样参加生产队里的劳动。她的男人朱老师,德高望重,老家在海宁黄湾,可"文化大革命"期间被剥夺了教师资格,还被人批斗。他高度近视,人也瘦削,干农活不方便,也一样早出工晚收工,一直到"文化大革命"结束才恢复公职。这对夫妻,为人友善,坚毅励志。我的珠算是朱老师利用业余时间教的,没收取任何费用。她也是我妈的好朋友,待我等小辈也很好。他们有四个小孩,前面三个女儿,最小的是儿子,最大的女儿比我大一岁,儿子也已在多年前成家立业。他们家命运多舛,20世纪90年代,朱老师不幸患病过世了。姑妈身残志坚,有一段时间,孙子在县城读书,她踏三轮车加上坐公交车每天来回四十里路照顾孙子的生活起居。后来,日子好过一些了,可惜在海宁市教育局工作的大女儿得病走了,白发人送走了黑发人,这对她打击很大。老人家的大女儿和大女婿都是我的好朋友,他俩的女儿也很优秀,本科毕业于南开大学,在上海工作。可是由于姑妈的大女儿过早去世,曾经非常幸福的一个家,留下了无法弥补的遗憾。

前几年,我过年回老家时能住上几晚,还有时间去看望邻居和朋友。有一次,我看望这位姑妈时带了点茶叶略表心意,想不到我刚回到小弟弟家,她老人家就骑着三轮车也到达我小弟家的楼下了,拿了不少土鸡蛋给我。我婉拒不掉,感觉是"投之以木桃,报之以琼瑶",搞得我很不好意思。近几年限于住房条件,我基本上当日来回,所以难以抽出时间看望老邻居了。

邻里情从来不是单方面的,我也尽我所能支援邻里。近三十年前的两个春节期间,邻居风金和良良家的柴垛失火,还危及附近房屋的安全。而那两次刚好我都在老家,参与了灭火。

有一次,"河北"邻居周大伯着急敲着锣,咚咚锵锵一槌又一槌,一边敲还一边猛喊:"救火呀,救火呀。"他简直是用尽吃奶的力气喊的。冬天的夜晚,天气寒冷,一片漆黑,我已早早地上床休息了。锣声和喊声钻进了我的耳朵,我毫不犹豫一骨碌从床上爬起来,爸爸妈妈也在穿衣服,然后我们一起出门直奔风金家开展扑救工作。

起火的柴垛临近主人家房屋的东边,是由稻草层层堆积起来的,高三米多,直径两米多。柴垛的另一面临谈肖路,这条公路是在机耕路的基础上改建的。熊熊大火在无情地燃烧,风金妈妈哭声十分凄惨。邻居们不时地从家里赶来。施救者排队接龙,把小河里的水盛在容器中,源源不断地往柴垛上倒泼,救火队伍越来越壮大,从要跑几步才能接到水,到站在原地伸手就能接到,再到分成两排接龙运水救火。在大家的猛攻之下,火势得到控制,大火渐渐熄灭,柴垛隔壁的房子终于保住了。

间隔一年之后,春节期间的一个晚上,大家正准备休息的时候,突然听妈妈说:"快点,快点,去救火啊,良良家柴垛烧着了!"我们全家出动开展施救,邻居们也源源不断地加入救火的行列。不知是谁发现良良家人不见影子,他们去哪儿了呢?几个人还叫喊着:"良良,良良,你家柴垛烧着了,快来救火呀!""快要烧到你家房子上了,快来救火呀!"柴垛离他家的后屋很近,好在那天没有刮西北风,否则他的后屋难保。可是再叫还是没有任何动静。我家的井水很快被用光,但火还烧得很旺。大家转从夏家漾河中取水,路线有点长,我一路上跑得上气不接下气。也有人说:"烧勿烧掉管啥呀,他们自家人都当呒介事呢。"后来,当火快扑灭时,良良及家人才从屋里跑出来,说他们睡在前屋楼上没有听到声音。这怎么可能呢?"河北"人家,隔壁邻居都来救火了。良良感到过意不去,一边对着大家点头哈腰,一边见男人就分着高级香烟,嘴里还不断说着:"谢谢,谢谢大家。"也算有所表示了。

　　风金家柴垛起火的原因没有定论,有人说可能是过路人扔了烟蒂引燃的,也有人说是小孩子玩火药纸引起失火。良良家柴垛起火大概率是小孩子玩火药纸造成的,有人曾看到良良的儿子与邻居一个小女孩在柴垛附近玩火药纸,玩得不亦乐乎。

我们一大家子

如今,老家的老百姓生活水平普遍提高了,每家每户都有几百平方米的楼房,喝的是自来水或桶装水,烧的是石油液化气或天然气,出行有小汽车。像我小弟弟家,家境虽然一般,但也有好几辆汽车。老百姓非常勤劳,好多人像我妈妈一样,年纪不小了,双手还停不下来,甚至有的人家子女已经当了大老板,做父母的还在给别人打工。

老家自然环境也很好,一年中有黄澄澄的油菜花和柑橘、绿油油的桑叶和麦苗、金灿灿的稻穗和高粱、雪白雪白的蚕茧和棉花,树上小鸟啁啾,水中鱼翔浅底。不像我小时候,除了天是蓝的,水是清的,其他却是破败的。

沧海桑田,当年"穷苦的娘仨"绝渡逢舟、生齿日繁。2022年,随着大弟的孙子和小弟的孙子出生,家族已经发展成十五人的一大家子:爸爸妈妈,大弟、小弟两小家庭各五人,我家三人,除二老和儿童外,有教师、护士、公务员、风投管理人员、技术工人和退休人员等。大家居住在四面八方,有的在杭州,有的在海宁城乡,还有的远在美国加州。

爸爸心胸豁达,性格开朗坚毅。他得过两次脑梗,由于治疗及时,再加上身体基础较好,病后恢复得还不错,基本没有后遗症。

但毕竟年长,日常行动有所不便,走路和爬楼梯较费劲,自己洗漱有些困难,幸亏能得到妈妈精心照料。可近几年说话明显减少,有时候脑子也会犯些糊涂,一件事来回要问妈妈几遍。2023年春节我在家的几天,每天上午才10点多一点,他都要关心中饭的事。"你每天饭是否吃得好?""很好的。""你有没有帮助做饭呢?""没有。"我与他聊着,你难得问问尚可,一天中同一件事若多次问,他人难免也会嫌唠叨。其实,老人唠叨是难免的,看到他脸蛋光洁,鲜有老年斑,耳聪目明,每天晚餐还喝些小酒,生活总的来说过得有滋有味,大家都很高兴,这不仅是爸爸的福气,更是小辈们的福气啊。

爸爸白天喜欢在客厅一角的红色沙发上打盹,晒晒太阳,一只老猫伏在他的双手与胸口之间。有时候他睡猫也睡,老猫懒洋洋地躺着,呼噜作响,两者相安无事。他对小辈们的成长非常满意,对现在的生活也非常满意。他说:"小时候来了个算命先生,对我讲小吃黄连勠说苦,老吃蜜糖勠说甜,这位算命先生说得真准。""共产党好,穷人翻身得解放,再说你们这些小的也有良心,现在我有这样好的生活,以前根本想不到。"

妈妈从小弟出生不久开始任生产队妇女队长,一直当了三十多年。她性格大度,做事果断,特别会理解人,是我家的顶级劳动模范。最近十几年,她除了种地和做家务活外,常常帮助种梨大户干活,有时还从事小区绿化种植。2022年下半年当阿太后,再加上手发抖的原因,除了零星活有人叫她外,一般不再出门打工了。但她在家照顾着爸爸,地里种菜、采叶养蚕、做饭洗碗,仍停不下来,依旧发挥着不可或缺的作用。我每年清明吃的豆沙馅白团子和咸菜笋尖馅青团子都是妈妈亲手做的;每次从老家带回的蔬菜,都是妈妈亲手种的;过年时我吃的年糕,所用糯米是在农田转包给种粮大户的情况下,妈妈另辟蹊径,利用沟边地角等零星土地种的;每次回老家吃的土鸡,都是妈妈亲手养的。

2023年春节小弟帮助亲家一起卖鸡,在梨头田养的二百多只鸡,吃了虫子,留下鸡粪,肥了田地,使梨头增产,一举多得。老家有个习惯,家家户户过年(祭神)仪式上都要用雄鸡。

与前几年相比,2023年雄鸡不好卖,虽然疫情已趋于稳定,但春节不走亲戚,不请客,这些鸡自然而然少了销路。受环境卫生和多年前的禽流感影响,城区和建制镇上都不能卖活鸡了,而彭墩是小集镇,可以交易,彭墩的活鸡在当地很有名气。按照室外摊位先到先得的惯例,春节前几天,妈妈凌晨3点就出门帮助抢占卖鸡摊位。等小弟和他亲家接上后,她再回家烧早饭,还负责给小弟和他亲家送早饭和中饭。

妈妈已经满头银发,脸上沟壑纵横交叉,她实在太勤劳了,自己又不注意身体。2023年5月29日下午,妈妈在家坐在矮凳上采茧子时,人突然倒地无力自救,爸爸就在隔壁的二楼,但妈妈已无力呼喊,连爬也爬不动,手机又不在身边。三个小时后小弟回家发现并与大弟商量后当即把妈妈送入海宁市人民医院,被诊断为脑卒中,病情比较严重。妈妈在医院里常常愀然不乐、自怨自艾,家人们给她鼓劲,要她树立信心。经医务人员半个多月的精心治疗护理和我们三兄弟日夜全力陪护,谢天谢地,她身体恢复良好。现在她在家做做家务,在自留地上种种菜,在邻居间适当走动,还照顾着我年迈的父亲。

大弟一家生活在县城。20世纪80年代中期,大弟在袁花镇的海宁县第二中学上高复班,学校不解决住宿问题,爸爸与当地两家人商量借宿。其中一家是认识的,说他们家里都是女儿,不方便;到了第二家,同意大弟借宿。当时农村没有租房概念,危难之中有人帮助,一住就是一年,还是免费的。那年他没有考上大学,后来又去县城参加高复后终于如愿。在县城,一次是通过我在县乡镇企业局工作的同学帮他;另一次是我当时的女朋友后来的爱人帮他,解决了住宿困难。大学毕业后,大弟成了初中科学教师,认了袁花镇那份人家为亲戚,至今几十年过去了,大弟给恩人拜年从未间断,还常常把对方请到家里。大弟由于工作出色,年轻时就被委以重任,在两所学校的领导岗位上一待几十年,前两年因年龄原因才退居二线。

大弟媳曾是基层供销社的营业员、个体工商户、国有大型商店的营业员、城市管理的协管员。她有一双巧手,会做包子、烧卖,还会给爸爸理发。家里非常干净,主要是她的功劳。目前她退休在家带孙子。

他们的袁花镇亲戚是家中的贵人。老一辈帮助解决大弟的住宿困难,使大弟学业不断进步,小一辈成了大侄儿的红娘。大侄儿两夫妻分别成了街道办管理人员和护士,2022年12月添了大胖小子。

小弟与弟媳妇在老家照顾爸爸妈妈,他们最辛苦。小弟初中毕业拜师学木匠,几年之后转行当了塔吊工人,吊建筑材料。这个行当属高空作业,夏天太阳直晒奇热,冬天寒风凛冽奇冷,工作非常辛苦。有一段时间小弟还买塔吊出租。后来,他专攻塔吊装卸、修理、维护保养,成了这方面的行家里手。这行业,上班地点跟着项目走,一会儿海宁老盐仓,一会儿嘉善西塘,风里来,雨里去,好在小弟有吃苦精神,也有资格证和一定的技术,工作难不倒他。

2023年大年三十上午,我去了彭墩,想不到小集镇大变样,车水马龙,人头攒动,商品琳琅满目,小集镇有了大市场。那天的风很冷,像刀子在皮肤上划过。小弟站在一旁帮忙卖着鸡,口罩没戴不说,连帽子也没戴。他说:"帽子和口罩全备着,若全戴上了,别人就认不出我了。农村是一个熟人社会,这样鸡就难卖了。"一只只鸡非常健壮,有一身红得发亮的羽毛,价格不贵,若我是顾客,也会忍不住向他买上一两只。吃过土鸡,再吃关养鸡实在是食之无味。

小弟媳是纺织女工,她的工厂与当地许多厂一样"人停机不停",工人有时候上白天班,有时候上夜班,她工作勤奋,年纪不大成了老工人。她喜欢养花,家里养了不少月季、多肉植物等,美化了生活环境。她还特别爱干净,家里搞得清清爽爽,东西理得整整齐齐。

小侄儿和小侄媳曾经是同事。2020年11月7日,他俩在老家举行结婚仪式。喜宴上和我同桌的有一个叫蒋贾聪的小伙子,高高的个子,身材有些偏瘦,长有一张俊俏的脸,他与小侄儿同龄,想不到他就是小侄儿的救命恩人。蒋贾聪是良良大妹的儿子,小时候来他外婆家做客与小侄儿是玩伴。两个小伙伴七八岁时,有一次一起在别人家前面溇潭边玩水,小侄儿不小心掉入水中,是蒋贾聪用小手拉住小侄儿把他救上来的。好兄弟不分胖瘦、不论高矮,小侄儿过来敬酒的时候,他们紧紧拥抱在了一起,迟迟不愿分开,这是小侄儿对救命恩人最真挚的感谢,场面十分感人。以前爸爸救过别人被邀请喝喜酒,现在爸爸的孙子结婚邀请恩人表示谢意,这是世上爱和人间美好得以赓续的最好事例。2022年5月小侄儿和侄媳添了儿子。小侄儿在海宁城区一家科技公司从事监测工作,侄媳之前在家带孩子,有时做些零工。她还在学校代过课,近期通过考试,成了初中数学教师。

  我的小家情况很简单。我是普通公职人员。从事发展规划编制时,2001年与人合作共同提出了"以人为本,走可持续发展道路""加快城市化,促进城乡协调发展"和"调整结构促进质与量共同提高"等理念。在从事建设项目规划编制时,于2008年提出"要像对待污水处理那样,高度重视我省城乡生活垃圾处置工作",2013年又与他人共同提出"促进源头利用、推行垃圾分类、健全收运网络、加快设施建设"等理念。在强化项目封闭式管理和资金争取方面,联合有关部门使用于民生的专项资金比当初增长许多个数量级。在专项资金分配上,创造性使用计算公式得出资金分配数额,切实做到以数据说话和一视同仁、依据充分、客观公正,后来还请人开发了计算机资金管理系统,提高了效率,强化了管理。组织实施了世行贷款项目——钱塘江流域小城镇环境治理项目的完工、千岛湖及新安江流域水资源与生态环境保护项目的谈判,前一个项目获世行"高度满意"评级和可持续发展领域副行长团队奖。我还受组织派遣,到美丽浙江建设领导小组"五水共治"办公室工作两年,其间,指导温州市提升了城市节水水平,为实现全省设区市省级节水型城市全覆盖出大力。最近几年,我回归参加工作时的老本行,进一步指导打实有关基础工作,同时做好"传帮带",站好退休前的最后一班岗。

爱人是工程技术人员，她好学习、会钻研、肯吃苦。她年轻时夏天还没有空调，为了赶工程进度在家里光着膀子画设计图，其吃苦耐劳精神绝不一般。一块搁在桌子上的大图板，前高后低，图板上搁着丁字尺，用于画水平线和做三角板移动的定位边；配套的三角板，用于绘制各种方位的直线；边上还有几块小模板，用于画有关图形。脸上的汗水源源不断从毛孔中冒出来，从一丝，到一点，她肩上披着一块毛巾，时不时用它擦汗，免得汗滑落到图纸上。后来有了空调，用上了电脑，出图效率大大提高，除了还时常需要加班外，生活和工作条件得到非常大的改善。她工民建专业基础扎实，在工程设计岗位上完成多项有一定影响力的作品，技术饭一直吃得响当当的，后来转战央企从事相关业务管理工作，还积极要求进步，五十岁时光荣加入中国共产党，她是科技部和省级有关领域的专家。退休后有一段时间，她发挥余热，继续上班。最近两年过上了退休生活，还偶尔参加项目评审。

女儿高中时就读的学校升学以英国、加拿大的大学为主，所开设的课程不利于申请美国大学。她本科被美国加州大学戴维斯分校等录取，大一下学期获得香港大学转学录取，不过权衡再三还是主动放弃了。女儿后来获得理查德和乔伊·多夫奖学金，六次荣登加州大学戴维斯分校工程学院荣誉榜，被评为学校荣誉毕业生。申请硕士研究生时，她"申四录四"，美国斯坦福大学、康奈尔大学、哥伦比亚大学和加州大学伯克利分校同时抛来了橄榄枝，还获得秋季开学的斯坦福大学、加州大学伯克利分校入学奖学金（另两所根据本科毕业时间申请的是春季开学）。我们要求她同时申请直博，可她坚持自己的想法。之后，她在斯坦福大学和康奈尔大学读书。由于她本科和研究生阶段均提前修满学分毕业,二十三岁就分别获得两校理学和工学硕士学位,其中在康奈尔大学的GPA(平均学分绩点)为四,被康奈尔大学学生家长冠以"牛娃"称号。这些家长来自天南地北,我与他们素昧平生。听我说了女儿的情况后,家长微信群当场炸开了,连续三天相关消息不断。有的家长打听孩子是如何做到的。有的家长说:"孩子太厉害了!"有的家长说:"优秀的宝贝啊,辛苦了!"有的家长说:"'牛娃'硬核。"有的家长说:"今儿个见到大神了,膜拜。估计这孩子小学或中学跳级,太牛了。"有的家长说:"今天长见识啦。"有位家长连续追踪,说:"那个谜家长(指我)不揭开,我们永远不清楚。"还说:"你们已经成功上岸了,独乐乐不如众乐乐,请分享经验给大家。"我不敢怠慢,解释道:"孩子属牛,并非'牛娃',她是'小青蛙',只是运气好加上适当努力而已。"并详细说明了女儿的申请和转学过程,这才使那些热情的学生家长心满意足。

女儿毕业后在美国硅谷从事风投工作。

2024年春节我又一次回到老家,站在小弟的楼房屋顶上,四周一览无余。常台高速公路上车辆南来北往、川流不息,嘉兴第一高楼二百六十八米高的海宁白领氏环球贸易中心、硖石东山、浙江大学国际联合学院清晰可见。我转过身,想到往东,再一直往东,一定是太平洋方向,在太平洋彼岸,有美国加州硅谷,我的女儿还在那里生活和工作。

我从屋顶下来走回楼内,家人们有的围着大餐桌谈笑,有的还在厨房做菜。菜肴极其丰盛、香气扑鼻。喜鹊在枝丫上叽叽喳喳叫个不停,室外虽然天寒地冻,可室内温暖如春。餐厅墙面空调插座上还挂着上一年村干部送上门、海宁市政府侨务办公室送给家乡留学生家属的挂历。挂历上印有吉祥富贵、大红福字、牡丹花开、大吉大利、新年快乐等字样和图案,充满着喜气。不一会儿,大家觥筹交错,把酒言欢。突然,一阵微信视频铃声响起,远渡重洋的女儿向大家拜年了,我的手机从一个人手中传到另一个人手中,长时间停不下来,一家人其乐融融、欢声笑语不断……

下篇：蒙以养正

善待爱玩天性

女儿长到约二十个月时,有一次我下班,她候在家门口欢迎我。一双黑葡萄一样的眼睛深情地望着我,显得那么恳切和诚心,还透露出一丝机灵。我一进家门,她就立马让出通道,还非常巴结地把我门外的鞋子拿进屋。这个时候,我感到小棉袄真懂事啊,幸福感油然而生。又过了十几天,她却一反常态,我下班时见她横坐在家门口的地上,当我靠近她时,她突然故意抬起两条小腿挡了我的去路,不让我进入家门。我知道她在调皮,说了几句好听的话她才准予放行。她前后两次行为,表现迥异,也许这就是童趣。还有一次,我在阳台上挂衣服,她步履蹒跚,笑眯眯的样子超级可爱,却冷不丁把晒在阳台一角自己的一只小鞋子扔下楼去,原来超级可爱中有诡异成分,是做坏事前的伪装啊!一楼邻居家的门关闭着,我在家做了一只钩子放了长长的线延伸到邻居家的院子,用游戏中的"钓鱼"方法费了很大劲才把鞋子从一楼慢慢地钩上来。可没过一分钟,她又冷不丁把钩上来的那一只鞋子连同晒在阳台上的另一只鞋子都扔下楼去。这下我犯傻了,她却得意扬扬地在一边傻乐着呢。

还有一次,女儿扔下去一件衣服,爱人学着我的样子用钩子钩。鞋子还能钩到鞋舌或鞋带等,可衣服太软了,无论如何也钩不上来,我试了几次也是束手无策。爱人想了另外办法,用绳索系上篮子,篮子里放了一张字条,像用桶打井水一样把篮子放在邻居的院子里。到了第二天,爱人把篮子吊上来,才拿回了女儿的衣服。

女儿去她外婆家也调皮捣蛋扔东西。外婆家在海宁市东长村,是典型的有楼有院的江南小康人家。院子南面是一幢两层楼的小洋房,用于居住;北面是一幢平房,有厨房及生产用房;西边是围墙;东边是风雨连廊。院子的东北角有口井,井水用于洗衣服或洗菜,既可以节省自来水费,井水冬暖夏凉,还可以节省能源。女儿那时虽走路还很不稳当,风雨连廊有迷你型自然排水沟穿过,她要跨过去还需要外婆帮忙,但做起坏事来,人突然变得利索了,动作超快。她特别喜欢往井里扔瓢羹,大家发现时阻拦不住,家里拿去的,外婆家里的,扔下了好几只。

等她再长大一点,玩的过程中也曾伤及自身,伤及自身之后有时也不忘再找别人玩一把。

她大约三岁的样子,有一个周末晚上,我还在洗碗,爱人、女儿及她的表哥在小客厅里。等我洗好碗后发现,他们在吃山核桃。山核桃外壳特别坚硬,果仁香味十足,爱人特别喜欢吃。

爱人用专用工具剥出一部分果肉放在餐巾纸上,女儿坐在沙发上特别文静,偶尔也捡起一些果肉往小嘴里送。冷不丁,女儿却哭了起来,经仔细检查,发现她用山核桃肉塞满了两个小鼻孔,估计难受了。爱人让她闻米醋、胡椒粉,希望通过刺激鼻孔打个喷嚏让异物掉出来,可是毫无效果,用家里的小镊子也取不了鼻孔中的异物,后来送她上医院才解决问题。女儿的表哥在杭州读大学,周末也在我家,他一起陪女儿去医院。回家路上,我看到一些人惊愕地朝他看,当时也不知啥原因,后来才发现他的额头多了几片泡泡贴,这下我们才反应过来,肯定是女儿干的"好事"。

养育女儿的过程中,我深切体会到,要善待小孩爱玩的天性。

到了周末,我们常带她出去玩。多接触外面精彩纷呈的世界,对她的成长一定有许多好处。有时候一家三口一起出发,有时候我带着女儿走,爱人留在家里加班设计画图。我与女儿常去杭州北山街"绿水芙蕖"亭子一带,芙蕖是荷花的别称,亭子位于西泠桥东边镜湖厅公园内,女儿喜欢站在亭子里看西湖水中小鱼欢快地游动,而我喜欢看湖面和对岸的孤山。夏天到了,看到湖边草木葳蕤,水中大片的荷花在风中摇曳生姿,我们流连忘返。每次出发的时候她劲道十足,回家的时候却变得十分安静,有时坐在自行车三角架上的小椅子中快睡着了,我左手托着她身体,右手把着车龙头,小心翼翼前行,这对我的车技是严峻的考验。

我妈来杭照看她时也常常带她出去玩。祖孙俩从家里出发沿保俶路走西湖东线,过湖滨,一直到一公园,那里有越剧表演。老人家很喜欢越剧,女儿也喜欢看热闹。路上看到有位老爷爷用铁链子当绳跳,还看到香樟树上的松鼠到处窜,回来把这些讲给我和爱人听。以前她俩还常带着家里的一只小马凳,路上走累了可以随时坐着休息会儿。有一次,老人家站起来往前走,女儿也跟着奶奶走,小马凳遗忘在半路上,当她们记起后折返,原来坐过的地方空空荡荡,小马凳不翼而飞。还有一次,我妈抽不开身,爸爸来杭照看女儿,有一天,两人待在家里闹起了矛盾。爸爸整理苋菜,女儿寻事说苋菜有毒触碰到了她,还向爱人告状,爱人电话向女儿解释,这才平息了一场风波。

有一次我和爱人带女儿出去玩,更是惊心动魄,差点把爱人玩丢了。

2000年10月下旬,第三届杭州西湖国际烟花大会在美丽的西子湖水域举办,此次烟花盛会既是当年金秋国际旅游节的闭幕式,也是西湖博览会的开幕庆典,因此规模超过了前两届。新闻报道说有六十多万市民争相目睹,观众多数集中在白堤,也有一部分在苏堤。晚上7时多一点,我与爱人带着三岁半的女儿来到了断桥,凭票领了凳子鱼贯而入,选了锦带桥桥面中间最高处坐下。晚上7时45分,烟花大会正式开始。高空、低空、水面,烟花流光溢彩、姹紫嫣红、繁花似锦,美不胜收。有的似红日喷薄而出,有的若繁星闪烁,有的似火箭升空,有的如舞女娇柔。女儿喜形于色,想必陶醉其中。约五十分钟后烟花大会结束,此时的观众风流云散,一别如雨。我关照爱人拿好凳子,女儿由我抱着,准备回家。当我抱起女儿的时候,却发现爱人竟消失在茫茫人海之中。我狂喊她的名字,又赶快拿起手机打她电话,此时白堤上没有手机信号,我望着乌泱泱的人流,没有个尾,再等也是无济于事,只好抱紧女儿顺着人流一步一步往前挪。烟花大会安全工作做得到位,为了防止观众意外落水或发生其他安全事故,白堤两旁架着钢管,武警战士手拉手组成了人墙。我是贴着武警战士的人墙往前走的,走着走着,我感到宝宝的分量越来越重,只能咬紧牙关坚持,大滴的汗珠从脸上流下来,模糊了我的眼睛,直到四十五分钟过去,走了九百米距离,才与站在北山街与保俶路交叉口的爱人会面。爱人的脖子伸得好长,像只企鹅似的。我终于可以舒口气了,接下来,我与爱人轮换抱着女儿,一家人安全回到了家中。

幼儿园、小学和中学阶段，我们从带她玩到让她与我们一起玩。我们还鼓励她把玩的过程写下来。这里的《金灵儿》是女儿上四年级时写的，《虾儿》是她上五年级时写的。

金灵儿

去年8月，我与爸爸去花鸟市场买了九条美丽的小金鱼，它们大小不同，颜色不一，花纹各异。估计是耐不住夏天的炎热，唯独"金灵儿"还健在，其他的可惜都命归西天了。"金灵儿"名字是我取的，它是好样的！

"金灵儿"很喜欢运动，它常常绕着鱼盆内壁"跳舞"，忽快忽慢，忽高忽低，扭动的舞姿是多么轻松和优美啊！"金灵儿"不仅是运动健将，还不时地提醒我参加运动。我贴在墙上的记录跳绳、踢毽子的"锻炼表"记载得满满当当，也是因为受到了"金灵儿"的"鼓动"，有"金灵儿"的一份功劳。

"金灵儿"身子特别轻盈，到饭点时，我往鱼盆里投放一两粒食物，鱼食缓缓下沉，"金灵儿"仿佛闻到了香味，把身体凑过来，迅速张开它的小嘴，鱼食不偏不倚，掉了进去。

在其他方面，"金灵儿"也发挥着不可或缺的作用。我做题卡顿观赏它时，"金灵儿"给我带来灵感；我休息时观赏它时，"金灵儿"给我带来欢乐。

虾儿

又是一个闷热的傍晚。书房被窗口射进来的阳光晒得灼热,连空气也是热烘烘的,越来越像个蒸笼,烤得人烦躁。隔壁的厨房一定是个"清凉世界",爸爸在那儿洗菜做饭时总习惯把厨房空调打开。我耐不住书房的闷热,欣然前往厨房。其实书房里也有空调,可我一直没开。此时,书房里的闷热成了我出去玩一会儿最好的理由了。

在厨房,我是无事可干的。爸爸总能把菜品利落地打理好,没有我显示身手的机会。我转了两圈后,终于把目光锁定在四只虾儿身上(其余的都给爸爸蒸了,留下这四只或许是爸爸让我观赏的)。它们在不大的水槽中自由自在地游着,时而像舞蹈家一样灵活地扭动着身子;时而像猛士一样勇往直前,在水中划过一道漂亮的直线;时而纵身一跃,非常潇洒;时而从同伴身下巧妙地钻过,好不逍遥。

我提着其中一只虾的"胡须",把它拎到了空中,然后用手带动它不停地旋转,后面越转越快,像被开到大挡的风扇叶子,虾的身影形成了一个模糊的黑圈。我乐此不疲地转动着它,感到新鲜与满足。尽管虾的"胡须"断过几根,但无关痛痒,也不会减少我对虾的"兴趣"。等我转到手又酸又胀,好像要从胳膊上掉下来时,才恋恋不舍地收场。虾儿恢复自由后,在水中依然保持着旺盛的活力,它像庆祝"解放"似的,欢快地畅游,激情地舞蹈着。我很惊讶,简直无法相信眼前的一切,一只小虾的生命力竟如此顽强,看似渺小无能的它并不是不堪一击的弱者啊!我一不做,二不休,找来菜叶驱赶着它,迫使它在水槽中马不停蹄地来回奔波。经过五分多钟的"努力",它终于露出了疲态,动作明显慢了许多。我嫌这个"游戏"还不够刺激,便将它置于滚烫的电饭煲盖上,它奋力一跃,只闻"啪"一响,落到了台板上。我却依然沉浸在它的纵身一跃中,那样轻松,那样有力,那样完美的弧线,那样惊人的高度。也许这是它求生的本能、对生存的渴望、对同伴眷恋的最好诠释。此时此刻,我感觉到了它生命的伟大,我完全被它震撼和折服了,我再也不忍心折磨它,我对我所做的一切感到内疚!我立马把它放回水中,可是已经迟了,我无比心痛地发现它身上有一块红色——被烫伤的痕迹,我看到了不想看到的一幕:它渐渐不能动弹了,沉卧在水底……

令我想不到的是,近期在整理书房物品时,意外发现一本学校统一装订的《我的故事》,是女儿小学二年级上时写的,其中有一篇是游三清山后的日记。

2004年元旦,我们一家三口去了三清山,三清山雪过天晴,冰凌垂挂,当走在冰雪覆盖的花岗岩峰林地貌石阶上,"险"和"滑"油然而生。稻草绳子绑在鞋子上是防滑的好办法,一路上大家多次化险为夷。二十年后,女儿的这篇文章我第一次读到,如获至宝。题目是我加上去的。

2004年1月7日　晴
三清山

在三清山上,我首先看到一只"大公鸡",它伸着脖子,似乎在不停地叫着。听说是"金鸡叫天门"。我还看到了云海,云雾缭绕,虚无缥缈,仿佛我们都成了仙人。让我奇怪的是石头上还会长出迎客松。可我来不及多想,旁边"横空出世"的石头已经把我给吸引住了。这块石头真是稀奇,怎么会这么高这么细?怎么会下小上大,而且好像是从半空中长出来的?我还听导游叔叔说世界顶级攀岩专家法国蜘蛛人想爬上去,可是他只爬了十分之一就下来了。我又听说,如果能爬上去有二百万元奖金可以拿呢!

　　三清山的景色还有很多很多,像"司春女神""玉女开怀""龙凤呈祥"等等,它们等着大家去看呢!

我利用她喜欢玩的天性,经常带女儿看自然景观,也十分注重参观人文景观,比如博物馆、美术馆、名人故居等,做到在玩中学习、玩中思考和学中玩耍。但是,玩也是有选择的,电子游戏她从来不玩,电视基本不看。到了高中,我们很放心地让她用上了手机,孩子非常自律,即使后来换成了智能机,她也一直把手机当作工具,而不是玩具。

上幼儿园难

通过我单位报名后,女儿两岁多上的幼儿园托班,没碰到任何困难。班上有年长的周老师、年轻的吕老师和管生活的一位中年老师,生活老师我叫不出名字。小时候女儿乡下去得多,发音不纯正,叫周老师为"多老师",此外她"l"音也明显发不好。1999年的9月,天气炙热,托儿所没有空调,再加上相互陌生,小朋友们常常哭闹不止。面对这样的天气,有的小孩请假在家,有的小孩去个半天,而我认为要从小锻炼女儿吃苦耐劳的精神,就让她全天去托儿所。可事与愿违,有一天下午,丈母娘接她的时候发现她浑身湿漉漉的,一问是在托儿所里玩水的缘故,到了晚上,她发烧了。后来,她只要一去托班就生病,生病就去不了托班,以至于最后干脆不去了。我统计了她上托班的天数,一年里大约只去了两个来月。

可是,想不到女儿上幼儿园会如此艰难。2000年"六一"节前后,女儿报名北山幼儿园,我单位只有一个入学名额。分管入托的李大姐也很无奈,她说:"按小孩年龄排序,有一个孩子大你女儿一岁,因出生月份小,幼儿园小班要上两年,所以你家孩子今年轮不到。"那段时间,全家人心情沉重,谁也不知到底该怎么办才好。女儿早就懂事了,我们讨论她上幼儿园的事时一般偷偷摸摸避开她,以免她在面对世界都是美丽憧憬的小小年纪,过早地受到现实生活中残酷无情的打击。

爱人单位工会组织去莫干山疗休养，老人有事回了老家，我单位又忙脱不开身照看女儿，爱人把女儿直接带上山了。在莫干山，女儿玩得非常开心，晚上还打电话给我说当天去了剑池，与妈妈一起坐了轿子，大家也暂时忘却了她进不了幼儿园的烦恼。

"他妈的，我的幼儿园到现在也没有弄好。"从莫干山回来的第二天早晨，她人生第一次竟然会骂人了，年纪却那么小，只有三岁，而且是发生在平常举止是那么斯文的小女孩身上，骂得又那么"老到"。我与爱人听了既非常惊讶，又感到十分羞愧和愤懑。

家附近有两家幼儿园，另一家不是系统内的，也进不了。女儿当年如果上不了幼儿园，是否意味着下一年直接上幼儿园中班或推迟上小学，或准时上小学但会影响到她今后的学习成绩呢？虽已进入世纪之初，可也不像现在一样属信息社会，我们当时没地方打听，一头雾水。

对此，我束手无策，自家的事不太想去求人，况且也找不到地方去求人。爱人那时正在做杭州红楼饭店的工程设计，工程主管部门人员要她加班赶图纸，爱人说："小孩上幼儿园问题没解决，这几天没心思加班。"也真巧，人家了解情况后说："你安心加班画图，我们帮你解决。"之后他们竟然真的为女儿弄到了北山幼儿园的一个入学名额，解了燃眉之急。原来，该幼儿园是工程主管部门的下属单位，这真是踏破铁鞋无觅处，得来全不费功夫。不过看得出，北山幼儿园的入学名额的确很稀缺。工程主管部门人员让我最后向单位争取了一次，实在无能为力，才动用了这一名额。

北山幼儿园位于风景秀丽的宝石山麓，离家只有几百米远，占地十多亩,园内的园林式建筑和极具环保功能的布局,既与周围的环境相协调,又为孩子们带来了宽敞、高品质的绿色空间。

女儿很喜欢北山幼儿园,包括那里的老师、沙坑、园中小园,甚至那里的一切。她在三班,编号二十二,为了好认自己的物品,每个小朋友都分配一个图案标记,她的图案是一只可爱的小企鹅。班上有三位老师,陆老师、赵老师(后来换成顾老师)管教学,唐老师管生活。幼儿园非常注重让孩子接触社会,一年中有几次用大客车拉他们出去搞活动。还有分班级活动,有一次,组织班级同学去"西湖四大名园"之一的浙江西子宾馆(又称"汪庄")参观,汪庄三面濒湖,独揽西湖胜景,背靠着郁郁葱葱的夕照山。毛泽东主席曾多次下榻这里。

不过,孩子放学我们接她常常不准时,对此,她很不满意。有几次她还孤零零地在幼儿园传达室翘首以盼,一直等到头顶繁星,在夜色朦胧中才回家。好在幼儿园有晚饭吃,也不至于饿着小肚子。"爸爸,你早点来接我。""妈妈,你早点来接我。"这是女儿在幼儿园三年期间对我们说得最多的一句话。

北山幼儿园的教育理念很先进,有时家长也被邀请参加幼儿园的活动。有一次是参加听讲座,主题是如何做好赏识性教育。幼教专家说国外的一所学校,曾来了一位老师,把一部分有潜质的同学从学生队伍中挑选出来,当面告诉他们长大后会很优秀。经长期跟踪观察比较,若干年后发现,这些被挑选到的同学总体上的优秀程度的确优于未被挑选到的同学,但令人想不到的是这个所谓的"挑"却是随机的,也就是随便抓几个。我呢,的确觉得赏识性教育很好,从小到大时常表扬女儿,但是碰到原则性问题,不会溺爱孩子，批评起来也是毫不留情。这一点，有时却成为我与爱人产生矛盾的焦点，相比我，爱人对孩子会更加宽厚和宠爱。

2000年夏天，有一次，女儿在家犯了点小错，被我批评后还是没有改正。这下我发火了，把孩子单独拉出家门要其反省。我小时候由于不听话，有一天晚上也被母亲这样对待过，后来是父亲说情后才放我进了家门，这次我将这一招用在女儿身上。那天为了防止丈母娘放她进来，我心生一计，将防盗门反锁并把钥匙藏起来。家里的防盗门是非常老的栅栏式，打开木门能随时观察外面的情况。酷暑八月，室外热浪滚滚，丈母娘做女儿思想工作，希望女儿认个错，也好让我同意放她进来。女儿非常倔强，我也非常倔强，双方胶着之下，想不到丈母娘却抽泣起来了。老人家对我说："你们那么迟才有孩子，你又一直说很喜欢她，可你为什么对她这样心狠？"我无言以对，也不想解释。当时我没放女儿进来，后来考虑到外面实在太热，还有考虑到丈母娘的感受，就把女儿拉回家后在卫生间里关禁闭。家里的卫生间特别狭小，由于门与卫生间没有同步改造，造成门的高度不够，离地面还有约二十厘米的空当。丈母娘和我反复要女儿认个错，希望她早点给我们一个台阶下，可女儿就是一声不吭，并且试图从门下的空隙中钻出来，我已看到了女儿的两只小脚伸出门外，女儿那么倔强我没有想到。我胆战心惊，眼看情况太危险，担心弄不好门会卡住她的身体，到时进退两难的话会闯下大祸，想到这儿，我只得打开卫生间门，将女儿放了出来。

"宝宝，你过来，爸爸有话要对你说。"过了半天，我把女儿叫到一旁，心平气和地摆事实，讲道理，展开讨论，这下女儿欣然接受。

这一招,是我妈妈教的,人啊,要心平气和后,才听得进意见。

不过,幼儿园的老师对她作了较好的评价。翻开幼儿园小班时的孩子成长记录本,老师是这么写的:

> 你是一个又聪明又懂事的小姑娘。记得刚上幼儿园的时候,别的小朋友都想妈妈,在那儿哇哇大哭,只有你一边拿面巾纸擦眼泪,一边对自己说:"不哭,姗姗想妈妈,不哭的。"现在姗姗更能干了,自己吃饭,自己穿脱衣服、裤子,会唱歌,会跳舞,还会帮老师分油画棒,分画画的小纸。姗姗很勇敢,每一次在幼儿园吃中药,都很乖,从来也不说中药苦。
>
> 下学期姗姗要上中班了,想必姗姗一定会更能干。老师希望姗姗过一个快乐的暑假。
>
> 喜欢你的陆老师、赵老师、唐老师
2001年6月

孩子开心的幼儿园生活离不开家长们的辛勤支持和付出,我女儿也一样。2003年3月26日是女儿上幼儿园三年中的最后一次生日,我也学着其他家长的做法,给女儿订了一只大蛋糕送到班里,同时还加了两只大西瓜。女儿幼儿园毕业前,我还为她印刷了名片,送给老师和班里其他小朋友。名片上印了女儿的照片,在杭州葛岭上的初阳台拍的,表情丰富自然,人看起来既秀气又有智慧,背景是现代书法家诸乐三所书"初阳台"三字的碑刻。毛泽东主席在苏联莫斯科大学接见中国留学生时曾说:"世界是你们的,也是我们的,但归根结底是你们的,你们青年人朝气蓬勃,正在兴

旺时期，好像早晨八九点钟的太阳，希望寄托在你们身上。"这句话给了我启发，女儿上幼儿园的年纪，不就是晨曦微露的"初阳"吗？将她在初阳台的照片印在名片上，我认为再合适不过了。

2003年6月底，女儿幼儿园毕业了。那年SARS病毒在国内广泛流行，为了减少交叉感染的机会，孩子们没有拍毕业合照，存在家里的毕业照是各自上交的一寸照通过照相馆拼凑起来的。照片中的小朋友个个笑靥如花，老师们同样笑容灿烂。

漏夜排队

自然英语班报名的任务是女儿交给我的,而且还没有一点商量余地。事后分析,若没有那次漏夜排队,或许女儿英语基础没那么好。

2003年上半年,女儿刚满六岁。我们经常去杭州市青少年活动中心,是因为每周有一个晚上她在那儿学琴。孩子们在教室上课,家长们有的三五成群聊天,有的独自看书。我在与其他家长交流中了解到该中心语数综合班和自然英语班最俏,而每年的"六一"节前后是报班的旺季。我也摸出一些门道,想走"捷径",提前与教女儿拉琴的老师打招呼,请她帮个忙。可不久老师回复我说打招呼太迟了,提前批名额已经安排完,老师为表示歉意,主动答应下学期招生时帮忙解决。提前批没名额不觉得可惜,我感到事情没那么迫切。再说一年级既要学英语,又要学拼音有点难为孩子。当然,为备不时之需,我向其他家长打听到了公开报名的大致时间。

6月6日是周五,我隐隐约约感到第二天自然英语班会报名,但不是很确定。吃完晚饭后,我准备与女儿一起去杭州市青少年活动中心逛逛,顺便灵灵市面。女儿以为我纯粹带她玩的,为防止女儿失望,我没有将报名的事透露给她,尽管我心里有些醉翁之意不在酒的想法。

周末的杭州市青少年活动中心显然比平常人多，我拉着女儿的小手东逛西瞅。快到联谊厅前面，发现其中两三个摊上人数较多，我们到其中一个摊前一看，果不其然，是热心的家长在组织大家提前拿号排队，为第二天自然英语班报名做准备。"要不要我们也拿个号子排队？"我问女儿。"好吧。"女儿答道。接下来，我与女儿一起也挨着排队，大概花了几分钟拿到了一张字条，上面写着一百零八号。听说共招生一百二十人，提前批已占去四十人，意味着若不出意外，现场排队还有八十个名额。我一边看着字条上面的数字一边摇摇头。不过，我也没感到特别可惜，一方面没有一定要报上名的想法；另一方面，下半年应该还有机会。

听旁边的一些家长说，拿到前面号子也不是稳若泰山、一劳永逸的。正式报名要等到第二天上午8点30分才开始。听有经验的家长说，若要报上名，这一个晚上注定要多次排队，每次排队重新发号子，目的是把手中拿着老号子却离开现场的人挤出去。

我对女儿说，一百零八号太后面了，即便排个通宵估计也是竹篮打水。为此，我带着女儿在活动中心里优哉游哉逛了一圈就回家去了。

到家后不到五分钟，女儿走到我面前，她嘟起小嘴朝我说："爸爸，请你去排队！""什么？"我将信将疑问道。"去排队帮我报名！我要上自然英语。"她虽只有六岁，但说话口气跟大人一样，下命令似的，斩钉截铁、毫不犹豫、没得商量。她好像是战争总攻前的一名指挥员，我此时没有任何理由不做战士。"带件棉衣去吧，晚上很冷的。"爱人朝我看了一眼，关心地说道。这次我没有踌躇，迅速出发返回杭州市青少年活动中心。

一个晚上没得睡且常要提心吊胆的确难熬,关键还不能保证结果。在联谊厅,23点前家长们有说有笑,大家精神还算放松,其间只点过一次名,按点名重新换发了号子。但从第二天0点开始,大厅中开始聒噪不已,点名次数频繁起来,像长龙一样的队伍不时地起起伏伏、弯弯直直,号子纸颜色白的、绿的、黄的、蓝的不断变换着。大家知道越到后面越不能松劲,要是有谁点名时不在,按规则要排到队伍最后,有的家长担心错过机会连厕所也不敢上。排到后面的人肯定是没有希望报上名的,等于提前被取消报名资格。

第二天凌晨1点钟之后困、冷、饿、渴一齐向我们袭来。看着队伍里有爷爷奶奶或外公外婆在为小辈付出,几个打头的人决定适当放松规则,不强求非得谁前谁后挨在一起,只要点名时排好队伍就行了。自发组织者反复交代大家务必记住前后家长,免得让别有用心的人钻了空子插队。

我环视四周,发现联谊厅的北边有个小戏台,叫上排在前一位的男性家长干脆躺在上面,后来又陆陆续续来了十几位家长横七竖八躺在那里。6月初的杭城晚上天气较凉,我越睡感到越冷,好在台上的角落里有幕布散落,我顺手拿起幕布盖在身上,这下人可舒服多了。凌晨两点多,我还是睡意全无,那位家长也没睡着,我们商量着制造点气氛,我电话报料钱江晚报。晚报的记者立即赶来现场,我和那位家长佯装睡着了,不想接受采访。

第二天天刚蒙蒙亮,组织者最后点了一次名,大家倏然又进入排队状态,我似乎比昨晚前进不了多少名。不知能否报上名,此时心情更加惶惑不安。到了早晨7点钟,有几个工作人员模样的人过来,将队伍往室外引导,此时的室外明显比室内冷多了。家长按要求从联谊厅墙外西北角沿着墙角开始排队,队伍延伸至西南角拐弯入联谊厅连廊,到厅正大门方向再往南。上午快8点30分时,队伍里又一次出现躁动,大家盼星星盼月亮的报名老师终于出现了。

上午9点左右我看到了老婆和女儿也从家里赶来了,她俩还为我带来了两个热气蒸腾的大肉包。不过当时我没有心思吃,生怕吃包子时有一个闪失会耽误报名。望着前面的队伍越来越短,越来越短,嗨,终于轮到我了!负责报名的老师问了女儿的名字,并匆匆地在一张纸上画了几笔交给我,我拿起仔细一看是一张缴费单。人生中有时候能缴上费也是件幸福的事。此时女儿眉开眼笑,老婆朝我会心一笑,我的心里也是美滋滋的。"爸爸,快吃包子。"还是女儿提醒我。是啊,折腾了一个晚上,我肚子的确饿了。包子虽然有点凉了,但味道极好。

当天我买了份《钱江晚报》存放起来。果然,报纸的第二版《可怜天下父母心》一文中刊登了家长漏夜排队为孩子学习自然英语报名的消息。文章说,排在第一位的家长是6月6日早上6时就来了,有一位家长因事前忘记直至7日凌晨2点红着眼睛匆匆赶到现场,只拿到一百五十以后的号子。6月7日这一天还是"非常"高考的第一天,全省二十二点九万人共赴考场,所谓"非常",原因是今年是首次在6月高考,比往年高考提前了一个月。一周后我还收到了五十元报料奖。我中间搬过家,一时不知那份报纸藏哪儿去了,但我确信放在家里。直到2023年10月29日晚上,因为偶然的一次机会,才从女儿的书柜中找到。当天晚上我发了微信朋友圈,配了报纸的照片,还写了段文字:"我要表扬女儿,也要表扬我自己。表扬女儿，是当年我俩从青少年活动中心转了一圈回家后，想不到只有六岁的她竟然要我去漏夜排队，她说话斩钉截铁，一点也没有商量余地；表扬我自己，因为二十年了，我还一直留着这份珍贵的报纸，还有由无奈转为幸福的珍贵回忆。"不过之前，我记忆中的排队时间是5月30日，比实际提早了一星期。

那一年9月份，女儿上小学了。一直到她初二，共八年时间，她在杭州市青少年活动中心学过自然英语、剑桥英语、公共英语，不但顺利通过剑桥英语和全国公共英语一、二级考试，还常常获得优秀学员称号。这个称号来之不易，据说每学期每班只有三个名额。

第二年，杭州市青少年活动中心自然英语班报名更加疯狂，家长们要排两个晚上一个白天的队。几年后，自然英语班报名采用电脑抽签方式，但报名的孩子更多了，2019年到了四十五人中抽取一人的地步。别看刚开始自然英语班很难进，但随着时间的推移，学习难度的加深和学生课内学业的加重，不少同学往往坚持不了几年，班上的老同学越来越少，每个新学期又重新组班。女儿中间也曾经有过一次退出不学的想法，爱人知道情况后及时做她的思想工作，好在女儿及时回心转意，并一直坚持到了最后。八年来，女儿周三晚上和周六上午(后面几年只保留周六上午)在外语楼上课，而我或爱人负责接送，晴天坐在外语楼前小树林的石凳上，雨天坐着一楼东头多边形休息室等女儿放学。

燕子老师表扬了

燕子老师是女儿小学一至三年级的班主任兼语文老师。

2003年9月初，女儿开始上小学了。杭州市保俶塔实验学校在家北面不远，从家门口的弥陀寺路往东北走，穿过体育场路，从一条叫桃花弄的小路进入直走就到了校门口。进校后，两排高大的梧桐树直插天空，校内一幢幢红色房子错落有致，连廊迂回环绕。学校是一所与延安保育院有着共同血脉的红色学校，属九年一贯制。学校面积不小，有七十多亩，小学部在西侧，初中部在东侧。

"你好，你来了？小孩也上学了？"8月28日晚上新生家长会前，一位脸蛋儿长得蛮漂亮、身材修长、明眸善睐的年轻女子对我很客气地说。当时感到很纳闷，我压根儿不认识她呀。"嗯，你好！"我敷衍着答应。我估计她应该是学校的老师，而且一定是认错人了。后来证明猜想是对的。想不到我与女儿班主任燕子老师第一次是这么见面的。

对于小学阶段的教育，我的理念是抓住小学时学业不重的良好时机，让她一边读书一边好好玩，玩个痛快，无须用功，更没必要"卷"。作为小学生，优秀的品质、良好的习惯、纯真的童心和灵气比什么都重要。决心、灵活性、想象力、淘气度缺一不可。我甚至在想,科学家的发明创造恐怕也是玩出来的。

可后来班主任的几次电话将我从"梦"中彻底拉了回来,我不得不承认老师不仅对付学生有一套,而且对付家长也有一套。

丁零零,丁零零,那年国庆节后的一个晚上,家里的电话铃声响了。我拿起电话,想不到是女儿班主任打来的。"姗姗课外在干些什么?""每周两次英语课一次琴课,每晚练琴约一小时。"我如实回答。"这次姗姗考试成绩不太好,你们要合理安排好课余时间,至于琴嘛不一定要学了。"接完老师的电话,我与爱人交换了意见,决定暂时不按老师的要求去做,再观察一段时间再说。

大约过了一个月不到,班主任电话又打来了,她通报了女儿考试成绩处于末等的情况,再次要求我们处理好学习与课外兴趣之间的关系。听完电话,我有点紧张起来。

我与爱人商量,虽认为女儿那么小的年纪不应该受到分数的折磨,但还是郑重其事把她叫到一旁。我们非但没有责备她,反而是先鼓励一番,后面才对她说老师的要求。其实我们对她学琴本身不抱多少希望,只是让她玩玩而已,可老师两次电话打来了,若还不听话,下次会不会敬酒不吃吃罚酒?如果这样,我们可输不起!征求女儿意见后,给她停了学琴课。现在想来,有点可惜,这与鱼与熊掌不可兼得是两回事。

班主任教语文,不教音乐。如果是后者,那可能是另一回事。

可是过了一段时间,老师的电话又打来了。当时我在洗澡不方便接,当我走出卫生间的时候,铃声断了。

我没有马上回复老师的电话,而是先思考了一番。

不对呀,前年夏天一个晚上,几家邻居在省府路绿道边乘凉时，好几个小朋友一起玩猜谜语、背唐诗、讲故事，佳佳奶奶根据小朋友们的表现，十分肯定地说这些孩子中女儿是最聪明的，佳佳奶奶说的时候郑重其事，从她的表情上可以看出，没有一点恭维和虚伪成分；去年春节回老家在与两个堂哥的才艺比赛中她也是轻松胜出的呀，再说，最近她琴也不练了，难道这次测验成绩还是倒数？或许是她有点进步，但班上同学全是高手。我也顾不上多想了，还是赶紧回电话吧。

班主任老师告诉我，女儿这次考试成绩全班并列第一，希望我在家长会上介绍经验。原来是这么回事，我松了一口气。可我有什么"经验"能介绍呢？这所谓的萧规曹随"经验"还不是老师您传授给我的？我总不能把女儿停止练琴的故事说给大家听吧，我心想。"你从姗姗平时喜欢看什么书，你们是怎么辅导她的两方面讲讲吧。"老师还是紧盯不放。女儿平时的确很喜欢看书，人也特别能够静得下来。"好吧，那我到时简单说上两句。"我那天的发言题目是"努力培养好两个习惯，让孩子在快乐中自觉学习"。内容包括以下两个方面，一是培养孩子快乐读书的习惯，我主要是引导姗姗课外看对培养勤奋勇敢品质、提高写作水平、增加知识面有帮助的课外读物：如《培养孩子勤奋勇敢的100个启发故事》、《影响孩子一生的101个经典神话》、《小学生获奖作文》、《酷作文》、《中国通史》(学生版)等等。家长要帮助挑选合适的书报杂志，注重知识性和趣味性。启发孩子在看书的过程中多提问题，家长一起参与讨论。二是培养小孩快乐作文的习惯。要多让孩子观察和体验周围的美好事物，并让孩子用文字记录下来。对学校老师布置的作文，碰到孩子认为难写的可一起讨论，帮助打开写作思路，但不能越俎代庖,孩子写完后家长尽量参与阅读,对存在的错别字要求孩子及时改正,最好还能提出修改建议。

我希望女儿真诚上进、多玩善思,不希望她过早地牺牲童趣换得学习成绩的提高,尽管她小学阶段学习成绩一直稳定在年级前列。我觉得考九十分与九十五分没啥区别。如果提高的几分是非常轻松获得的还可以接受,如果是下足苦功夫换来的那就很不值得了,还不如留出一些时间和精力做自己喜欢的事,包括参与一些社会活动,或者干脆让他们多玩耍多接触社会。假如能从中发现孩子的兴趣特长,再对特长加以培养,那么对孩子的教育多半是成功的。

2004年年初,女儿读二年级,那次我们在老家过年。她很喜欢爷爷奶奶养的猪啊羊啊什么的,奶奶带她去看猪。春节过后二年级下学期开学,老师布置同学们写作文,女儿是这样写的:

> 过年的时候,我去奶奶家,看见猪棚里有许多小猪。这些小猪好可爱啦!胖胖的身体、大大的耳朵、矮矮的小腿、细细的尾巴。小猪的毛很短,如果不仔细看,还看不清楚呢!最好笑的是猪的鼻子,很扁,鼻孔大大的,活像一对大句号。
>
> 小猪最喜欢吃东西和睡觉,整天不是吃就是睡。它吃东西的时候嘴巴一鼓一鼓的,看上去变得更胖了。它睡觉的时候真滑稽,有时趴着睡,有时四脚朝天睡。
>
> 它们的样子真好玩,真有趣!

猪是我最熟悉的动物,可我从来没有这样仔细观察过,而女儿却看得很仔细,否则无法写出如此惟妙惟肖的文字。看来女儿写文章有一定基础,我开始有意识地培养她。

上三年级前的一个暑假,女儿班上假日小队的三个家庭一起搞亲子活动,活动回来,我鼓励她把过程写下来。她是这样写的:

2005年8月21日,我们假日小队搞活动。大家玩得开心,看得有趣,玩得惊慌,真有意思。

早晨7点40分,我们从杭州市区出发,汽车开了约两个小时,来到太湖源。那里环境优美,有许多清澈的小溪。我们先在溪中泼水,走会浮动的木头,打水漂,坐在木筏上玩"石头、剪子、布"的游戏,真快乐!

我们再去"猕猴山",山上生活着约三百只野生猕猴,这些猴子在树上跳来跳去,非常机灵。

然后,我们来到了攀岩壁,只见攀岩壁又高又大,中间还有两座绳梯。不一会儿,勇敢的汪喆仁同学出场了,只见他头盔脚套全副武装,两只手紧拉着梯子两旁的绳子,脚踩着中间的杠子,在摇摇晃晃中一步一步向上攀登……约莫过了十分钟,空中的汪喆仁只有像小兔一样的大小了,"哇",他终于成功攀到了顶端。下来的时候要惊险得多,大家的心为他提着,只见他突然离开了梯子,整个身体靠保险带吊着迅速下降,双手有规律地收放绳子,双脚还有规律地去蹬石壁,以免身体被石壁碰伤。

离开太湖源已日过中天,原计划参观城市供水厂,因路上有的同学在车上睡着了,有的同学因肚子饿,心早已飞向餐桌而被迫取消。吃完中饭后，我们参观了城市污水处理厂。污水厂是城市的"肺"，把肮脏的水吃进去，经过一道道工序处理，出水变清了，大家对此啧啧称奇。

下午4点钟，我们来到了青山湖，看到很多铁杆钓鱼迷在湖边守着。忽然，一位伯伯的浮标开始一上一下，他连忙往上一拉，"哈哈"，一条小小鱼被钓了上来。他麻利地把鱼放进一个装着水的桶里，然后又专心地钓起鱼来。

今天，我们还打过水仗，玩过滑滑梯，乘过快艇，走过吊桥，荡过秋千，一直到晚上9点钟才回家，大家非常开心！

学习成绩固然重要，但我认为一个人的品行远比学习成绩重要得多。这一点，家长们由衷感谢燕子老师的敬业精神和对每一个同学的关心关爱，同时，燕子老师也给了一些同学包括女儿关爱他人的机会。我对女儿的无私奉献精神表示敬佩。

班上有个同学，小时候得过病，智力发育受影响，人长得很瘦小，学习成绩班上倒数第一，且与倒数第二的同学还有很大差距。最要命的是有好几个同学歧视她。为了帮助她增强信心、提升成绩，班主任想物色一个同学做她的同桌并帮助她。老师找了几个同学，他们都不愿意。当老师找女儿商量时，女儿二话不说满口答应，并且拿出实际行动，用情用心用力全方位帮助那个同学。经过半个多学期的努力，同桌成绩班上倒数第一的帽子终于甩掉了，千年的铁树开了花，更令人高兴的是该同学性格也变得开朗了起来，自信心得到了极大提高。

四万多人挑战

2007年3月,女儿十岁,读小学四年级下。我很偶然地从《每日商报》上看到香港旅游发展局和中国少年报联合主办、香港政制事务局内地事务联络办公室协办的"十岁小小记者看香港"活动,从4月初开始在全国范围内选拔一百名小记者,于7月底赴香港参观考察和实地采访,以小记者独特的视角发现并记录回归十年后的香港新貌。此次"十岁小小记者看香港"活动,不仅将为孩子们打开一个认识香港的崭新窗口,也将为世界认识香港打造一个全新的平台。小记者香港来回的机票、住宿、伙食、交通等费用都由活动主办方支出。

活动流程是这样的:

海选第一关(2007年4月1日至5月7日)。

报名。1997年出生的学生可以从4月4日出版的《中国少年报》剪下报名页,或直接从有关网站下载活动报名表,认真填写,并粘贴好一寸彩色照片,邮寄至《中国少年报》"十岁小小记者看香港"活动组。

第一轮选拔。活动组委会通过报名表挑选出符合条件的三百名小朋友,发送"海选过关证书"。这三百名小朋友将成为中国少年报小灵通记者团的小记者。

海选第二关(2007年5月中旬至6月中旬)。

作文竞赛。活动组委会向入选的小朋友寄出作文题,进一步考察小朋友的语言表达能力、想象力以及对香港的了解。

第二轮选拔。由活动组委会成立的专家评审团对三百篇作文进行评分,从而评选出一百名思维活跃的小朋友。

赴港参观访问(2007年7月下旬)。入选的一百名小记者作为内地十岁小朋友的代表于7月下旬到香港参观访问。他们有机会参加升旗仪式、参观香港名胜、参与香港回归文艺会演等一系列丰富多彩的活动。

女儿刚好1997年出生,符合年龄条件。不过当我与女儿交谈时,没想到她的态度很明确,不想参加。后来,我反复鼓励她,告诉她重在参与,不问结果。爱人也旁敲侧击。经再三动员之下,女儿终于同意参加了。女儿能迈出这一步不容易,中间肯定会碰到困难,我答应与女儿共同面对,解决困难的过程就是能力提升的过程。当然,我也不会越俎代庖,否则会违背育人的初衷。

2007年4月7日,女儿交了报名表、自我介绍及以前写成的《我与休博》《秋的使者——金黄的银杏树》两篇小作文。第一关从全国四万多名学生中选拔三百名小伙伴,女儿胜出。

自我介绍

我叫姗姗,来自美丽的杭州西子湖畔,是班上的语文课代表。

我是个有爱心的女孩。班上有个智力较弱的同学,当大家都不愿意与她做同桌时,我拿出了勇气,把这个艰巨的任务揽了过来。通过一次次沟通、一遍遍辅导还有鼓励,她战胜了学习上的重重困难。一段时间下来,奇迹终于出现了:她对学习的兴趣大大增强,成绩明显进步,一直以来班上倒数第一的"帽子"终于甩掉了,千年的铁树开了花!现在我又在帮助另外一个成绩较弱的同学。

我还是个学习用心的女孩。班上学习"高手"可不少,我的学习成绩也名列前茅。我很喜欢看课外书,在写作方面也非常努力。班主任沈老师对我的评价是:"你驾驭文字的能力很强。"这对我的鼓励可大了。

软笔书法是我的爱好,通过老师教导和我的努力,我已较好地掌握了书法方面的一些基础知识,部分作品还被杭州春晓书法业余学校拿去展览呢!我对软笔书法十分喜爱,每当手提作品迈出教室时,一种无可替代的快乐就从我心头油然而生。

当然,我也是个有点粗心的女孩。类似把雨伞落在教室里,加号看成减号的错误可不少。所以,克服粗心也就成了我需要改进的头号问题。我相信,经过我的努力,克服粗心的"战争"会以我的胜利而告终。

老师、父亲及同学家长眼中的我——兼做我的介绍补充。
一、老师(班主任)眼中的我(摘自班主任沈文娟老师的博客)

姗姗病了,每天白天坚持上课,放学后去医院挂盐水。小脸一点精神都没有,看了让人担心。认真的她,一丝不苟地完成作业;要强的她,强打精神听课。今天,她妈妈打来电话说,姗姗的感冒转成了肺炎,要住院。她妈妈是来和我说明,今晚的作业,是姗姗口述,妈妈落笔的,请我理解。我连连劝说,让她好好休息,不要写作业了。她妈妈说,姗姗不肯。这孩子的认真劲,让我心疼。希望她好好休息,早日康复。孩子之间的差距真是太大了。有些孩子为了逃避作业,绞尽脑汁,今天借口说本子没带,明天说是忘了,本子找不到了,黑板上作业没有抄下来被同学擦掉了……(2006年12月6日)

看了姗姗父亲的留言,再一次为姗姗的精神所感动。拥有这样的学生,是老师的幸福;拥有这样的同学是对老师的鞭策。务必锻炼好我们的身体,锻炼好我们的意志,困难不能把我们打倒,只能使我们更加强大。(2006年12月14日)

二、父亲眼中的我

昨天是女儿身体没有彻底痊愈的情况下出院的,出院后医生关照还要靠休养才能恢复。这次女儿生病时间之长真是想不到,算来已有二十五天,共住了六天院,打了十五天吊针,做父母的每一天度日如年。由于我们一时的疏忽,再加上女儿羸弱的体质,她的病情一时发展太快,连医生也一时束手无策。

二十五天来,做母亲的是最最辛苦的。即使是自己生病,头晕得厉害,中午自己坚持先打点滴,并尽量加快点滴速度,为了腾出时间陪女儿。

二十五天来,我是最最没用的。刚开始不是开会、出差,就是加班,为了工作硬撑着,后来也终于撑不住了,并干脆凑起了热闹,也挂上了盐水,而且一下刹不住车,一挂就是八天。

二十五天来,女儿是最最坚强的,令我们感动得差点掉出眼泪。后阶段她为了挂吊针与完成回家作业两不误,连续多天要求在左手上打针,好腾出右手写字。有一次,我们坚决不同意,她却给我们做起了思想工作:"我前两天(星期六和星期天)已经有准备了,那时是连续打右手的。"我们还是说服不了她。可当我们看到她那左手清晰可见的针眼和肿起的手背挂不进盐水时,心里犹如刀割一般:"姗姗,你口述,爸妈帮你写字,我们会向老师说明的。"

好身体是一切的基础,让我们从今往后更加保重身体,加强锻炼。愿老师、家长、同学们身体都好!(2006年12月13日)

三、同学家长眼中的我

姗姗给我的印象是瘦高、体弱、文静、好学、善良,读了沈老师和姗姗父亲的感言,姗姗给我的印象又增加了内心坚强和毅力超常两点!身体是一切的本钱!祝姗姗以及所有的老师、同学、家长身体健康、心想事成![书虫 mom(同学妈)2006年12月19日]

附:《我与休博》《秋的使者——金黄的银杏树》小作文。

我与休博

三(3)班　姗姗

前两天,我听爸爸说休博园很好玩,游戏既有趣,又刺激,奖品又多又丰富，值得去看看。今天我终于熬不住了，兴冲冲地直扑休博会主会场——休博园。

一进门，我就被眼前的场景惊住了。游乐场所遍地都是，"碰碰车""激流勇进""钻鬼屋""过山车"等一应俱全，我想玩个够。突然，一个叫"钻恐龙肚子"的游戏吸引了我，我想练练自己的胆子，走过路过不要错过嘛。终于轮到我了，我鼓足勇气，提起精神向前走。走了大约三米，只见一块米色的板挡住了我的去路，还以为终点到了，正纳闷时，有朋友提醒我通道在右边。我望了望又细又长的通道，吓了一大跳，真是望而生畏。我正想往入口处退出，突然想到游戏规则：入口只能进不能出。没办法，我只好硬着头皮往里走，越走越黑，已伸手不见五指，只能跟玩碰碰车一样乱撞了。正当我埋怨恐龙肚子太黑时，忽然看见前面出现一个"大火球"，是太阳吗？不，说是恐龙的心脏，火红火红的，有着耀眼的光芒，蛮吓人的。借着"大火球"的光芒，我看到了恐龙肚子里的"白骨"和"肠子"，已吓得喘不过气来了，要不是工作人员跟在后面保护我，我肯定会哇哇大哭起来。可怕的前几关都通过了，最后一关虽然不可怕，但也有些难度。要求在门敞开的时候，飞快地冲出去，不然就出不去了。我怀着既紧张又激动的心情去闯关，第一次没成功，第二次还是失败了，第三次虽然没成功，但我想了个"绝招"，费了九牛二虎之力把门扳开，溜之大吉了。

玩过了这个可怕的游戏，接着，该来个更刺激点的。什么最刺激呢？我想应该是"激流勇进"吧！我一边喘气，一边匆匆忙忙地跨上船。船慢吞吞地向上爬，我感到一点也不刺激。

正在我埋怨船开得太慢时,船突然从最高点飞速滑了下去。顿时,水花四溅,虽然我被溅得浑身是水,但依然是那样快活,那样兴奋。不久,船进入了第二道,第二道坡度陡多了,仿佛是笔直向上的。船的速度也加快了,坡顶也更高了,船摇晃得更厉害了,好像随时要掉下来似的,因为这些,我的心情加倍紧张了。瞧!令人既激动又紧张的一刻又来临了。船火速冲下去,水花又溅起来,比上次更厉害了,更猛烈了。我变成一只名副其实的"落汤鸡",真爽啊!因为时间不多,我不能玩了,还没过瘾,带着遗憾,我依依不舍地离开了休博园。

我们不能只知道埋头苦干,还要适当地学会休闲。有了休闲,生活会变得更加丰富多彩,学习和工作会变得更加美好。

让我们走出户外,参与休博,学会休闲,大家一起共同努力,让美丽的家乡杭州成为休闲之都吧。(2006年4月30日)

秋的使者——金黄的银杏树

四(3)班 姗姗

前两天,我从《都市快报》上看到朝晖公园旁的小河边有一片银杏树,说秋风吹过,树叶金黄金黄的,非常美丽。今天我和爸爸来到了这儿。

我们漫步在银杏树间的小道上,踩得落叶沙沙作响,这是一支美丽的乐曲,有着不同的节奏,不一样的音调,各异的强弱,多么好听,多么迷人,多么优美啊!

抬头望去，那一棵棵高大的、金黄色的银杏树煞是好看，树挨着树，叶连着叶，形成一片异样的天空，这片天空是金黄的，黄得艳丽，黄得灿烂，原本是淡蓝的天空已失去颜色。一阵微风轻轻吹过，那些叶子如蝴蝶般绕着圈子缓缓下降，好似天女散花一般。多么动人的画面，我陶醉了！

过了一会儿，一片叶子轻轻地落在了我的小脸上，好像妈妈的手在轻轻地抚摸着我，让我感到无比温暖。原来银杏树的叶子也这么可爱、这么温柔，在她离开银杏树、快要结束生命的时刻，还变得如此辉煌，如此讨人喜欢。

突然，我被脚下的一根树枝绊了一下，低头望去，只见落叶一片接着一片，一片叠着一片，形成了一张金黄色的地毯，从小路的这头一直延伸到那一头，犹如一条装饰华丽的长龙。

望着如此美丽的落叶，我不忍心再踩着她，害怕失去眼前这一切。

我爱你，秋的使者——金黄的银杏树，你是那么美丽，那么迷人！（2006年11月26日）

说起这两篇文章的由来还有故事呢。

2006年，持续一百八十四天的"杭州世界休闲博览会"在休博园盛大启幕，有二十六个国家和地区的八十八个城市建馆，约三千四百二十二万中外来宾参加；其间共举办二百四十场会议、展览、文体和商旅活动。该博览会是杭州历史上规模最大、时间最长、影响最大、参与人数最多、办会水平最高的盛会。这次盛会确立了杭州"东方休闲之都"的城市定位；对中国旅游休闲事业产生重大影响,被誉为"开启中国休闲元年"。4月30日,女儿还在读小学三年级,学校放春假,我们没空陪她,她跟着别人去了杭州休博园。

回家后,她说休博园很好玩,我就坡下驴请她写篇文章,她的《我与休博》是在这种情况下写成的。

2006年11月26日上午,我和女儿去了杭州朝晖公园旁银杏林,这片银杏林是20世纪80年代时种下的,足足有三百多棵。这里的银杏整齐地排列在一条小道两侧,身处其间特别有意境。每到11月下旬至12月上旬,银杏披上"黄金甲"的时候,总能吸引一大批摄影爱好者和游客慕名前往。我带女儿去玩以前,就鼓励女儿用笔记录下来。看了现场,我觉得文章并不好写,但不管怎样,就让女儿练练笔吧。那天下午,我发现女儿在家八角书房里写字台上坐了很长时间,看样子她一下子也不知从何落笔。

顺便提一下,2004年12月,女儿七岁多时就像一位工程师,一起帮助妈妈现场测量每个房间的尺寸。室内绝大部分装修图纸是爱人设计的,只是一些水电图找人帮了忙。2005年的12月,我们搬了新家,才有了一个她十分喜欢的八角书房。

女儿报名资料递交后不久,收到了《中国少年报》记者的来信,信是这样写的:"家长您好,您的孩子已经通过'十岁小小记者看香港'活动第一轮选拔。附件中是'十岁小小记者看香港'活动第二关选拔的相关资料,请查收……"

第二关是从三百名中选一百名,比赛有两招:一是"作文写写写"。写你为什么想去香港;你印象中的香港是怎样的;提到香港,你首先想到的是什么;作为一名小记者,如果有机会到香港采风,你最想了解的是什么。二是"才艺秀秀秀"。请父母亲帮忙,用数码摄像机录一段短片,录下你的才艺展示和采风计划,再刻录成光盘。如果没有数码摄像机也没关系,把以上内容用文字记录下来,再寄几张生活照,最好有展示你特长的照片,这样做也能帮助你闯关成功!

女儿按要求完成了第二关的比赛。其中,作文《梦香港》我摘上其中两小节:

紫荆花,深情的花

提起香港,我首先想到的是紫荆花。紫荆花一直是家庭和睦、骨肉情深的象征,紫荆树盛开紫荆花,骨肉永远不分家。从香港回归的那一天起,五星花蕊的紫荆花红旗就永远高高飘扬在香港的上空。

记得去年上半年,课外我曾经阅读过《快乐迪尼斯:感动小学生的100篇童话》,书中的第一篇便是《弟兄砍树》。这树不是别的,就是大名鼎鼎的紫荆树。

说的是从前长安郊区田家三兄弟要分家,在老大和老二为把院中可爱的紫荆树分给谁而为难时,老三提议把树砍成三段。三兄弟说干就干,他们正要砍树时,想不到这树突然枯焦了。兄弟们突然醒悟,感叹道:"树木尚且有情,可我们兄弟三人连棵树也不如呀!"从此,三兄弟再也不提分家的事,大家团结一心,和睦相处,家庭更兴旺了。这棵枯树又重新变得枝青叶绿,并且长得比以前更好看了!

"三荆欢同株,四鸟悲异林。"当我们即将迎来香港回归十周年的时候,重新回味关于紫荆花的美丽故事,怎能不让人倍感亲切和增添思绪呢?联想到祖国与香港,董建华爷爷的一句话道出了我们的心声:"香港好,国家好;国家好,香港更好。"

美轮美奂的"东方之珠"

我没有到过香港,但我印象中的香港是高楼大厦组成的"森林"之城。"树木"密密麻麻,千姿百态:高的、矮的,圆的、方的;有的翘顶,玲珑别致;有的平顶,朴实庄重;有的墙上粘青砖,古老神秘;有的墙上贴白砖,新型独特;有的墙上绘格子线条,别具一格;还有的墙上绘菱形图案,清秀美丽。

我印象中的香港是由一座座玲珑别致城堡组成的梦幻之城。古老的青砖间隔着淡蓝和粉红的色调,增添了无限魅力,金黄色的塔尖给人豪华大气的感觉。各式各样的塔屋成群地矗立在城堡上,一点儿不让人觉得杂乱,精致的窗中间凹进,古老的门别具一格,华丽的顶上刻着朴实的花纹……一群可爱活泼的卡通人物在美丽的城堡前自由地穿梭着,给人只有梦中才有的感觉。

我印象中的香港是以"幻彩咏香江"为代表的彩色之城。每当夜幕降临,香港就成了灯的世界、光的海洋。条条马路和各式各样的建筑物一同换上了迷人的新装,处处呈现出五彩缤纷的景象。每当激光和弹射灯光穿过,城市的夜空霎时成了渐变之色,维多利亚港也披上迷人的色彩,天映水,水映天,天有繁星装饰，水有轮船点缀，构成一幅和谐、美好的画卷，显得神秘而可爱。朝空中望去，灯光犹如串串彩珠，从浩瀚的银河中不停地泻下来，不禁令人想起李白《望庐山瀑布》中的千古名句"飞流直下三千尺，疑是银河落九天"；一阵风掠过，向水中望去，光影好似五彩的颜料，在调色盘中缓缓晃动，格外动人。

本次活动吸引了全国各地的四万多名十岁小朋友热情参与，经过两个阶段的严格评选，女儿脱颖而出，成为赴港的一百名小记者之一。

后来，这篇文章经适当修改投稿中国报道杂志社主办的《小读者》，在2011年第7期上得到了发表。

去香港前，女儿做了充分准备，自行设计了问卷调查，班上不少同学进行了认真填写。

同学，您好！

　　由中国少年报和香港旅游发展局主办的"十岁小小记者看香港"活动，经过选拔，我有幸成为其中一员。这是老师辛勤教育和培养的结果，也是同学们鼓励的结果。在此，我向你们表示衷心的感谢！2007年7月底，我将与其他小记者一起赴港，并进行为期五天的交流、采访和学习。

　　为发现香港小朋友与我们内地小朋友的不同特点，请您抽出宝贵时间配合做一个小小的问卷调查，请千万不要被长长的问题吓跑了，一定要静下心来慢慢地填写出您真实的想法哟!

(1)您的课余时间爱做什么(请列上三件事)?

(2)您长大后的志向是什么?

(3)您除了老师和班中的同学,最崇拜的人是谁?为什么?

(4)您大约每天花多少时间锻炼身体?通过什么方式?

(5)您大约多长时间去一次博物馆?

(6)您爱看什么类别的书?

(7)什么事会使您最高兴?

(8)如果用一句话祝福杭州,您认为最理想的答案是什么?

(9)如果用一句话祝福香港,同样您认为最理想的答案是什么?

(10)麻烦您告诉我,需要我带上什么问题问问香港的小朋友?

谢谢配合,祝暑假愉快!最后请签上您的大名:_____。

您的联系电话是:_____。

姗姗

2007年7月3日

班上共有十二位同学填了问卷,班干部和学习成绩名列前茅的同学居多,他们长大后多数希望成为老师,还有的想成为医生、记者、歌星、天文学家、公司老板、软件工程师等。现在这些材料我替女儿还完好保存着。

在港收获满满

2007年7月22日,全国一百名小小记者分别从北京、上海、成都、广州四地出发。我和爱人上午陪她前往上海,活动组委会要求13点前入住统一安排的上海大都市酒店,下午统一参加培训和发团仪式。上海区领队是《中国少年报》的记者刘浩,副领队是郭秉衡先生。大都市酒店距离上海外滩比较近。白天夏日炎炎,我们一家三口和同去的一位小记者一家利用上午的时间逛了上海外滩,女儿在外白渡桥照了相,我们一家、两位小记者分别留了合影,背景是黄浦江和东方明珠塔。

第二天5点45分,小记者们在酒店集合,6点钟前统一坐上大巴,去上海浦东国际机场乘坐8点40分去香港的航班。我们在酒店门口送别女儿,女儿似乎无牵无挂、头也不回地上了车。看到别的家长纷纷与自己的孩子道别,我心有不甘并直接跑进大巴车里,轻轻地拍了拍女儿的肩膀,说:"宝宝,再见啊!"还向她指了指车窗外,意思她妈妈还在那里站着,得跟妈妈打个招呼。爱人眼神专注,透过玻璃窗紧盯着我们。女儿站起来向妈妈挥挥小手,爱人笑眯眯地回了手势,娘俩这才作了道别。

带队老师工作认真负责,在港五天,我们每天接到发来的报孩子平安的手机短信。

7月27日下午,我抽不出时间,爱人去上海接女儿。回杭路上,女儿一直滔滔不绝介绍在港期间的所见所闻。下午6点到家,我们三人在外面吃的晚饭,小可爱嘴巴像小麻雀一样叽叽喳喳说个不停。她说组委会安排的活动非常丰富,一路上热闹有序,小记者们都感到非常高兴,收获满满。女儿是第一次去上海和香港、第一次坐动车、第一次坐地铁和乘飞机、第一次乘邮轮……看来长了不少见识。她还收到邮轮模型等纪念品,看得出,她对这次活动非常满意。

过了几天,《今日早报》记者向女儿约稿,女儿欣然应诺,2007年8月2日该报是这样报道的:

> 7月23日是"十岁小小记者看香港"活动第一天,一百名来自全国各地的小记者开始了第一天的精彩香港之旅。杭州市保俶塔实验学校的姗姗同学是第一次乘坐飞机、出远门,让我们来看看她眼中的初次香港之行。

梦幻香港

> 7月23日早晨,我与其他小记者一起,乘坐大巴车来到了浦东机场,开始了期盼已久的"十岁小小记者看香港"的旅程。
>
> 出了机场,我们又坐大巴车来到了国泰航空公司的总部——国泰城。一进大门,我立刻被它的占地面积给惊住了,辽阔无边像一座小城,它的楼面面积超过十二万一千平方米,据说建设花了四十九亿港元。看到这样伟大的工程,我想,也许只有这种吃苦耐劳的精神才使香港如此繁荣吧,不禁由衷

地敬佩起努力用勤劳双手为香港增添魅力,用智慧大脑为香港制造财富的香港人。

吃完了丰盛的午餐,我与小记者们一起前往国泰城世界级的员工专用飞机培训中心。我们看见了许多专业设施。听向导阿姨说,每个工作人员都要经过至少一年的培训才能成为正式的国泰城员工。

一路上,我还参观了国泰城为员工提供的各项娱乐设施。瞧,宽阔的游泳池,舒适宜人的休息室里,多么细心的香港人,让员工在辛苦工作的同时,也能劳逸结合,员工放松了心情,从而能更加努力地工作。

傍晚,我们来到了为小记者举办欢迎晚宴的印月楼。晚宴开始时,香港特别行政区政府旅游事务专员区璟智阿姨代表香港特区政府对"小记者"表示热烈欢迎。每位"小记者"祝福香港的贺卡被拼成大大的"10"字,作为送给香港特区政府的特殊礼物。

晚饭后,我们来到美丽的维港港岛一侧,观赏了被列入吉尼斯世界纪录,成为全球"最大型灯光音乐会演"的"幻彩咏香江",只见海水随着音乐声柔柔地晃动着身子,几艘轮船缓缓驶过,对岸高耸的大厦颇有节奏地变换着灯光,天空中淡蓝色般纯洁、淡紫色般浪漫的光束不停地旋转着,构成一幅美好、和谐的画卷。不远处迷人的光芒吸引着大家,我们加快脚步很快踏上了位于香港尖沙咀东部海滨的、拓有众多著名电影人手印的"星光大道"。

回家后，各位小记者按《中国少年报》要求纷纷投稿，报社从中选出少量优秀作品进行刊登。这回高手林立，比以前竞争更激烈了。幸运的是女儿《我发现的香港宝藏》被采用，刊登在9月5日的《中国少年报》上，之后她还高兴地拿到了一笔稿费。原稿她是这样写的：

香港虽然人口不多（只比杭州市区多了二百万人），面积也不大（只有杭州市区的1/2.8），却享有"亚洲四小龙""国际化大都市"等美誉，是什么使她如此繁荣，如此神奇？香港的宝藏有哪些？参加由中国少年报和香港旅游发展局主办的"十岁小小记者看香港"之行时，她为我揭开了神秘的面纱。

细心的香港人

7月23日，我们从上海去香港，一下飞机，便来到了登机桥，那儿铺着米黄色的大块地砖，显得沉稳而大气，给像我这样很少有机会乘飞机的人一个踏实的心理，一种有靠山的感觉，使大家不必杞人忧天，而放心大胆地向前走去。告别了登机桥，小记者们迈开步伐前往检查通行证处，这一路，伴随着我们的是柔软、温馨的土黄色地毯，上面绣着美丽的淡绿色小花，数量多而不让人觉得杂乱，让人产生良好的心情、放松的心理。快要到出口处了，只见台阶旁有一个斜坡，我们便走了上去。斜坡的坡度正适当，如果再斜一点，就会让大家"望而却步"；如果再平一点，就起不到方便人和行李抬升的作用。还有，它的材质也很妙，是具有颗粒的粗糙地砖，根本不用担心行李会"失控"，滚到远处找不着或伤到别人，多安全。

细心,一种多么好的品质。因为细心才会有周到的设施,才能为大家提供便捷。

文明的香港人

在港五天时间,我连一只蚊子也没看见。我想这可能与文明的香港人有密切的关系哟!

港城无论是大街小巷,还是其他公共场所,都不会有一点垃圾。是环卫工人多吗?不是的。一路上我们连一个环卫工人也没看到。其实,这可是香港人良好的生活习惯形成的文明成果啊!香港人既为自己创建了一个美好的家园,也为外来游客提供了一个舒适的环境,更为保护环境做出了一份杰出的贡献!

香港处处都有文明所在,国际机场对外门户能集中体现。机场以整齐的面貌给我留下了深刻印象。在这个环境里,无论你来自哪里,决不忍心把用好后的手推车摆得像内地某些超市,如点点繁星——通道上、检查口处处都是,而总是不歪不斜地放在某个隐蔽的地方,既不挡路,又很美观,工作人员收取也极其方便。

不过,在机场文明的环境里,最让我感动的还是乘客在行李转盘前领取行李的景象。虽然行李转盘有三面,但乘客们只整整齐齐地排在一侧,谁也不轻易讲话,默默地注视着行李传送带。只见一只黑色的拉杆箱转到了一位男士跟前,男士轻手轻脚、小心翼翼地把它拿了下来,经过一番确认,然后缓缓地推走了。其实,不光是这位男士,大家都一样有序。

香港人非常文明,还体现在他们在公共场所里尽量不发出大的声音。一路上我们从没听到香港同胞大声喧哗,他们多么会为他人着想,处处避免给他人添麻烦。

文明能为自己省心,更为管理人员省力,使他们把精力用到该用的地方,为香港添加魅力,创造繁荣!

勤奋的香港人

香港人的勤奋是出了名的。大巴在行驶过程中,我们处处看见窗外那些脚步匆匆的人们,一副着急的样子,好像有很多事情急等着他们去做。"香港人工作起来的时候,就像一头牛。"一路上,不知哪位小记者给我们讲着香港人勤奋的故事……

7月26日,在回内地的前一天,在豪华的"宝瓶星号"邮轮上,我们享用着丰盛的午餐,看着活泼可爱、美丽绝伦的"小丑"与"仙女"们,在餐桌间来回穿梭,忙得不亦乐乎,累得满头大汗,可他们还是笑容可掬。我们的同伴采访了一位"小丑"叔叔,问他工作辛苦不辛苦,他说:"不觉得苦,不觉得热,因为我的付出有意义、有回报,我感到很欣慰。"从一个侧面,我们看到了多么勤奋的香港人;看到了不怕困难,努力付出,多么乐观的香港人;看到了不把苦累放在眼里,把别人赞美当作自己最好回报的香港人。

我发现的细心、文明、热情好客、勤奋的港人是香港的宝藏——因为是他们为香港增光,为祖国添彩。

2007年8月2日

课外有"课"

　　枇杷树长在家里阳台上，一共有四棵。大的两棵是女儿十岁时播种的，至今已有十七年了。当时一共有三棵，后来另一棵移栽到了农村老家。小的两棵是七八年前爱人播种的。阳台虽然不宽，但进深有二米四，如果悬挑，会超出常规设计，所以有两根柱子支撑，结构上很安全。除了枇杷树，阳台还有许多植物：小榕树、月季花、绣球花、茉莉花、栀子花等，每年3月底，还会结出辣椒（上年存货）、菜花、萝卜；夏天还有黄瓜、丝瓜、秋葵、茄子等。

　　阳台上缺少阳光雨露，枇杷树难以郁郁葱葱，目前早种的两棵枇杷树高约两米，树干较细；而迟种的两棵枇杷树明显要瘦小低矮。那棵移栽到老家的枇杷树，我们本希望它能在泥土芬芳的大自然中华盖亭亭、果实累累，可事与愿违，当年因农村污水处理设施建设，树径已有小碗口粗时被施工人员私自铲掉，非常可惜。

　　枇杷树种子来自女儿就地取材。2007年初夏，爱人的同学送来两篮枇杷，个个色艳形美、皮薄肉厚、雅香汁多、甜酸适口。上小学四年级的女儿吃后突发奇想，要把果核埋到泥土中，让它生根发芽，长出枇杷来。于是说干就干，在阳台的角落中找到一只存有泥土的空闲陶盆，然后把几颗枇杷核埋进泥土中，浇了些水，等待小苗破土而出、苗壮成长。

这只土黄色方形盆子很小,宽十八厘米,长二十六厘米,很浅。现还存放在阳台一侧,盆中已布满苍翠欲滴的青菜小苗。我拿起它仔细观察,发现一侧有小鸟和梅花图案,另一侧刻有"清香怡人""庚辰年"的字样,盆子造型精美。当时,我和爱人对女儿用枇杷核育种的方法不以为然,之前从未做过或听说过,不知它会不会长出小苗,会不会长成小树,会不会结出枇杷,权当女儿在做一项实验而已。

"咦,长出小苗来了!"记不清过了多少天,女儿兴奋地叫了起来。我连忙走到阳台,发现陶盆里果真长出了好几棵小苗,看起来与黄豆苗没啥区别。小苗不断长高后,从叶子形状看确信无疑是枇杷树。这陶盆实在太小了,爱人与女儿商量后决定忍痛割爱拔去几棵。优胜劣汰、强者生存,留下长得最好的三棵。2007年的农历腊月,杭城下起了近十多年以来最大的雪,白雪皑皑,造成杭城交通瘫痪,连铁路杭州站部分列车也停运了。正在我家的女儿外婆,终究打消了回家过年的念头,这是她唯一一次在杭州过年。我至今依然清晰记得那时小枇杷树的模样:接连不断的鹅毛大雪飘落到阳台一隅的陶盆里,半截多的小树干被雪花埋没,嫩绿的小树叶在白雪的衬托下显得更加纯净和富有生机。

小树渐渐长大,小小的陶盆已容纳不下它们。第二年春暖花开的季节,爱人和女儿用腾笼换鸟的思路来了个腾盆换树,将树苗分别移栽到了两只超大的盆中,还有一棵带到了老家。之后,除小树不断地生长和树叶一年几次推陈出新外,我们没看到其他任何变化。好几年过去了,树长得与我差不多高时,还是没有见到枇杷的影子。

直到2015年下半年,女儿读大一,国庆节后,我突然发现枇杷树上长出了一团团毛茸茸的小蕊,以为这就是小枇杷。又过了二十多天,想不到有的小蕊伸展开来,露出了奶白色,中间为细小豆芽一样的几根丝,这才明白,原来它不是枇杷,而是枇杷花开了。同一棵树上开花有先有后,全部花儿开旺需等上两到三周时间,11月20日左右,一簇又一簇的花瓣裹着花丝,蔚为壮观。是啊,我怎么没能悟出成语开花结果的道道呢?没有开花,哪会结果?亏我来自农村,小时候虽然割过草种过田养过羊还骑过牛,也看到过田头绿油油的油菜花开,但枇杷花却是第一次这么仔细观察到。它香味幽雅、花团锦簇,表面白中带黄,背面密被绒毛。

我只要在家,早晨一起来必先去家中的三个地方:卫生间、厨房和阳台。枇杷花开季节,蜜蜂起得比我还早,我还没开始干活它们却早在花丛中辛勤劳作了。

我们静等枇杷树结果。

一直到次年的2月初,有的花结成了猕猴桃色的小枇杷,有的却成了萎缩型的花蕊状,花丝还露在外面也变成猕猴桃色了。春风真是一个奇怪的东西,2月中下旬,那些没有结成小枇杷的花蕊,经不起春风的阵阵吹拂,一夜之间被吹落在地,而留在树上的小枇杷无论风力多大,都岿然不动。寒凝大地发春华,到3月8日左右,春风吹绿杨柳吹绿大地的同时也把一个个小枇杷吹绿了。

枇杷在春雨和阳光沐浴下渐渐长大,到5月中下旬左右就成熟了。第一年,树上的枇杷没长几个,成熟的果子有一半还被小鸟偷食,小鸟虽然没有尖爪利喙,偷吃果子时也算文气,但它们喜欢找多个新鲜果子啄,而且从不搞光盘行动,等你发现它们时扑棱哧溜飞走了。这些可怜又可恨的"强盗",毫无道理可言,我们历经七个月的辛勤付出,眼看到手的果实有的化为泡影,不少心血算是白费了。后面几年,我们吸取教训,果子快成熟之前用报纸或塑料袋将其套了起来,这才有那么二三十个特别鲜甜的小枇杷能够让我们享受到,而且还是两个品种:软条白沙和大红袍。

早几年,爱人把阳台内侧的树枝修剪掉一些,让枇杷树向空中发展,以便能沐浴着阳光和雨露生长。阳台上种枇杷,收获的是一份闲情逸致,不能计算成本。好在枇杷树没有一点娇气也无惧冷热,不会有虫虿侵袭,易于管理,非常环保,硕大的叶子还挡住了不少灰尘。然而这些都不是重要的,最最关键的是女儿想出来的金点子,而且先前的两棵树是女儿亲手种的。

我觉得小孩子光学课堂知识是远远不够的,参加社会实践非常重要,实践出真知。而实践活动可以多种多样,俯拾皆是,不需要太多成本。少量的实践可能会达到理想的效果,更多的可能以失败告终,关键就看你能否坚持,能否正确面对失败,能否从中得到启发和提升。

除了上述实践"课",还有非常重要的一"课":勤俭不可或缺。

从小,女儿常做一些力所能及的家务劳动。记得她还在读二年级,有一次爱人病了,而我出差在外,女儿请妈妈躺在沙发上,自己学着做菜给妈妈吃。妈妈在沙发上遥控指挥,女儿在厨房里实操。女儿三年级时除了做菜,还经常洗碗,她系着小围裙有模有样,洗好后蹲下身子十分用心地把碗整齐地放进消毒柜中。2008年7月初,她放暑假在家,有一次爱人交代她洗一下晚上要吃的菜,以便我们回家后能早点吃上晚饭。那天我先于爱人下班,走进厨房后感到十分奇怪,家里怎么来田螺姑娘了?青南瓜已剖开洗净切成丁,鲳鱼洗净背上剖了几刀,茄子、番茄洗净切成片,无论是切片和切丁,大小厚薄都非常匀称,它们都整整齐齐装在盆子中。可是鸡蛋打碎放了水后搅拌成满满一碗,这样做蒸鸡蛋可以,做番茄蛋花汤,放过水后不好弄。我向女儿了解情况后,才知道是她干的。那次她第一次用菜刀,想不到刀功非常不错,根本不像是一个新手干的,更不像是第一次干的,我立马找来相机拍了照留念。后来,爱人问她干吗想到把洗净的菜打理好了,女儿笑笑说:"妈妈,我听错了您的要求。"女儿之前虽然没有干过这些,但大人切菜的时候想必她一定留意到了,而且,这南瓜丁大小切得那样匀称,这是我始料未及的。

女儿一年四季几乎不睡懒觉,不过大年初一例外。周末她按时起床后会自觉学习,从来用不着我提醒,内容安排也很有计划性。倒是在休息方面,我是要提醒她的。我们觉得她看书太久了,常督促她去室外玩一会,或出去跳一下绳。除夕晚上,娘俩雷打不动一起观看春节文艺晚会电视节目,而且会坚持到大年初一凌晨文艺晚会结束那一刻。而我往往看不到一半,就上床睡觉去了。大年初一早晨,娘俩一定会睡懒觉,我打扫好卫生,烧好早饭,一个人先吃上一点,然后等娘俩起来。她们吃上早饭一般要到上午9点30分左右了。

女儿对钱看得不重。大约小学二年级时,她准备报学校的乒乓球兴趣班,费用一百八十元,后来她把报名费还给我,说报迟了名额已满。我当时想将钱作为红包送给她,可她坚持不收。家里有个储蓄罐,我们放了不少零钱,告诉她想买点吃的用的自己拿钱便是,可她从来不会从中拿钱,而且对这点钱管得蛮牢的。有一次,家里来了两个年轻客人,他们相互掩护着从储蓄罐里取零钱,估计是坐公交车投币需要,他们对我说一下完全没问题,这没什么大不了的,可他俩的做法有些不妥,想不到这一切没有逃过女儿的眼睛。客人走后,女儿马上向我禀报,而我把这个实例作为教育女儿的最好材料之一。女儿也觉得,他们偷偷摸摸的行为,不太妥当,拿走区区几块钱虽无伤大雅,但会将自己的人品打了折扣。

女儿花钱也很节约。我们在外请客吃饭,她时常要"咬"我或她妈妈的耳朵,说菜够吃了,不能再点,不能浪费,其实点的菜并不多。高中求学,她用的是我花一千元买的二手电脑,后来还把这台旧电脑带进了大学。还有一次,她妈送她去香港考SAT(美国高中毕业生学术能力水平考试),晚上在外面吃饭,她妈要吃炒菜,她怕花钱太多,坚持要吃便宜的汉堡,最后还是听从女儿的意见。上大学和工作后,我们一直嘱咐她,不能太节省,菜要适当吃好点,女孩子要适当多买些漂亮的衣服,其他喜欢的东西也要买一些,但她节约的习惯依旧保持,包括一直用最便宜的手机和几十美元的手表。特别是手机,我鼓励她买得好一点,方便多留下宝贵的学习生活照片和一些资料,可她不感兴趣。

不过,对于需要或特别喜欢的东西,她也是肯出大价钱的。2000年5月,她只有三岁多一点,在杭州一家商店小家电柜台,听了服务员的介绍,看中了一款飞利浦榨汁机,价格不菲;而我看中同一牌子的剃须刀,家里的剃须刀已经不好用了。当我有些犹豫是否要买榨汁机时,女儿努起了小嘴,说道:"如果榨汁机不给买,剃须刀也不能买!"我朝着爱人和服务员开起了玩笑,说:"哎哟,今天碰到有人敲竹杠了。"最后两全其美,一份不落,皆大欢喜。那台榨汁机的确很好用。2003年初,家里买了新房子,角角落落扫了一遍钱还差很多,需要贷不少款。那时,女儿很爽快地把压岁钱全都贡献出来,可以买半个平方。事后她说:"买房子我出钱了,今后在家我脚无论踩到哪,那块地方就是我的。"哈哈,按她的理论,她出钱买的房子面积是可以移动的。她大一下学期时,那台带去的旧电脑坏了,换成了折合一万多元人民币的新电脑,当我收到银行短信后吓了一跳,不是在美国电脑比国内便宜吗?我当时不好意思问。后来与她无意中谈起此事,她说要用画图软件,需要足够好的配置,还对我说"工欲善其事,必先利其器",说得太有道理了。

现实生活中,一些家庭父母对小孩从事劳动给予一定的经济奖励,如拖一次地给一元钱,似乎激励孩子可以通过劳动获取报酬。我认识的一个家长,她在朋友圈里说,原来儿子是一元拖地一次,最近"坐地起价",要求提高到五元一次,母子俩正在讨价还价呢。我也赞成孩子学习进步或家务做得好可给予一定的物质鼓励,但按数量论价直接给钱的做法我觉得不妥。特别是那种"坐地起价"的劳动,一定是一时兴起而难以长久。同时,家长还应告诉孩子,社会上劳动并不是一定要获得经济报酬的,也需要献出爱心。我常鼓励女儿参加一定次数的志愿者活动。

她长大了

2008年9月上旬,女儿十一岁时写了一篇文章,题目叫《我长大了》,她认为长大的主要标志是开始懂得光阴易逝要珍惜时间的道理。呵呵,在这一点上,我与女儿英雄所见略同。女儿懂事了,她长大了。文章是这样写的:

时间过得太快了,又有一个秋天来临了,而在我的心目中,夏天才刚开始不久呢。刚得知秋天来临的时候,我惊讶极了,随后感到惋惜。我是多么怀念这个夏天啊,哦,不,应该是怀念过去的每一天!

有时候我会好奇,人的一生一般有多少天?算出来的答案确实很惊人,平均只有二万九千二百二十天!我终于明白了大人们为何叹息流水无情,原来人生是如此短暂。

既然这样,我们就应该珍惜每一天,让每一天都过得有价值,而不是稀里糊涂任时间流逝。时间不等人,我们只有自己抓紧,才会有更大的收获。成功者和失败者最大的区别就是:前者比后者更会利用利间。哈哈,我一下子开窍了,好像瞬间明白了许多。

听着钟声嘀嗒嘀嗒地响,知道时间就这样在不经意间一分一秒地过去了。我突然发现要真正掌握好时间却很难,因为它稍纵即逝。我想,必须给自己订个计划,并且严格要求自己实施这个计划,把利用时间的主动权握在自己手中,而不是任光阴无情地"摆弄"。

人的一生到底有多少天?这个问题我之前一直没有想过,是女儿给我了答案。长大的维度有不少,最常规的是年纪和身体,或者是思想开始成熟,而她是把懂得了光阴易逝的道理作为标志。2009年寒假,她快十二岁,写了一篇小说,叫《萨姆和肯特的时光之旅》。读了以后我觉得很有意思。的确,从她的写作内容看,女儿的确长大了。

萨姆和肯特的时光之旅

第一回　起梦

十二岁的萨姆和肯特是一对双胞胎,在破落贫败、人烟稀少的罗卡尔镇过着平凡而又有些无味的生活。兴许是各种各样的历险记看多了,两人都十分渴望有惊险刺激的经历。在一个沉闷的夏日午后,两人坐在草堆上合看一本《探索》。"根据爱因斯坦的广义相对论,一个沿着时间轴运动的人有可能在某个时候遇到他本人或他的祖母!"萨姆兴奋地读着。"什么?有这种事,真的很新奇!"比他读得慢些的肯特快活得直嚷嚷。萨姆放下书,手枕在脑后,眨巴眨巴闪着他的大眼睛,一脸痴迷地说:"我想回到从前,揭开历史留下的一个又一疑团。我要弄懂金字塔是如何造成的,我还要搞明白是谁杀死了图坦卡蒙,是艾还是霍朗赫布……"肯特急不可耐,打断了他的话:"到未来才好玩,有你怎么也想不到的新鲜东西。未来的楼长啥样子,光这点就够你想一下午啦!"萨姆认可地点了点头。接下来的三个小时里,两人躺在地上,各自幻想着穿越时空的事,忍不住向对方嘀咕上几句。

第二回　穿越

　　第二天,两人约好去三公里外一片荒芜的土地上玩寻宝游戏。下午1点多——一天里最令人发困的时刻,在炙热的阳光下,两人昏昏欲睡,相互搀扶着,一跌一撞地向目的地走去,突然,两人眼前闪过一道绿光,两人模模糊糊地看到一个金黄色的圆圈在慢慢缩小,小到看不见的时候,眼前的一切都变得分外清晰。"哇!"肯特惊呆了,出神地望着周边。华丽气派的摩天大楼一幢连着一幢,各具风格与特色,包围了这两个又惊又喜的孩子。各式各样的汽车、飞机匆匆穿梭其间,在孩子们的目光盯住它们的一刹那消失。瞧,路边的花少说也有数十种,缤纷妖娆,争奇斗艳,朵朵如美女,若天仙,让他们大开眼界,目不暇接。面对这令人眼花缭乱的一切,两人感到做梦般的恍惚,都有些无所适从,心中激动的火焰很快燃烧了起来。突然,萨姆惊叫起来,肯特随着他的目光向上望去。头顶上一块美轮美奂的时间显示器上用行楷端端正正地写着:2050年3月12日9时58分。肯特的眼睛瞪得跟弹珠似的,萨姆的嘴张得可以塞进一个大鸡蛋,然后两人的嘴角一点点地往上翘,同时笑着吐出一句:"太奇妙了!"

两人接着如痴如醉地欣赏这一切,萨姆一心想弄清楚附近大楼的高度,可怎么也望不到楼顶,调皮的肯特便爬到树上去看。此时,一位面带微笑的女士迈着轻盈的步伐走了过来,用扁扁的声音一字一个停顿彬彬有礼地说道:"你好,我是管理机器人057。""什么?竟是机器人!"两孩子大吃一惊。"为了树木能更好地生长和本市的形象,请你不要爬树,谢谢配合!"肯特羞得满脸通红,萨姆好奇地打量着机器人,内心不停地赞美它的发明者。忽然,那幢大楼腾空而起,向东边平稳地漂移过去,两孩子用羡慕、惊诧的目光望着这情景。听了萨姆的询问,机器人和蔼地解释:"那是青橙集团的楼,他们单位组织旅游,为了方便食宿及处理集团突发事件,就把楼也带去了!"萨姆对机器人的设计者真是佩服得五体投地。

　　告别了机器人,两人兴奋而冒昧地走进一所小学。正值上课时间,两人便趴在窗台上往一个六年级教室观望。告示白板上清清楚楚地写着当天的上课内容:数学——微积分复习、语文——苏轼《前赤壁赋》初步理解、英语——被动语态难点把握……"天哪!"萨姆惊叫起来,"这课程放到高中里还差不多!""嘘!"肯特全神贯注地观看师生上课。他眼前展现出的高科技教室和全新教学模式真是太让人惊叹了!

　　师生面前都摆放着一台电脑。所有的知识点都一一清晰显示在屏幕上。学生们开始上课的第一件事就是把它们拷到U盘里,以便回家复习。课堂作业是用电脑回答的,完成后三秒钟内电脑系统即可批出成绩。要是不会订正,可以通过问答系统询问老师或成绩好的同学。听写和背诵也变成了无须别人帮助就可完成的任务。只要把要听写的词输入听写系统,语音会启动播报,把要背的内容输入背诵系统,如果背错了,便会有"咚咚"声提醒。完成作业后,还可上网看书呢!肯特不知不觉中用手托着下巴,看得入了迷,根本没有察觉到时间的流逝。他非常喜欢这种学习方式,安静有序、快捷高效。

随着一曲动听的古典音乐如涓涓细流般从音响里淌出,放学时间到了,学生们步履匆匆地走了出来。萨姆和肯特准备离去时,看见了一群孩子在操场旁的一个桌子上按了好几个红红绿绿的按钮。奇迹发生了,操场被分成了四块,又被无形的力量叠加在一起。一个四壁如镜,碧波荡漾的游泳池出现了!肯特用胳膊顶了顶萨姆:"坐在架子上的是救生员吧?""没准是机器人呢!"萨姆眼睛直勾勾地盯着说。

第三回 升华

离开了学校,两人在大街上转悠,一个豪华的蒙古包式建筑引起了他们的注意。上悬一匾:"时光旅游基地"。肯特拉着萨姆往里冲,他实在太亢奋了。一个服务员问道:"你们好,请问想到什么年代去旅行?""啊?"肯特的心怦怦直跳,声音颤抖地试着说道:"16世纪初!""请支付……"服务员注意到了两人粗糙、黯淡的衣衫,更加亲切地说:"对于贫穷的孩子,我们可以免费提供一次时光之旅!请登记。""太人性化了!"萨姆不禁喊道。"请坐到这把椅子上来!"绿色又笼罩了两人的视线,一个黄色的小圆点慢慢扩大……

这是一个比罗卡尔镇不知要落后多少的地方,东倒西歪的房子散落着,都只不过是用树木简单拼接成四面墙、铺些茅草当顶的破棚子罢了。田里种的农作物稀稀拉拉、枯蔫焦黄,不自然地向一边倒去。时而过来几个人,穿着清一色的灰布衫,慌慌张张向同一个方向走去。萨姆和肯特尾随他们,要去探个究竟。他们来到了一个写有"法院"字样的大棚子旁,这里已是人山人海,闹哄哄地议论着什么。从七嘴八舌的讨论中,萨姆和肯特大致了解事情的经过:前几天,全国最大的远洋轮正在大海上航行,离它一百多米远的地方,有一艘比它小得多的巡洋舰也在向前疾驶。忽然,巡洋舰好像被大船吸引似的,一点也不服从舵手的操纵,竟一头向大船撞去,酿成一起重大海难,谁也说不清究竟是什么原因。

刹那间喧闹消失了,法庭正式开审了,萨姆和肯特随着人群进去旁听。几位法官思索了老半天,并没发现丝毫可以解释疑团的蛛丝马迹,审判长糊里糊涂地判处巡洋舰舰长指挥不当,应承担相应的法律责任。肯特听着听着,心中一震,想到了《探索》上的伯努利原理,"嗖"地站了起来,高声说道:"尊敬的法官,其实,这起海难并不是巡洋舰舰长惹的祸。因为当两艘船平行向前航行时,两船中间的水要比外侧的水流得快,中间的水对两船内侧的压强也就比外侧水对两船外侧的压强来得小。于是,在外侧水的压力作用下,两船渐渐靠近,然后相撞。由于巡洋舰体积小,在同样大小的压力作用下,向中间靠拢的速度要比大船快得多。所以,看上去像是巡洋舰撞向了大船。"面对将信将疑的法官,萨姆赶紧从口袋里掏出两张薄纸,两手各拿一张,使它们稍隔一段距离,然后向这两张纸之间吹气。人们惊奇地发现,两张纸不但没有分开,反而互相靠近了，人们又纷纷向萨姆和肯特投去诧异而崇敬的目光！然后又纷纷留意到他们奇特的装扮。不知谁说了句："天神下凡！天神下凡！"桃红色快速爬上了萨姆和肯特的脸颊，两人都沉浸在助人的喜悦中。人们又恭敬地站成了两排，双手合掌，语无伦次地颂赞呼喊："神，神！"巡洋舰舰长对萨姆和肯特真是千恩万谢，都快要磕头了。一向正襟危坐的审判长虽不信神，但也谦和地对着肯特说："非常感谢！由于您说的理论及时传播到本地，本人也刚领会，由此看来，巡洋舰舰长不存在失职的情况，有关人员均为无罪。我们将把此事上报，建议宣传伯……""伯努利原理！"萨姆和肯特异口同声地喊道。

"伯努利原理，航海人的解灾药！""圣明的神，船长的救命人！"法院外巡洋舰船员的呼声此起彼伏，经久不息，余音袅袅。而萨姆和肯特刚走出法庭，就被团团簇拥着，他们心中涌起了无比的自豪！

小学时，女儿语文、英语和科学成绩的确很棒，但数学成绩相对较弱。该科成绩较弱是我参加她四年级一次家长会时才得知的。家长会开始之前，数学老师余飞把我叫到一旁，说她数学附加题第二题做起来有点吃力，也容易错。对此，余老师建议女儿报校外奥数班，以提高解难题的能力。余老师出了好主意，本应该这样做，可我忽视了余老师的建议。现在想来，当时应该向余老师请教，报哪儿的奥数班比较合适，可以让女儿适当接触，训练一下解题思路和技巧，这会对女儿今后的学习有一定帮助，可我当时却无动于衷。

小学高段时，女儿全科稳定在学校前几名。她能获得杭州外国语学校初中招生测试资格是意料中的事，当时，我们还非常看好她会有满意的结果。根据规定，2009年杭外初中是最后一届全省招生，其中杭州市老城区招收一百二十名。杭州市老城区具有该资格的十一所实验学校每班推荐三个初选名额，其余学校每班推荐一个名额，在推荐的基础上，杭外自行组织升学测试。2009年5月2日，我与爱人带着女儿去了位于西湖区留和路299号的杭外参加选拔测试。

　　杭外校园漂亮大气，面积有四百多亩，对一所中学来说已经是非常奢华了。进入学校大门后是大小恰好的水面，流水潺潺，小桥卧波；学校左侧是圆形的体艺中心，淳朴敦厚，浑然大气；月亮形的图书信息中心处于学校的中轴线后侧位置，是学校的点睛之作；还有各类建筑分布在坡地上，错落有致。我们第一次被这么美丽的中学校园所惊呆。学生们统一测试时，家长被集中在会议室听学校老师的讲座。我想，女儿若在环境如此美丽和升学成绩如此亮眼的杭外就读该有多好。

　　可是，就在那里，女儿却经受了人生的第一次挫折，她名落孙山。那一年，杭州保俶塔实验学校的学生录取结果很不理想，只有两个同学有幸胜出。当我们知道结果后及时做她思想工作："宝宝，山外有山，只要努力过了就不会留下遗憾，就是英雄。"事后才知道，女儿数学不够强，造成测试不具备优势。还听说有的同学提前半年有针对性地参加机构培训，可我们没这样做。

　　根据杭州市有关规定，对持有杭外测试证的同学，除最热门的一所民办中学需要重新测试或摇号外，其余民办初中可以直接就读。当年杭州有不少民办初中中考成绩及升学率占绝对优势,有几所学校被排名前三或前八所的高中录取的学生人数,差不多一个班能抵上公办中学整个年级,这对女儿吸引力很大。可杭州市保俶塔实验学校是九年一贯制学校,按政策若考不上杭外,只能直升本校初中部,除非有能力在小学五年级之前就把学籍转到别的学校去。

不过,人生遇到挫折未必是坏事,某种情况下说不定还是好事,"塞翁失马,焉知非福"。人生哪有这么多如意的事,不如意事一定常有,关键是越挫越勇还是消极躺平,也就是一个人的"逆商"如何。从后面女儿的成长经历看,拥有健康的身心和面对挫折、摆脱困境和超越困难的能力培养是最重要的。

2009年7月,女儿小学毕业了。8月16日,作为送给女儿小学毕业的礼物,我与爱人一起带她去爬位于浙西江山市的江郎山。爬山最能体会到脚踏实地的重要性和努力了就有回报的道理。江郎山虽集岩奇、洞幽、云神、瀑美于一山,可那时候并没有现在名气大,是后一年的8月作为"中国丹霞"的系列提名地之一列入世界自然遗产名录,成为浙江省首个世界自然遗产之后才闻名于世的。回到杭州,女儿写了《半天江郎》一文,我没想到文章写得如此之短。她是这样写的:

江郎山地处浙江省江山市境内,掩映于群山之中,四周草木葱茏,云奇路陡,令人赏心悦目。其有三块奇石直入云霄,俨然为三大擎天巨柱。其一威武雄伟,如有撼人心之阳刚之气与之相绕,乃力拔山兮气盖世之英雄也。其一端庄秀丽,肃雅之风使人不敢直视,乃博古通今之学者也。其一气度不凡,堂皇之格震慑方圆几十里,乃拥九州掌重权之朝中天子也。中有"一线天",两石紧依,仅有四米之隙,长三百余米,小道曲折,巨石遮天,似隔绝人世,一缕白云盘踞头顶,一股森然之气在峰间回荡。忽有乳白色雾气飘来,漫没小道,如入仙境。

同学们还未正式入学初中,初一新班班主任刘寒冬老师要求每位同学给她写信,这是老师了解学生情况的好方法。刘老师大大的眼睛、身材匀称、长相甜美,刚从杭州师范大学毕业,亲和力和工作责任心都很强,她担任女儿两年班主任兼科学老师,善于与同学们打成一片,班上不少同学亲切地称她为"冬姐"。女儿的信是这样写的:

敬爱的刘老师:
　　您好!
　　我是姗姗,很荣幸能成为您的学生。请允许我简单介绍一下自己。
　　用心、静心、细心、耐心是我一贯保持的学习风格。记得教育家朱熹先生说过,"读书有三到,谓心到、眼到、口到……三到之中,心到最急"。我深知知识是了解万事万物的指路明灯,注重排除干扰,潜心学习,全神贯注地走好每一步有多么重要。"非宁静无以致远"引导我除去浮躁,心平气和地面对成长道路上的阴晴雨雪。细心更是我"四心"当中最突出的一点,连作业本上的一个小笔画不小心写弯了,我也一定要改一改,复习时,我总是十分在乎每一个细节。而耐心,令我学会坚持,不怕暂时的失败,只要继续努力,相信终会带来不少的收获。

我热爱阅读,时常沉浸并陶醉于书本之中,点点滴滴的知识,给我成长的洗礼,我全身心地沐浴着它们,感到无比快乐和充实。

小学阶段我担任了三年(四至六年级)班级语文课代表、两年(五至六年级)班级学习委员,六年级时值周六次,有五次被评为优秀值周生。我非常感谢老师和同学们给予我的帮助。在此期间我认真负责,懂得合作互助,积极完成任务,提升了我的能力,也积累了一定的经验。

当然,我也被自身一些缺点困惑着:我的体育成绩十分糟糕,稍微运动就挥汗如雨,喘气如牛。做作业速度不够快,有时还得加班加点。还有,写字姿势不正确,导致鼻梁上架了一副小眼镜。

进入初中,大家来到了一个崭新的起点,我将发扬优点、弥补不足,积极争取全力谱写人生美好未来的新篇章!

敬祝
工作顺利!

您的学生　姗姗
2009 年 8 月 13 日

初中那些事

女儿那一届初中共有九个班级,她被分到了九班。三年中,女儿担任过副班长和科学、英语课代表,是学校第一批发展的团员之一,当时班级第一批团员共六人,男女各半。女儿常提起刘寒冬、徐欢、叶大烈老师,还有英语老师王老师、体育老师雷老师等,感谢他们的悉心教导。

可是女儿的学习成绩与小学阶段相比逊色了不少。到了初二下学期,她的总成绩快速下滑。究其原因,数学越来越成为她的短板,不过令我奇怪的是,她的科学成绩却一直非常好。期中或期末考,语文、科学、英语三科出分的话,女儿学习成绩一定是班里最棒的几个同学之一,在全校也会名列前茅,但一旦数学成绩出分,她的综合排名立马刹不住车往下掉。还有,越是成绩好的科目,她花的学习精力越少。

为了得到数学老师的指点,哪怕是给指条路或者推荐补习渠道也好,有一次我专门到学校拜访姜老师。姜老师是学校党支部副书记,他对我很客气,坦诚地交换了他的看法。他现身说法,说他也是偏科生,当年英语成绩一直上不去,数学成绩一直很好。他表示,女儿这样的情况要改变可能性不大。我走出姜老师的办公室时,脑子空空的。初三数学换了黄老师,有一次我参加家长会,黄老师表示,九班男生数学成绩总体还不错,但是女生除了一个同学外,其余数学成绩都不行。那个女生是学校的头号学霸,语数英科十次考试中有九次会获全年级第一,而且与第二名的同学总分会拉开十余分之多。回家的路上,我心情有些沉重。

话说回来,姜老师毕竟是校领导,做学生思想工作并为同学鼓劲加油还是很有一手的。

女儿2019年分享了一个故事,说姜老师在上课的时候,曾经讲起他由于高考总分缺了一分,与他心仪的西安市的一所名校失之交臂,落到了排名后面的学校。姜老师还说,现在的高考政策好,搞平行志愿填报,你们真有福气,赶上好时代了。说着说着,也不知怎么回事,姜老师突然提高了嗓门,说:"同学们,你们中间,有的同学今后会出国留学,有的可能还会上斯坦福大学。斯坦福大学你们知道吗?""知道。"大家齐刷刷地答道。可谁能上那么有名的大学呢?女儿认为姜老师不过是给大家鼓劲罢了。想不到八年后,幸运之神会降临到女儿身上。

若干年后,我请教了有关专业人士,他们认为,在相对不长的时间里,要适当提升学生的数学成绩还是有办法的,要比提升语文成绩容易得多。当然,感谢学校也想了办法,在学生中开展互帮互学活动,安排给女儿的数学"小老师"是班上的头号学霸,也是学校的头号学霸,女儿满心欢喜,可人家口头答应,实际上并不肯教。女儿几次碰壁,像泄了气的皮球。有人说,或许女儿数学成绩上去了,综合成绩是"小老师"的竞争对手。我想不会吧,人家才不会那么小气呢,以后的竞争哪里是学校内的竞争啊。我语重心长地对女儿说:"宝宝,咱自力更生,好好努力吧。"女儿毫不犹豫地点了点头,她看起来依旧是那么的坚强,可我心里有说不出的味道。

女儿初中到了最后一个学期,学校九个班级被分成五组,一班和二班为一组,以此类推。分组的好处是每组按成绩可分成两批,可以加强教学的针对性,达到分层教学的目的。九班落了单,没法与其他班拼班。九班同学学习态度和成绩分化明显,甚至有几个同学不想读书,经常捣蛋,班上的教学效果大打折扣。

初中阶段最令我为女儿骄傲的不是她的文化课成绩,而是她的体育训练经历和成绩。女儿原来的体育成绩在班里倒数,可通过一年的持续训练,体育中考时她得了满分。班上体育成绩满分的同学不到三分之一,她的进步令老师和同学们刮目相看。尽管这成绩最后对女儿升高中没起作用,但是体育成绩的提升不但能增强身体素质,更能磨炼一个人的意志,特别是像女儿这样的情况,更是如此。

女儿后来在回忆体育中考时,写下了这些文字:

体育中考,我做出不让自己后悔的抉择。

我从小体质较弱,小学、初中时我体育成绩不好,有时成为班里倒数。为改变现状,我加倍认真练习,但收效甚微,我时常为此伤透脑筋。进入初三时,有人建议我找家长去医院开一张证明,说身体不适宜体育运动。按照当时的政策,这样能取得中考体育二十一分(满分三十分)成绩。我最敬重的一位老师也说:"你再怎么练都不太可能拿到二十一分,何必要浪费时间和精力呢?"

拿到好的体育成绩对我来说的确很难,虽然非常向往,我知道他们都是为我着想,可我认为,这样固然能帮我拿到一定的体育分数,但这不光明磊落的行径无形之中让我在道德的"答卷"上丢分,要我不体面地放弃体育中考这不可能。不求无瑕,但求无悔!

我记得王安石的《游褒禅山记》,里面论述了成功的三个要素:志(强烈的主观意愿和坚定不移的意志)、力(高超的技术和强大的能力)、物(有利的外部条件,可以理解成古人说的"天时地利人和",或者具体地说就是设备、工具、环境和氛围)。我还想加上一个"策",良好的策略能事半功倍。我对自己总结的"升级版"颇具信心,我已经有了"志",只要在其他三个因素上下足功夫,说不定目标就能实现了呢。

于是,我去了一家颇有口碑的体育培训机构报名,每周末放弃一定的读书复习时间,参加长达两小时的魔鬼式体能训练,旨在提高我的"力"——耐力、臂力、弹跳力、协调能力等等。在这家专业机构教练的帮助指导下,我的身体素质得到前所未有的提升。然后我又根据"策",分析了自己的优势和弱点。我耐力和协调能力还可以,但弹跳力、爆发力、臂力和腰部力量较弱。因此,我避开跳远、实心球等项目,挑选了长跑和两项对身体爆发力要求较低,但技巧性很强的项目——跳绳和排球发球。然后,我考虑到了"物",我向培训机构借了最好的器材,比如真皮的五星排球进行训练。通过艰苦努力,我的力量和技巧突飞猛进。

屋漏偏逢连夜雨,船迟又遇打头风。中考体育考试当天,春寒料峭,我却意外地感冒发烧了,我需要加穿厚实的羽绒服才能抵挡寒冷。去考场的路上,爸爸妈妈希望我再次郑重考虑,是否选择下次考试,可我还是坚定地摇了摇头。因为我知道,班上的"飞毛腿"们不会留到下次考试的。由于八百米跑步时的同伴可以自由组合,我根据"策"和"人和",想主动找几个"飞毛腿"一起跑出加速度。

在杭州高级中学红色的跑道上,考生们已经脱去了外套,一个个穿着短袖短裤上阵,虽然室外很冷,我已无暇顾及自己发烧的身体。只听"砰"的一声,我们组八位女同学如骏马出柙,一齐飞快地往前冲去。

操场第一圈,我拼命紧跟跑在第三位的同学,不给后面的同学超越的机会。但是跑第二圈时,我明显感到肌肉酸胀、体力不支,不少同学超过了我。"姗姗,加油!姗姗,加油!"在体育场临中河一侧,我听到了雷老师(体育)、叶大烈老师(科学)等老师在场外的助威声,我咬紧牙关、拼尽全力,终于快速跑过了终点。跑步成绩出来了,我超水平发挥,得了单项满分十分。当结果出来时,不但我爸妈及班主任徐欢老师不敢相信,就连我体育培训机构的教练也觉得非常惊讶。走出场外才知道,我第一圈跑下来时,培训教练就对我爸妈说我水平发挥还行,八分半成绩肯定是有的,当时爸妈还满足了呢。

可惜排球发球时由于心情紧张和随机因素叠加而未能考到令我满意的分数,我并没有气馁。我知道,在最后重要的关头,"志"是最不可或缺的。我努力排解负面情绪,在繁重的课业负担下依旧保持大运动量的体育训练。

补考排球发球时(中考体育有两次考试机会),我前九个球全部画出优雅的弧线,顺利落在网的另一端线内。按照评分标准,我已经得满分了。当考官询问我是否发最后一球时,我自信地点了点头。借助最后一个漂亮的发球,近一年来我体力和精神上的双重付出得到了满意的回报。

我体育中考成绩得三十分满分,而全班近五十位同学中得满分的还不到十五位,谁都不会想到我会名列其中。事实证明我的选择是正确的,一切的辛劳都是值得的。如果我当初不勇敢地去质疑、去尝试,就不会有奇迹出现。

在初中,女儿还碰到青春叛逆期。当时我并没意识到这是青春叛逆,是我没有提前做好准备。

一般来说,家长在家庭教育等方面自然而然形成了分工,我家也不例外。一直以来,女儿学习上我管得多,生活上妈妈管得多。再者,作为父亲,我对她要求相对严格,而妈妈则比较宽松。有时候,夫妻之间闹别扭,主要是在教育女儿的意见上出现了分歧。

还是在初一时,有一天临近晚饭时分,女儿反抗我,我讲道理她压根儿听不进去,以前她可从来没有这样。我也大为光火,愠怒不已,对她说:"你给我出去!"她也毫不含糊,真的走出家门了。我马上追出去,循着声音,发现她在楼道里飞快地往下走,年轻人灵光,我老胳膊老腿,再加油,也赶不上她的脚步,我们的距离越拉越远,不一会儿,她消失得无影无踪。过了一会儿,我竖起耳朵,发现跑梯楼的声音一下子没了,我估计,她可能换成乘电梯。我盯着楼道中电梯指示灯,不一会儿电梯上行停在十八楼,我随即也乘电梯上去,发现她果真在十八楼的楼道中,不过当她发现我,我还来不及说上话,女儿再一次跑楼梯了,我再一次跟不上。我也担心女儿的安全,心想,只要她赶快回来,什么都好说。

可是,上上下下,我找不到她。

小区内地下室和地下停车库都找遍了,还是不见踪影。

这时候,她妈妈想到了女儿的表哥,毕竟他们是同辈,年轻人的共同想法一定比我们多,容易沟通,尽管两人相差十五岁,或许女儿表哥能帮我们出出主意。

小伙子建议我们吃好晚饭后去附近的博库书城看看,利用这个吃饭的空当让她也好静一静。当时,女儿还没有手机,我们只能像无头苍蝇到处乱撞。

我哪有心思好好吃晚饭,与爱人扒了几口饭后就迅速往博库书城赶去,一路上别说有多提心吊胆了。到了书城三楼,发现远处有一个熟悉的背影,当时我的心情转悲为喜,我们走近并转过头去,发现的确是女儿,她安安静静地坐在那里看书。

这下我们喜出望外,然后把她接回家里。

我给女儿端上一口热饭、一碗热汤,内心希望女儿能明白,世界上最稳定和最不求回报的是父母亲的爱,爸爸的严格和妈妈的宽待都是对女儿的爱,目的是让她有一个正确的"三观",并把能力培养好,将来从小的方面说可以经营好小家庭,往大的方面讲可以回报社会。女儿能理解当然好,即便女儿一时不理解,那也是我应该做的。

过了两个星期,等事情完全平息后,我入心入肺与女儿谈心,这回女儿对我的要求表示充分理解,当然,我也有值得改进的地方,比如态度上可以再温和一些。

过了好几个月,我才悟出女儿已到青春叛逆期了。是我们没有提前做好应对准备。

女儿这一代也不容易。与我们这代人相比,一方面社会竞争加剧给他们带来不小压力,另一方面家里独生子女化也带来不少问题,比如孩子间相互交流也比我们那时候困难很多。

不过,也就发生这一次摩擦,还好之后女儿顺利地度过了青春叛逆期。

走在"十字路口"

2012年春节过后，女儿进入了初中阶段的最后一学期。我希望她读高中有两手打算：首选是理想的国际高中；如果考不上，只能读普通高中。我与爱人商量，她也表示赞同。然后我与985高校的多位年轻老师交换意见，想不到他们的意见与我很一致，建议女儿上国际高中，然后去国外大学读书。有了这些基础，我就找女儿聊，因为最最关键的是女儿，而不是我们。想不到，女儿想法与我们完全一致。

其实，女儿主意没拿定前，我已经开始在听各种各样有关国际高中的讲座了。当时从各个学校的讲座中，我基本了解A-Level（General Certificate of Education Advanced Level，英国高中课程）、AP（Advanced Placement，美国大学先修课程）、IBDP（International Baccalaureate Diploma Programme，国际文凭大学预科课程）等的不同，还有有关学校的办学规模、时间长短、师资情况等。这中间，上海师范大学剑桥国际中心梁洵安校长和毛克非博士对我影响最深。特别是该剑桥国际中心将每一位毕业生录取大学情况公布在学校的官网上，我觉得很好，也说明学校有这个底气。再说，该校除了测试英语、数学外，还测试科学，这对女儿来说是个利好，毕竟她科学成绩是很有竞争力的，想必比测试英语和数学两科的国际学校多一丝希望。

2012年4月29日上午,位于上海市松江区涞亭南路559号的上海师范大学剑桥国际中心紧张有序,车辆鱼贯而入,该校年度第一场秋季招生考试在此进行。红色的学校体育馆、实验楼、办公楼、教学楼、宿舍楼等建筑浑然大气,迎风飘扬的彩旗把学校装扮得格外喜气洋洋。学校距上海虹桥机场很近,上方是飞机航线,我近距离看着一架架飞机飞行,感觉有一天它们会把参加考试中的很多孩子送向世界各地求学或工作,或者从世界各地接他们回到美丽的家园。

上午10点多来到学校,12点30分开始测试。

入学考试从12点30分开始一直要到17点30分才结束,每门课考一个半小时,两门课之间有十五分钟的休息时间。考务费是二百元人民币,需要现场交纳。

趁着考生们在考试的机会,家长们被引导到学校礼堂参加校方组织的讲座。梁洵安校长及老师们详细介绍了学校的教育理念、学习课程、招生办法、学生管理及前几届学生的大学升学情况。不少家长与我一样,更关心考生被学校录取的比例有多少,一直等到交流环节这个问题也没有得到回答。听消息灵通的家长讲,上一年录取比例不到百分之十。虽然录取比例不高也不低,可这些考生中,学霸一定不少,英语水平好的高手更多。哎,女儿的学习成绩不算很突出,我们估计能考上的概率不会太高,但参与无悔。

讲座结束后,我与不少家长一起来到教学楼南面的大草坪上漫谈。家长们有的坐着,有的站着;有的表情紧张,有的若无其事。大家的谈论轻声细语,因为考试就在附近教学楼各教室举行。我们与一同来自杭州的一对家长聊得最多,他们也是女儿,说话顾盼神飞,听说小孩成绩非常不错。

"出来了,出来了!"突然,家长们开始喧闹起来。我抬头往上看,只见考生们陆续从考场来到各楼层的阳台上,密密麻麻,看来入学竞争还真是非常激烈的。我看了看手机,15点40多分,应该是第二场考试结束与第三场考试开始前的休息时间。从三楼阳台上的考生中,我们高兴地看到了女儿也在来回走动,可无论我们怎样挥动着双手、呼喊与她打招呼,她都无动于衷,肯定没看到我们。

焦躁不安的五个小时终于过去了,考试于17点30分准时结束。当晚我们趁着天亮急急忙忙往家里赶。一路上我们迫不及待地问女儿考试情况,她说难度不小,特别是她平时比较擅长的科学和英语,考题比想象中难很多。路过嘉兴服务区时,我买了三只五芳斋粽子,每人还另加了一份粉丝汤,那便是我们的晚饭。

接下来的日子是等待结果。大概过了十天,女儿在网上查到了录取信息,哇,她被上海师范大学剑桥国际中心录取了!当时我们全家都非常开心,可美中不足的是录了G1年级,意味着高中要读四年,我们的理想是读Pre年级,学制可以缩短一年。英国A-Level高中比国内多一年,共分G1、G2、AS和A2四个年级,而他们的大学本科却只有三年。学校Pre年级是G1、G2的浓缩版,面向成绩较为突出的初中毕业生,不过可选的课要少不少:第一年地理和历史课不能学了,经济和生物也只能两者选一。高中学制三年和四年各有好处各有缺点。读三年的好处是时间短,与自己的初中同学同时上大学,免得人家读大学了你还在读高中。四年制也有好处,选课余地大,能找到更多自己喜欢的课程学习,对申请名校和未来找到适合自己的专业有一定优势。可是女儿更希望上Pre年级。

于是爱人给学校打电话,招生老师说:"学校是分批考试分批录取的,接下来在你们杭州也有一场考试,考场设在建兰中学,你们不妨再考一次,学校会根据最好的一次成绩作出评估。"后来,女儿参加了杭州那场考试,有幸录了Pre年级。可是我总觉得有什么闪失,打电话咨询了学校梁洵安校长。梁校长认为,高中还是读四年比较好,他强调四年制不但与英国高中完全对应,可选的课程多,文理科容易兼顾,而且能发现自己的兴趣点,他还强调,无论去美国还是英国,高中四年后读大学,升学的结果会好不少。当时,梁洵安校长还对我们说:"两种选择无论你们选哪一种,都要早点定下来。"我觉得还是由女儿自己决定比较好,最终女儿选择了读Pre年级。Pre年级只有三个班共七十五名同学,其中初中毕业的学生两个班共五十人,另外一个班是高一学生。

女儿没有参加杭州市文化课中考。后来听说那一年的数学试卷较往年难度降低较多。幸亏前面不知道这情况,否则给女儿上高中带来更加艰难的选择。毕竟我们也是普通人家,读国际高中和出国留学意味着家庭开支要付出更多。

2012年8月19日,女儿赴上海读高中。好几次,我们寻找一起参加考试的杭州女生及她的家长,发现她没有来校读书。上学后,学校要求在经济和生物两门课中选一门,其他课程为英语、数学、物理、化学、升学指导、体育。女儿征求我的意见,我问她喜欢什么。"生物。"女儿很肯定地回答。我做了她的思想工作,说无论是谁,都应该学点经济,建议她选经济课。其实现在看来,我当初不应该干涉她,可能选了生物,生物方面就是她未来的就业方向,这个方向非常前沿。

学校师资力量很强。有的是博士,大部分是硕士。在Pre年级家长会期间,我分别接触了来自新西兰的化学老师Tinkerlor,来自巴基斯坦的物理老师Asif,他们给了我十分深刻的印象。Tinkerlor是个近七十岁的大爷,瘦瘦高高的个子和高大的鼻子,肤色棕红。Asif是位中年妇女,个子不高,一年四季裹着头巾。我的英语水平极烂,无法与他们交流,需要借助于女儿翻译。家长会上,我向他们了解女儿的学习情况,Tinkerlor和Asif老师均对女儿大大表扬了一番。这两位老师接待家长不在同一地方,肯定不是人云亦云。我当时也纳闷,当面表扬他人是不是外国人出于礼貌?可事后回忆,从他们的表情分析,两位老师是十分真挚的。让女儿佩服并挂在嘴边的老师还有很多,比如毕业于香港大学的物理老师张益军,毕业于江西财经学院(现江西财经大学)的经济老师陶莎,还有物理外教Sim等。Sim是女儿的"学生",女儿教了他一年的中文,每周一节课,每课一小时,只是没有收费罢了。后来我与女儿交流,她说数学老师刘娅芳、徐华苏也教得非常好,她也很喜欢。

学校开设的课程有很多,除女儿所读课程外,还有历史、地理、生物、艺术设计、计算机、全球展望等,同学们可结合自身情况自由选课,上课实行"走班制"。学习完全靠自觉,努力或不努力一切由学生自己定,老师也不会给你讲要努力学习的道理。学校的测验非常多,有的课甚至每周都有。考试按英国IGCSE(国际中学教育普通证书)和A-Level要求进行。考试严格不用说,考试一人一桌,试卷是从英国寄来的,学生考完后统一寄回英国批卷,成绩网上公布并附有纸质证书。平时测验也十分严格,除实验课外,同学们必须独立完成。有一次,一个同学瞄了一下旁边同学的答案,不但被班主任叫去谈话,而且还被校长叫去谈话。

"如果你爱他,就把他送到纽约去,因为那里是天堂;如果你恨他,就把他送到纽约去,因为那里是地狱。"这是电视剧《北京人在纽约》开篇的第一段话。这句话用到国际高中也一样。女儿具有非常自律的特点,喜欢参加"互动性学习",还喜欢参加各种社会活动,她在学校学习是快乐的。但也有的同学不一样,比如她上一届的一个学姐,原来是当地重点中学的学生,后经过考试转入国际高中。她妈在一篇文章中谈到家长只有"失望"二字。她妈说:"原来以为在家门口读国际高中,孩子既会有国内普通高中的勤奋刻苦,又会有国外高中那种独立自主勇于创新。结果恰恰相反,既没有了主动学习的习惯,也没有了独立自主的能力,整个寒假的学习时间加起来没超过五个小时。"在她的想象中,培养了学习兴趣的孩子,应该多捧着书本才对啊,但她女儿一天到晚捧的是手机。"假期里不是睡到自然醒,而是家长不催促,根本就不起床啊!每天睡到上午十点半,带她一起走亲戚,要连哄带骗才能起床。"一次我突然想起,了解了该同学升学的结果,与猜想一致,只能去国外很不理想的大学读书了。

从高中第二年开始,根据申请大学方向不同,很多同学被叫成"美国派"或"英国派"。而按学生惯例,"英国派"的前往国家除了英国还包括加拿大,"英国派"同学占绝大多数。上海师范大学剑桥国际中心及后来改制后的"领科上海校区"英国和加拿大大学的录取成绩斐然,也被喻为"牛(津)剑(桥)收割机",据学校官方资料，截至2021年，有一百二十一人最终入读剑桥、牛津大学；而录取到美国大学的成绩并不显得十分突出。近两年我通过多条信息途径才知道，读A-Level对申请美国大学没有优势，申请美国大学具有优势的是AP和IBDP。

女儿A-Level总评成绩还算不错：经济A^*、物理A^*、化学A^*、数学A、英语（作为第一语言）B，并且没有一次参加课外培训和重考。懂行的人知道，特别是经济课，拿A^*不易，可她无论Pre、还是AS和A2，每次考试成绩都是雷打不动的A^*。对于她的学习成绩，我们已经非常满足，毕竟她的基础不是特别强，尤其是数学，还存在短板。申请英语作为第一语言的国家留学的学生A-Level得B的要求也不低。女儿申请大学那年以前，如果英语得B，英国所有的大学可免考雅思；她申请大学那一年开始，除了牛津、剑桥大学外，其他英国的大学也可免考雅思。

2015年6月6日，我和爱人去上海参加女儿高中毕业典礼。绝大多数家长也来了。来自杭州的LT同学，除了她爸爸妈妈，才学会走路不久的小弟弟和家里的阿姨都一起出场，亲友团阵容强大。校园里一面面彩旗迎风飘扬，翠绿的巨大草坪上铺着"T"形红色地毯，显得格外艳丽和喜气，印着巨幅毕业合照和学生录取学校名称的2015届毕业生荣誉墙矗立在学校草坪正中央，看起来是那么壮丽和使人热血沸腾。毕业典礼在校外的九亭会堂举行，会堂中央悬挂着写有"培养具有科学精神、人文素养、强健体魄的精英人才"字样的巨大横幅，格外醒目。整个会场庄重而喜气洋洋，主席台是红色的，整个礼堂的主色调也是红色的，甚至一把把椅子软包也是红色的。同学们穿着黑色的红领花边礼服依次上台，一个个青春靓丽、笑逐颜开。校长亲自将一张张毕业证书交到每位同学的手中,并为他们拨穗。我与台下的家长一齐为孩子们不停地鼓掌,眼中不时泛起晶莹的泪花。毕业典礼结束后,我们三人再次来到学校,又一次注视校门、教室、宿舍、操场等,甚至那里的一草一木,想到女儿毕业以后过来的机会毕竟少了,我们依依不舍,估计是那天最后一拨离开学校的家庭。

准备起程回家前,我们惊喜地碰到了学校负责人梁兴安先生,梁兴安先生是梁洵安先生的胞弟。他对家长非常热情,对学生平易近人。他听了女儿的升学情况后非常高兴,并给予充分肯定。我们表示,成绩的取得,有女儿自身努力的因素,更主要的是学校领导和老师们辛勤培养的结果,我们感恩学校及每一位老师!与梁兴安先生分别前,我提议一起合影留念,他欣然答应。他还勉励女儿出国后好好学习,今后有机会欢迎多来学校走走看看。

我与梁兴安先生虽只有一面之缘,但感觉像老朋友一般。可惜梁先生于2021年5月3日在赴四川凉山州考察支教项目时不慎坠崖身亡。他的离世,太突然,太意外,太可惜,太让大家伤心了!

大学的申请与录取

申请英国和加拿大学校,学好高中学校课堂上的课,有个理想的A-Level成绩和雅思成绩基本上就成功大半了。不过牛津、剑桥还需要面试。当年第一语言英语考到B及以上,除牛津、剑桥外还可以免考雅思。但申请美国大学特别是排名较好的大学要复杂得多。后者要有六件过硬的东西:一是学校优良的GPA(学科成绩平均绩点,A-Level科目考试由英国统一出卷和批卷);二是理想的托福成绩;三是较好的SAT(含SAT1和SAT2)或ACT(美国大学入学考试)成绩;四是持续、有意义的社会实践活动;五是两位老师的推荐信;六是高质量的申请文书(具体内容每所大学有不同的要求)。当然,有的同学还有非常棒的竞赛成绩,则更好。如果学AP,还应有七八门的AP成绩。

女儿决定美国、英国学校联合申请。这样安排不但个人比较辛苦,而且往往造成两者兼顾较难的局面,有可能会影响申请结果,因此很少有同学这么做。有一次,老师通知女儿参加学校暑期与校外机构合办的"牛剑班"——对被牛津、剑桥大学或英国其他名校录取有较大帮助,她满足参加条件,可因与暑期准备SAT1时间相冲突,只能遗憾放弃。

女儿SAT2考试选择了数理化三门。高二上学期结束的寒假去香港考的。由于学校对学生的课外考试一律不管,也不组织任何形式的培训或讲座,为了快速摸清考试套路,考前女儿在杭城一家机构参加了短暂培训。每门功课只有区区几堂课,由于排不出时间,女儿拣重点培训。当年的物理考试题目很难,女儿事后回忆说:"当我看到所在考场的前座和右排杭州高中牛校的两位学生只考了一会儿就放弃了,我心里特别紧张。我咬紧牙关、沉着应战,所幸在考试结束铃声响起之前做完了试卷,可我感到没有发挥出应有的水平。""我在参加完考试回机场的大巴上,心情异常沉重,想着想着,眼泪竟然忍不住吧嗒吧嗒往下掉,我彻底理解什么是黯然神伤。"我知道,女儿从小就非常坚强,那次一定是非常伤心了。我安慰她:"没事的,考过就好了,大不了再考一次。"

等成绩出来,想不到物理成绩竟然是满分(有容错题),数学和化学成绩虽然没有满分,但也较为理想。

培训机构老师说,学科考到满分要告诉他们,以便统一张榜祝贺。女儿不知内情将物理满分的情况说了,但他们查到女儿这课没有参加培训,就没有张榜。

倒是SAT1考试较难。杭州有一家机构要她报集中三个月的"全合一"培训班,还说,依她这样的情况一定会出很好的成绩。可是女儿学校学业很重,上课管得又紧,无论是哪位同学,利用上课时间参加校外的"标化"培训,一概不被允许。即便是去香港参加考试,也要向学校请假。再说,女儿认为,"标化"成绩固然重要,但更应该重视平时学科成绩。SAT1考试,境内没有考点,她2014年6月7日去香港参加首考,我曾经写过一篇《英雄》作为记录,是这样的:"女儿首次考SAT1是由同学家长照应的。由于境内不设考场,她小小年纪,与其他考生一样,长途跋涉,四处奔波。我打开心灵深处的记忆,重新回味那三天之中我的经历和感受,除了再次感谢女儿和同学家长的辛勤付出之外,还想说,作为家长,对小孩的读书和未来成长的路不要过于纠结,只要他们努力了,就是英雄。"

1

2014年6月6日　周五

今天我起了个大早。从床上爬起来后再次看了看手机,没错,的确只有5点10分,本来闹钟是设在5点40分的,这回闹钟算是白开了。说实在的,个把小时前我就醒了,与其再躺在床上,还不如早点起来,先检查一下女儿该带的物品是否有遗漏,再打开电脑将今天上班的工作完成一些。家里的地板走起来有一丝儿声响,可千万不能影响到女儿,要让她多睡一会,不能打破她甜美的梦,因此,我干脆光着脚、提着鞋,蹑手蹑脚地走出卧室。

与女儿同去考试的有同学LC,还有她的妈妈,机场碰头时间为6点30分,前一天已经定了。女儿坐8点30分的飞机,家里到机场三十来分钟车程。早餐,昨晚也已准备好,面包、牛奶、鸡蛋、蓝莓,起来后带着走,在车上吃就行。女儿吃饱就好,那么早,我与孩子她妈吃与不吃都不要紧,双方各自回单位,没准食堂还开着呢。但是,还是早点起来好,那港澳通行证、准考证、港币等物品再检查一遍总是没错的。

不知什么时候,爱人也起床了。我看到她睡眼惺忪的模样,猜到她昨晚睡得也不会太好。"到5点40分,把女儿叫醒吧。"当我与她没嘀咕完的时候,女儿已走出卧室,看着她沉凝的脸色,我估摸她也一夜没有休息好。

匆匆忙忙"打完仗"后,我们就往楼下走去,6点05分车子已驶出了小区。此时杭州这个"堵城"还未"醒来",马路上没有平时的喧嚣。左拐,右拐,上高架,入高速收费口,走杭甬高速,过钱江二桥。哦,对了,前面往右是往金华方向的绕城高速,那时候我的手机和车上都没有导航,小心点,车子必须直行,千万不能走错道。前面还有大约三公里,看着前往机场的路标,与前一晚百度网上查的一模一样,这下可放心了。往右,上桥,缴费,直行。前面的航站楼距我们越来越近,对,开上去吧,国际出发在二层,6点35分车子停在3号门门口。

女儿在路上只啃了个面包,牛奶、鸡蛋还在车里,我提醒她带上,可她说不需要。由于她与同学都未成年,香港法律规定必须由大人陪同才能住宿,同行的LC妈妈自然成了向导和"保镖"。在候机厅,我与女儿环顾四周,还没看到LC和她妈妈,不一会儿,女儿在换登机牌的时候,她们娘俩也到了。我送三人往安检台走去。"谢谢""再见""不客气",看着渐渐消失的身影,我的心难以平静,默默地祝福她们:出行顺利,考试顺利!

2

2014年6月7日　周六

今天是国内高考的日子,也是6月SAT1考试的日子。家的西南方——香港,女儿在参加美国"高考",家的东北方——

海宁,侄儿在参加国内高考。

老婆要去单位参加一个讲座,时间一天,说要签到,请的不知是哪里的"名人",看样子非去不可。上午8点,她出门的时候,我的作业已经布置下来了:"你把家里的卫生搞一下,地板吸吸干净,床头上、茶几上的灰尘擦擦干净。"是的,家里灰尘太多,搞卫生是必需的,再说女儿不在,老婆不在,一个人在家也没多少事可干。除那部电视剧《黎明前的抉择》还有最后几集可以"消灭"外,时间肯定有得多。嘿嘿,干掉那地板、那床头、那茶几上的灰尘舍我其谁?还有阳台,我的最爱,也必须搞干净,那樟树、枇杷、雀梅、君子兰、海棠、万年青甚至番茄和辣椒苗等都必须打理。一个上午的时间过起来很快,为了早点看上电视剧,还是老老实实地赶快加油干吧。

离老婆出门五六分钟,"丁零零……",好像是客厅里传来电话铃声。"哎,告诉你三件事,女儿现在已进考场;第二件,在电梯里碰上MYF奶奶,她说MYF 9月份要去美国读高中;还有……"好的,也不知第三件事是什么,反正女儿已进考场就好,她在几千里之外艰苦"战斗",做老爸的也不能偷懒吧。

做完阳台的"美容",我就把重点转回到室内。那八角书房里东西放得最乱,家里的储藏室小,还有不少杂物无处可堆。要么不做,要做的话必须做到位,可书房卫生做到位的话,不少东西不是扔就得藏,旮里旮旯必须重点清理。那样的话,时间肯定不够,连电视剧也看不成,这怎么行呢?那块"领地"择日再干吧。从家里的第二座"大山"开始吧。

主卧室卫生是家里的第二座"大山"。当我趿拉着拖鞋,甩开膀子的时候，只听得"咣当"一声，我莫名其妙。不好，为啥如此不小心，让吸尘器柄碰到挂在走入式衣柜前面那块"五福板"了呢？要命的是这块板竟然掉地上了。它是家里的小装饰之一，分量很轻，它从哪儿买来，是谁挂在衣柜拉手上的，我已不得而知。但我觉得挂在那儿还是比较协调的。搬进这房子后，我多次吸过灰尘，这块"五福板"可从来没掉下来过。是不是有什么预示？难道女儿考试会不顺利？不能多想了，快点把"五福板"再挂上去吧。

休息期间转到客厅，我第一眼看到的便是落地钟，今天看着钟好像与往常不一样。那钟摆还是同样摆动，到底是哪里不一样，我说不上来。9点多了，女儿一定在奋笔疾书，她开考顺利吗？那些科目一定是一座座"大山"，不知她能顺利"翻"过去吗？哎，反正我也帮不上忙，记得前段时间有家长发帖："会做不粗心，瑕蒙也走运。"我除了祝愿以外，还能怎样？

突然，茶几上的手机似乎振动了一下，果然，手机有新短信。"新华社讯：全国高考今天开始，今年全国高校计划招生六百九十八万人，报名考生九百三十九万人，报名人数连续下降五年后首次回升。"我侄子也在高考，说实在的，他从小学到高中，对电脑游戏比较感兴趣，我曾开玩笑称他为"游戏先生"，当然他人也很聪明。这"游戏先生"若能变成"嗜书先生"，或者是"书不常离先生"，估计一定能考上非常理想的学校。

经过我的艰苦努力，"领导"布置的任务基本完成，我给自己布置的作业也该开始干了。嘿嘿，赶快把电脑打开，《黎明前的抉择》最后几集该赶快"消灭"掉。

不知怎么啦,今天看电视好像思想特别有负担,剧情依然跌宕起伏,我却不再悲喜交加。我知道,当爸爸的这颗心还是牵挂着在前方"战斗"的"小棉袄"。家里的挂钟一次次敲响,提示快到午饭时间了。一个人的饭注定是简单的,还是老办法,煮一碗面条打发。算算时间,面做好吃完,大概到12点30分吧,那时,女儿的这场考试也该结束了。面的味道虽然很一般,但今天吃的速度特别快。吃完还没到预定时间。洗好碗,我竖起耳朵听有没有电话或短信提示声,如果有,应该是老婆打来的。女儿考完一定会给她妈妈打电话,然后老婆在挂下电话的那一刻一定会立马给我打电话。

可我想错了。我索性打开电脑,继续"做客"电视剧,等到《黎明前的抉择》剧终的时候,时间已经是下午2点30分了。哎,对了,我是该做点事情,最近工作加班是常事,下周单位事情可不少,再加个班吧,虽没有经济补贴也不需要记录上报。

我是下午4点多的时候收到女儿短信的。"考到下午1点30分,刚去过香港中文大学的气候变化博物馆,现在校内食堂吃东西啦。"啊?怎么回事,竟然会那么迟考好,女儿一定饿坏了,真不容易。不过,我还是欣慰的,毕竟她已经考好。"很高兴看到你的短信,宝宝辛苦了!好好享受下香港的美味食品、多彩文化和美轮美奂的风景,今晚早点睡吧,睡足八小时,明天还要早起哦,咱们明天见。"我立马回了短信。

傍晚老婆从外面回来,两个人的晚饭非常简单。"明天女儿上午9点多的航班,我们几点出发去接机?""明天中饭是在外面吃还是在家里做?"我们边吃晚饭边进入"正题"。最后商定上午11点从家里出发,中饭在家吃。

晚上,老婆与女儿通了电话,了解到上午考试的一些情况。女儿说因为宾馆的枕头太高,昨晚没睡好,发现时已经太晚了,怕打扰服务员休息而没有去换。早晨赶考场,5点30分就起来了。出门前已向宾馆留下小字条,希望晚上换一个枕头。另外,香港的考场与内地不一样,空调温度打得特别低,虽然有LC妈妈的衣服保驾,但还是感到比较冷。不知道没睡好及考试时感到冷是否影响到她的成绩,反正此时当爹妈的虽然纠结,但已经无济于事了。

3

2014年6月8日　周日

这天是女儿回来的日子,吃完早饭后我的头号任务是把菜买好。家里到菜场路程不远,走出小区只需再走一百多米。一路上,我突然对汽车牌照数字特别敏感,盼着能看到数字与预想的考试分数相对应的车牌号码,觉得第一次看到的数字,可能就预示着女儿的考试成绩。考虑到她的水平,以及学校规定不能请假学习,第一次若能考出这样的成绩,我们也算满意了。可是无论出去还是回来,带有这样数字牌照的汽车哪怕一辆也没看到。

时钟敲了十一下,我和老婆准时出门。半路上,我打电话给女儿及LC妈妈,没打通,她们的手机肯定关着。

出发后三十来分钟,车子已驶入机场区域。此时发现是LC妈妈第一个打开手机的。不久,女儿也打开手机,打来了电话。

　　终于接到女儿以及LC母女。我发现此时的女儿有点疲惫。是的，去香港考试实在太辛苦，为省点机票费用，来回航班时间都比较早，她出发那天和考试前一天都是5点30分起床，考试那天4点30分就醒了。本来香港回杭的票可以订得迟点，但回家后第二天上午还得往学校赶，因此，她又不得不起个大早。我一天早起，还需要补觉，何况女儿是三天早起，又去考试，其辛苦程度是可想而知的。不过，一路上好在有LC妈妈照顾，还算顺利。

　　"咳""咳咳"，我不时听到汽车后排有咳嗽的声音，女儿说她感冒了。虽然本次SAT1考试已经结束，可侄儿的高考还在进行。我突然觉得，不管考试分数如何，只要你们努力了，女儿、LC、侄儿，甚至所有参加或未曾参加高考的同学，你们个个都是好样的。

　　LC妈妈是浙江大学医学院附属第一医院护理部副主任赵雪红。2023年第一百一十二个国际护士节，这位勇敢的白衣天使又多了一个光荣的身份——第四十九届弗洛伦斯·南丁格尔奖章获奖者。这是时隔十四年后浙江省护理人员再获该荣誉，她非常了不起。

女儿读高中以后十分注重社会实践，这对提升个人能力有帮助，虽然有的项目并非刻意为了申请大学，但的确对她的升学有帮助。

　　她除了常去上海敬老院做义工，去上海一所学校上外语课，到外婆家上外语公开课外,最值得总结的还有三项:一是教了高中母校物理外教Sim一年中文;二是从2013年2月到2014年7月,共十七个月持续关注海宁市谈肖路建设,并为该道路的建设出了力;三是与我分工合作,共同研究缓解杭城交通拥堵问题,论文得到了有关方面的肯定。

女儿于2014年底留下过一些文字,是这样的:

从呼吁道路修缮到建议交通治堵

以下是我高中阶段的部分社会活动,几件小事,几经历练,几多收获,让我毕生难忘。

一、为修路而呼

谈肖路是老家附近的一条乡村小路。它位于海宁市东部,距我生活的杭州有七八十公里。该路长六七公里,宽不过八九米(原彭墩小集镇以南约三点五公里的路段拓宽后改名为硖尖北线)。可就是这样一条路,对道路周围数十个村庄的百姓来说,它可是一条向南通往S101省道(往杭州、上海方向)、向北经农肖路去海宁市主城区的一条"大路"。

2013年春节,我与父母一起去看望爷爷奶奶。当车子转入谈肖路时,发现以前虽然狭窄但还能方便通行的道路变得坑坑洼洼、积水遍布、破败不堪,部分路段简直到了面目全非的地步。我还看到前面一位老爷爷骑三轮车与一辆汽车交会时是何等的艰难,老爷爷被溅得满身是脏水。我们只得在颠簸中蜗速行进,即便是这样,汽车底盘被剐擦到的声音仍不绝于耳。真是心痛,我家的汽车买来还不到四年。该路与海宁市城区平坦宽广的道路形成了鲜明的对比。

到了目的地,我惊诧地发现以前重要节日中,常在厨房里掌勺的"大厨"婶婶已经换成了不太会烧饭做菜的小叔叔了。此时,父母亲却表扬起小叔叔来。奶奶站出来释疑,眼睛看了一旁站着的小婶婶:"伊只手动勿来嗬。"

晚饭时分,大家边吃饭边聊天,聊天的焦点逐渐集中在谈肖路上。此时我才明白道路破损的原因:近两年,由于附近修建大路,谈肖路被施工的重型卡车轧得面目全非,再加上维修没有及时跟上。奶奶家门口的12路公交车因路况等问题已停开很久了,原有公交站台已成了聋子的耳朵——摆设。去年底的第二场雪很大,婶婶去城区上班无公交车可乘,被迫骑摩托车出门。想不到积雪覆盖的路面处处藏着隐患,车子打滑使婶婶不幸倒地摔成重伤。她在医院做了手术,医生将两块钢板固定着她的肩膀。此时婶婶还在养伤期,无力扮演"大厨"的角色了。

同时,我还了解到,破损严重的谈肖路,已给沿途学生上学等造成了很大的不便,甚至已引发了不少安全事故。姨奶奶孙女新月在谈桥小学读书,由于没有公交车,近八十岁的姨爷爷不得不每天骑三轮车接送她上学,他一天花在路上要两个多小时。

第二天,我做客拜访了姨爷爷。"大家都叫苦不迭,经过坍脱路段,只能落车推。晴天一脸灰,雨天一身泥还不算啥,顶担心是路上颠来倒去勿安全啊。"姨爷爷很认真地回答我。

第三天凌晨,想起那条路,我已无法入睡。干脆一不做、二不休,决定去现场拍照取证,并给海宁市市长写信寻求解决。

当我在拍摄最后一组照片时,两位素不相识的老奶奶望着我,表情有些诧异。"这条路都坍成这样了,你还拍它做啥?"其中一位老奶奶对我问道。我只能笑笑,因为我真的不知道该怎么回答才好。

可我知道,这位老奶奶及附近的居民,一定在煎熬中渴望着该路及早修复,作为朴实的农民,现在无非还在艰难忍耐。

可我知道,目前此路虽已破败不堪,即使附近的高速路、城乡快速路建成了,谈肖路这条重要支路的地位也不会改变。

可我知道,那条路,我一年走不了几次,但那里的百姓却要天天面对,无法绕过,沿途百姓追求便捷生活的权利不容忽视。

"建议帮助督促尽快修复并拓宽谈肖路,恢复12路公交车,沿途居民们出行的安全和便利问题亟待解决!"我写给时任海宁市市长戴锋的信很快寄出了。信很短,并附有两幅照片。2013年3月20日,海宁市袁花镇人民政府作了回复:"你所反映情况和拍摄的图片属实,由于资金等多方面原因造成改造进度较慢,群众克服困难的过渡期偏长,为此,镇政府与上级交通主管部门沟通协调,研究加快进度,确定2013年下半年实施半幅道路通车。"之后我还于2013年4月30日、10月3日两次去现场实地跟踪临时措施完成情况和工程进度。

2013年底,听奶奶说谈肖路终于修好了。2014年1月30

日，我利用回海宁过春节的机会，第四次去现场查看，十分欣喜地发现此时谈肖路已焕然一新，与维修前形成了鲜明的对比。随着江南大道延伸和硖尖公路的建设、谈肖路的修缮以及公交线路的恢复，附近居民的交通状况得到了根本改善。但我在现场也发现了新的安全隐患。

"如果有什么美中不足的话，延伸到彭墩路段的江南大道车流、行人较为密集，目前与谈肖路的交叉口却没有交通信号灯来规范通行，当地老人和学生过马路存在着较大的安全隐患。除此之外，硖尖公路与谈肖路衔接处道路转弯半径过小，道路两侧下方又是稻田，来往司机若不小心，极其容易连人带车翻入稻田，从而引发交通事故。因此，我非常期待能在谈肖路有关路段安装交通信号灯，在硖尖公路与谈肖路衔接口设置明显的警示标志来弥补这两处缺憾，将附近道路打造成既便捷又安全的完美工程。"2月15日，我又给戴锋市长写信，在感谢家乡政府对修缮谈肖路工程的重视以及筑路工人叔叔的辛勤劳动的同时，也指出了上述不足，并提出了相应建议。

2014年2月28日，我收到了海宁市公安局交通警察大队胡晓良警官的回信："根据你来信所反映的情况，我大队已协同市交投集团、袁花镇政府对谈肖路的有关路段进行实地勘察，证实你提出的隐患问题确实存在，经研究决定在该路口根据相关标准安装红绿灯，对于其他隐患我大队也将在该路段设置交通警示标志、标牌。目前各项工作正在进行中。"

2014年7月13日，我第五次去了现场，当发现我的建议已全部得到落实时，心中的那块"石头"才算是最终落地。

二、为治堵而思

尽管杭州市在第八届全国残疾人运动会前夕,从2011年10月8日上午7时起,正式实施机动车工作日(星期一至星期五)高峰时段区域"错峰限行"交通管理措施,有关部门想尽办法疏导道路交通,但杭州为全国最拥堵城市之一的状况没有得到有效改善。我妈妈开车上班,从小区到单位,距离不过四点五公里,若7点45分出家门,8点30分前赶到还是非常紧张;她下班回来走单行线,距离更短,只有三点二公里,路上也要花去三十分钟以上。一季度,"高德交通"正式对外发布了《2014年第一季度全国(不含港澳台地区)交通分析报告》,报告显示杭州2014年第一季度的平均拥堵延时指数约为二点八二,这意味着,"因为交通拥堵,市民通过同一条道路花费时间是非拥堵状态时间的近三倍"。这一数值比北京的二点三七和上海的二点七一高出了零点四五和零点一一。

日常生活中,我对交通等工程问题比较感兴趣,看到这样的情况,我有些着急,也有信心作深入探究。但因本人成长经历简单、知识有限,我想到借助家庭的力量。2013年1月,我与爸爸商定,以杭州市为例,就科学整治交通拥堵,努力实现城市畅通为题撰写论文。之后通过半年多的努力,我共同参与论文提纲讨论;整理、分析素材,包括重点关注本地媒体三家、深度剖析社会问题的杂志两种和"211"院校的科研报告若干,最后锁定《今日早报》对于交通拥堵的持续报道、《求是》杂志刊登的《国外解决城市交通拥堵问题的对策》和重庆市社会科学院的《城市拥堵治理的症结与矫正思路》为主要参考文献。我按分工负责撰写相关内容,包括分析交通拥堵的危害和部分成因,论证"增强智慧交通管理水平""加快建立实名制拼车平台""积极采取多种经济性治堵措施"等对策。爸爸负责撰写杭州交通拥堵现状以及"增强城市规划的科学性""着力合理发展公共交通""控车控牌,限路限行,增加停车设施""强化卫星城镇建设和功能"等相关对策措施。2013年9月2日,共九千一百多字的材料得到时任浙江省治理城市交通拥堵工作领导小组领导的批示肯定。后来,我将上述材料进行整理,形成《科学整治交通拥堵,努力实现城市畅通:以杭州市为例》,刊登在《统计科学与实践》2014年第9期上。其中,针对杭州市的地铁建设,提出了能A(A型车)勿B(B型车)的建议——A型车每节车厢的载客量比B型车多约百分之三十。

三、获得的"宝藏"

以上经历,不仅培养了我的社会责任和服务意识,锻炼了我的沟通能力、写作能力和解决问题能力,还让我对日后想学的与工程有关的专业有了更深入的了解。

我想,工程专业学习不是与冷冰冰的数字、公式打交道,而是学会寻求解决实际问题的本事。按照我目前朴素的理解,工程的本质是:从人的需求出发,通过科学技术手段为日常生活提供便利。对谈肖路修复工程的深度跟踪让我明白,工程与我们的生活息息相关,所以安全性是一大要素。工程质量和耐久性也至关重要,如果质量不合格,就算能予以修复,也会带来诸多不便,还会造成人力、物力、财力的浪费。高质量的工程不仅能提高我们的生活水平,从某种意义上说,对节能环保也是有益的。通过对城市交通拥堵治理的研究，我懂得一项项工程不是孤立的，它既寓于一定的地域范围之中，又与规划手段、管理水平、经济措施相联系，并且具有相当的复杂性。

因此，我认为要学好工程专业、学以致用，不仅要敢于吃苦、善于发现、勤于思考，不仅要着眼大局、关注细节、考虑长远，而且要沉浸在大学中，沉浸在社会中。只有学好本领，让理论更好地指导和运用到实践之中，才能真正解决好现实问题。

女儿选择的目标是学校和专业双排名都要相对靠前的大学，当两者有矛盾时，我们认为专业优先。在专业选择上，我和爱人与女儿有较大分歧，我们希望她学金融、会计、经济专业，或者干脆读物理，因为她在高中时经济和物理成绩一直很棒，而且学得还很轻松。而女儿坚持学土木工程。爱人是资深的一级注册结构工程师，是土木工程方面的专家，对这个行业的酸甜苦辣了如指掌，她不赞成女儿选这个专业，可女儿态度十分坚决。女儿甚至做我们的思想工作，说本科读理工科的好处，研究生专业方向选择范围可以大一些，比如以后可以转读商科等，而反过来的话就难了。她还与我们开玩笑说："土木工程某种程度上不就是物理与经济的结合吗？"当然，我们的意见只是参考，最终还是应该尊重女儿的选择，既然她那么坚持，我们也无话可说了。事后知道，她选这个专业，受妈妈的影响还是很大的。当年的土木工程专业不像现在这样饱和。

她申请的美国大学全是公立学校，申了RD（Regular Decision，第二轮常规录取，可申请多所学校），没有申ED（Early Decision，提前录取）。ED类似于国内高考中的提前批，相对来说，录取的概率比常规申请大不少，但只能选择一所学校做ED申请，一旦被ED学校录取必须入学，其他学校无论是否录取都必须撤回申请。申请ED类学校一般是选自己梦想的学校，是常规申请中录取概率相对较小的学校。女儿没有申ED的原因是当时没想好要不要去美国读书。后来全部报美国公立学校的原因，主要是女儿考虑到那些大学的学习费用比私立学校便宜，能适当减轻家里的经济负担。申请英国大学一般通过UCAS（大学和学院招生服务中心）系统，可报五所学校（牛津大学和剑桥大学只能选报一所），不允许报不同专业，申请过程相对简单。

从2014年下半年到2015年3月底，美国、英国多所大学向女儿抛来了橄榄枝。有意思的是英国巴斯大学给了她无条件录取的offer，该校土木工程专业当年排英国前三。英国大学普遍是有条件录取，也称预录取，先根据G1、G2、AS成绩发一个有条件录取的offer，并提出A2年级时有关课程成绩应满足的条件，如果条件达到能直接入学，反之就无法正式录取。而无条件录取情况非常少见，甚至有的业内人士也未必清楚。无条件录取就是不管你A2年级成绩咋样，等学校开学准时报到就是。

当年U. S. NEWS美国大学综合排名前三十、专业排名前十的学校有斯坦福大学、麻省理工学院、康奈尔大学、加州大学伯克利分校等六所；综合排名前四十、专业排名前十的还有加州大学戴维斯分校等两所。因学A-Level申美国大学没有优势，再说女儿成绩不算顶尖,综合平衡后,综合排名前四十、专业排名前十的学校中只申请了加州大学系统的两所学校。本来还想申请另外两所公立大学,其中排名靠前的一所,因一位老师说申了也是当"炮灰"而作罢,另一所排名三十多的纯理工类学校也没申,因为她希望去综合性大学的工程学院,她认为在综合性大学,可选的课程可以更多些。她另外还申了两所保底校。所幸女儿于2015年3月被加州大学戴维斯分校和其他两所学校录取,对此结果我们感到已经满意了。加州大学戴维斯分校是一所美国顶尖的公立研究型大学,被誉为公立常春藤,学校农学、动植物、兽医学专业常年位列全美第一。有意思的是,加州大学戴维斯分校排名呈上升趋势,在2024年U.S. NEWS全美大学综合排名中跃升至第二十八名。

离别与相聚

女儿高中毕业后马不停蹄,在杭州一家机构实习。2015年5月28日,我陪她去上海办理入美签证。事先她准备了有关材料。

签证材料一览表

序号	材料	备注
一	主件(必核查)	除护照面签通过后会留下外,其余当场返还
1	签证预约确认件	F1,带DS-160确认编号和UID号
2	护照	有效期至少半年以上,通过后会寄回
3	DS-160表确认件	
4	I-20表	非常重要,用蓝色笔签名,不得涂改和乱画,注意签证完成后必须要回
5	SEVIS200美元收据	www.fmjfee.com 网上提交和打印
二	附件(也许用不到,但不准备不放心)	
6	大学录取通知书原件	

续表

序号	材料	备注
7	中学在读证明	中英文
8	中学成绩单	中英文,两页
9	CIE成绩证明及奖状	
10	托福成绩证明	
11	SAT1、SAT2成绩证明	
12	资金证明	
13	房产证	
14	父母在职收入证明	中英文,带单位红头
15	签证照片	51mm×51mm,白底彩色一至两张冲印,六个月内拍摄
16	中信银行代收赴美1008元签证费收据	
17	身份证	
18	户口本	

建议上述主件、附件各用一个A4白色透明文件袋装好。

女儿带着白色透明文件袋在上海市梅龙镇广场八楼迂回排队约一小时,需要扫描签证预约确认件、安检、检查其他证件(主件等)、留指纹、面谈等。而我在七楼扶梯旁练站功(有一块空旷的场地,但没有坐的地方),便于与女儿面签后会合。那天的面签是顺利的。一星期后我们从中信银行拿到了护照和签证。

2015年9月12日,她去美国大学报到。那天上午8点多,我和爱人送女儿去杭州萧山国际机场,杭州没有直飞旧金山的航班,中途需要在香港转机。此时的杭城刚过了烈日炎炎的夏季,车外风轻云淡,车内收音机中,西湖之声电台播着《送别》和《我们的生活充满阳光》两首歌,这两首歌非常应景,好像专门为我们送女儿而准备的。

>............
>长亭外,古道边,
>芳草碧连天。
>问君此去几时来,
>来时莫徘徊。
>............

>啊!亲爱的人啊,
>携手前进,
>携手前进,
>我们的生活充满阳光,
>充满阳光。
>............

汽车风驰电掣地在机场高速公路上奔跑着。一路上我想起1980年9月19日上午父亲送我来杭城读书的情景,想起了2012年8月19日我与爱人送女儿去上海读高中的情景。我离开家乡来杭求学是十五岁,女儿离开家乡去上海求学也是十五岁,是那么的巧合。

当时，爸爸送我上学一直送到学校。而今，女儿要去万里之外的大洋彼岸求学，随行的还有两只大行李箱、一只手提袋和一只沉重的双肩背包，我们只能送她到杭州萧山国际机场，她中途需要转机和转车，一路上是多么不容易啊！而且她还只有十八岁。

到了杭州萧山国际机场，也真巧，我碰到多年未见的东阳朋友，她与先生送女儿去加拿大多伦多大学念大四。与女儿同去美国的还有LC同学，她父母也来送机。在杭州萧山机场国际出发厅，三家共九人一起聊着天，可能大家注意力比较分散，谁也没有显露出离别时的忧伤。

此时离飞机起飞尚早，哪怕只剩一分一秒，相聚在一起的美好时光谁也不想放弃。后来，直到女儿她们通过安检，确认已进了候机大厅，我们才离开机场。

回家后，中午简单地煮了点面条，我们边吃边聊。听爱人说，近几天她请假陪女儿，小家伙常常靠着她的肩膀，嘴里不时呢喃地发出"妈妈，妈妈"。"怎么啦？"爱人问她。"没什么。"女儿答道。

我懂的，这是女儿对家的眷恋，更是平时非常坚强的女儿心中柔情的婉转流露。此时，我已无法控制住自己，眼眶已经湿润。后面也不知爱人说些啥，反正再也听不下去了，只有默默地起身，找了张餐巾纸，迅速地向窗边走去……

女儿高中三年在上海读书，虽然没有在杭州照顾方便，但毕竟离家不远，一至两周能看到她一次，心里也很放心。可是，她去美国就不一样了，总好似她与我们的联系像快要断线的风筝一般，再加上她学习非常忙碌，我们不便经常用微信或其他方式打扰她，所以我心里总感觉不那么踏实,有时候心里像有几只虫子在爬上爬下,很不自在。是啊,孩子永远是父母心头的爱,无论他们年龄有多大,无论他们走到哪里,走得有多远,父母心中的触角毫无疑问一直会延伸到哪里。

圣 诞

还很清晰地记得
你刚上幼儿园那年的圣诞节前
回家后你笑靥如花
我猜是为拿到很多五角星而欢喜
可你的头摇得像拨浪鼓似的
真没想到是收到了老师赠送的礼物
一顶可爱无比的圣诞帽
一只色彩缤纷的圣诞袜

你张开了小嘴呀呀地说
爸爸、妈妈,陆老师说的
平安夜将袜子放在床头上
会引来圣诞老人上我家
保证第二天我一睁开眼
那袜子中的很多礼物
会开心地跳出来,跳出来
好,让我们共同见证那神奇的时刻

平安夜才刚刚降临
你的小脸已按捺不住喜悦
不知你是否准备好了圣诞袜
看得出你已盼望入梦佳境
睡前还窃窃地关照我
别忘了让家里的窗户留条缝
圣诞老人如果找不到烟囱
也不至于爬不进我家的门

可宝贝你已经长大了
我再也不需要早早去准备圣诞礼物
将它悄悄地藏在家中的某个角落
我再也不需要在半梦半醒时分冒着寒冷
轻轻地绕到你的床头来打扰美丽的梦
我再也不需要装模作样讲着驯鹿和雪橇的故事
藏着掖着其实你小时候就已知晓的秘密

今夜的圣诞袜子依然悄悄躺在家里
它的颜色依然是如此光彩夺目
此时你是否在准备着五光十色的圣诞节目
明日我是否能收到银行卡副卡的消费信息
你不在家的这个时候
若收到这样的信息

会给我带来特别的幸福,是因为
天下父母谁不愿意让美丽的故事一直延续

2015年平安夜(女儿读大一)

女儿去美国上大学后第一次回家,我至今记忆犹新,想起来幸福感满满。

她是2016年3月初买的机票,从美国旧金山出发,途经北京中转回杭。3月8日凌晨4点多(北京时间),她发邮件给我,我将邮件转发给了爱人。后来一直听爱人说,女儿是6月12日,也就是端午节假期过后的第一天到杭,到达杭州萧山机场的时间约在晚上10点。我对爱人说的时间就将信将疑,有一天中午,我放弃午休,打开女儿给我的邮件重新研究一番。

我发现到北京的时间应该不是旧金山时间,而是已换成了北京时间。应该是6月11日晚上10点到达杭州。国际航班的起降时间是分别按起飞地和降落地时间表示的,我还是第一次弄清楚。

2016年6月11日晚,我与爱人带着水、胖子烧饼、荔枝、山竹、樱桃、鲜花出门去机场迎接女儿,这是她上大学后第一次回家。胖子烧饼是我特地去杭州学军中学(西溪校区)校门外买的,店主是浙江省缙云县人,他靠卖缙云烧饼在杭州买了房子和汽车。我想她长途奔波,肚子可能饿了。当我们快要走出分户门的时候,我急匆匆地问爱人:"放在凳子上的那把雨伞看到过吗?"刚才外面还下过雨,这个季节,杭州的雨说来就来,带上伞是必需的。不过,话刚说出口我就笑了,因为我发现那把伞已牢牢地夹在我的腋下。爱人睖睁着我,笑而不答。"我的包呢?"她也急匆匆地问我,其一言一行好像是我传染给她似的。"你肩上不是背着吗?"我猜到爱人接下来应该也会大笑三声,可我估计错了,她回应我的是一个很响亮的喷嚏。嘿嘿,我俩怎么啦?那么滑稽的举动平常可是不会有的,再说两人同时出现的概率应该很低很低。可是,那天让我们同时碰到了。当时,我自然而然想起了一首歌《今儿个高兴》,"咱老百姓今儿真啊么真高兴"。

在航站楼到达处看到了女儿,爱人迅速递上了鲜花,我飞快地接过她的双肩包和两只沉重的箱子。一路上,爱人要女儿吃这吃那,女儿除了喝点水以外,什么也不肯吃。到家后,我也动员女儿吃点东西,她对我俩的劝说感觉不好意思,象征性地吃了几颗樱桃。"为什么不想吃呢?""我已经二十四小时没合眼了,吃了东西会睡不好的。"哎,下午我东跑西跑买这买那基本上算是瞎子点灯白费蜡了。

女儿回来后有几天短暂休息,倒倒时差,缓解一下舟车劳顿,然后与爱人一起去旅行数日。接下去还有一个来月的实习,7月底她又要回学校上课去了。

旅行有三个备选地:日本、泰国和四川九寨沟。女儿说去哪儿都行,地方无所谓,特别重申主要是想休息一会,放松一下心情。但当爱人问起这个暑期不出去旅行可不可以时,她斩钉截铁地表示:"那肯定是不行的!"

最后娘俩决定去泰国。爱人早早请好了假,虽然她单位工会有个疗休养活动也很有诱惑力,但时间相冲突,只能放弃一头,爱人觉得陪女儿旅行更重要。而我工作上的事特别多,很遗憾不能前往。

上一年暑假，女儿还没上大学就开始实习，前后两个多月，主要是帮一家培训机构做事。女儿的主管对她的表现很满意，离别那一天还召集同事一起请吃饭，除了日常劳务费以外，还给了她一个小红包。女儿回家说那餐吃得非常美味，其他实习生都没有这样的待遇，因而感到有些受宠若惊。她还说两个来月的收获也不少，特别是碰上一帮聪明的学生，有的考上清华，有的考上港大，说与那些聪明人打交道，自己也有不少提高。

今年暑期女儿还想实习，她觉得应该接触些专业应用情况，毕竟下半年要读大二，需要了解一下专业是怎么回事，更需要了解实际工作又是怎么回事，因此旅行回来，她打算抓住机会，马上投入实习。实习单位是一家省级研究机构，由于离家相对较远，我们商量她上下班的交通如何解决，还有第一次要不要送她去等等问题。最后她决定，与上年一样，报到她一个人去，上下班交通自行解决。

还有一件事，女儿在年初申请了大二转学，分别申请了加州大学伯克利分校和香港大学。根据有关规定，加州大学伯克利分校和加州大学洛杉矶分校录取的转学生中必须有百分之九十四是来自加州社区大学。这意味着女儿大二转学伯克利分校可能性不大。不过也无所谓，她主要是想尝试一下有关大学的转学政策。加州大学伯克利分校的拒绝也在意料之中，可喜的是香港大学同意录取。不过，女儿申请转学港大我们大人并不知情，经家庭讨论，女儿继续留在戴维斯分校读书，当然要特别感谢香港大学对女儿的青睐。实际上，美国大学转学的门一直是打开的。如奥巴马曾就读加州社区大学西方学院，后转入哥伦比亚大学；特朗普先进入福特汉姆大学学习,后来转学宾夕法尼亚大学沃顿商学院;我也知道国内有同学大二从松堡学院转学到威斯康星大学麦迪逊分校等。转学政策如用得好,的确会让部分孩子走上逆袭之路。我耳朵里经常听到,国内的一些同学利用转学政策进入了名校。

关于后面的情况,我曾经作过如下文字记录。

一、我又欠账了

女儿是6月11日晚上回来过暑假的,7月30日一早又匆匆忙忙回校去了。在这近五十天的时间里,她过得充实、忙碌:看望了亲人,去了泰国,走了神仙居,还实习了一个月(6月27日到7月28日)。本来,她想实习到29日,我反复做她思想工作,最后她才同意留出一天时间整理行李。

这次她回来,除了周六和周日,我工作忙,没有休过一天假陪她,年休假看样子又要作废了。哦,对了,7月29日,也就是她出发的前一天(7月30日她一早出发),我向同事打了声招呼,提前一小时下班,陪女儿早点吃晚饭,帮她去家附近店里扫描学习成绩单。

女儿不在我思念,她这个暑假回家我却没有尽好一个做父亲的责任,陪她的时间少之又少。幸好,以下活动我都自始至终参与。

6月26日下午,女儿专程看望爷爷、奶奶和外婆,我参与了。

女儿与外婆相处只有短短两个小时,这一年中,外婆不知有多少次念叨起她,女儿小时候很多时候是由外婆和奶奶带的,而外婆带的时间更多一些,可那天她连外婆家的一口热饭也来不及吃上,尽管外婆再三挽留。本来,假期中女儿想找个机会再次与外婆好好聚聚,或再去,或请老人家上门,可是怪怪的,这样的机会后来却没有找到。

7月2日那天,女儿大姨带儿子及新媳妇来我家做客,我参与了。

她大姨一家个个是"劳动模范",凭着勤劳的双手,小日子过得红红火火。新娘子是2月23日进的门,按惯例这顿饭我们早该请了,可小两口商量好要等妹妹回来再碰头。那天做妹妹的表现还真不赖,与老妈一起去汽车站接站,在酒店忙前忙后服务大姨和哥嫂。后来大姨好几次来电话,请女儿去玩,可女儿还是没有挤出时间。

7月3日晚上,请两家人吃饭,我参与了。其中一家有在美国留学的小姐姐,另一家有从美国回来的小妹妹。

小姐姐是我初中同桌的女儿,那时我任班长,她爸爸是学习委员。同学女儿国内高校毕业去美国读研。同学浙大毕业后曾在嘉兴郊区工作,后来重回浙大读研后分配在杭州。我还是同学的红娘,尽管我与同事一起只做了一件小事,了解到两人单身后,告知双方电话号码。后来,我听说他们在恋爱。不过,直到有一次同学打我电话,说他女儿出生了,要请我和同事吃饭,我才知道他们已经修成正果。那次吃饭时,我看了摇篮中的婴儿,感觉她长得黑黑的,没想到现已变成粉妆玉琢、楚楚动人、落落大方的留学小姐姐。

从美国回来的小妹妹爸爸彭先生是我朋友,他是一所985

高校的老师。还是去年9月,午间我们在QQ群聊天时,朋友问起我女儿的升学情况,我说她准备去加州大学戴维斯分校读土木工程。聊着聊着,我才知道他正在该校做访问学者,更巧的是同在工程学院。一年来,女儿得到了他的不少关照。他女儿也在美国幼儿园上学,英语说得很溜,女儿几次去她家,小朋友也很会黏着女儿。饭后我们送他们回家,到小区门口小朋友哭着一直不肯下车,一定要上大姐姐家里住下来,可她爸爸没有同意。

7月9日上午,我在单位参加抗击台风值班,女儿来看我,陪了我两个小时。利用午餐后的短暂时间,我陪她去单位附近的弥陀寺公园走走,那里有她小时候的记忆。弥陀寺路的北段原来是条高低不平的街头巷路,女儿告诉我,边上有家珍珍理发店(她记得店家名字,而我后面才想起来),弥陀寺区块内部曾有几排长长的破房子,有个学弟曾经住在里面。有一次,外婆接她放学回家的路上,受学弟奶奶邀请,曾在那排破房子门前玩过。真是沧海桑田,现在该区域成了公园,有念佛堂、藏经楼、法雨庵等建筑,还有一整面《佛说阿弥陀经》的石刻,环境变化如此之大令女儿和我啧啧称奇。

7月10日,我大弟、弟媳请侄女吃饭,我参与了。

弟弟、弟媳再三邀请,说过段时间他们要出门旅游十天,回来后恐怕安排不出时间。由于前一天的台风消息吓到了我们,本来这次聚会已经准备取消,后来是女儿坚定,反复做我们工作而成行的。幸亏七十多公里的路不算远,我们于接近下午1点才到达目的地。中午是家宴,晚上吃大餐。傍晚时分,大家在创建于1986年的海宁环城饭店相聚,她与爷爷、奶奶、大叔、大婶、小叔、小婶还有大两岁的哥哥一起举杯畅饮,相谈甚欢。那天由于我们搞临时袭击,奶奶已经出门打工,电话不接,后来是派小叔叔把奶奶从田头现场"揪"了回来的。

7月23日至24日,爽玩两天,这两天,才是我真正陪女儿的两天。

二、看众神仙下凡

随着女儿回校时间的临近,我觉得,再不好好陪陪女儿,可能要等一年后才有机会了。23日上午,我们从杭州出发,驱车约二百公里,中饭时分,来到了国家级风景名胜区神仙居所在地——仙居。

仙居,仙人居住的地方,的确是个好地方!

第一天下午,我们去了神仙居景区。这里草木葱茏,空气清新,奇峰环列,山崖险峻,飞瀑幽深,形态逼真,云蒸霞蔚,别具一格。我分不清前山后山、南海北海,反正从将军岩、睡美人处一路上山,索道上下、走走停停,一直到从蝌蚪文岩石下山,一路上总感觉处于袅袅雾霭之中,大有飘飘然羽化而登仙之感。那"将军"额头微凸,怒目圆睁;那"美人"睡姿甜美,情态可掬;那"大象"稳重厚道,蔚为壮观;那"蝌蚪文"万古之谜,字字珠玑,都给我们留下深刻印象。

不过,下午行程中最令我们惊喜的是,索道下山后,从一块平地朝上看,竟然在一块巨大的石柱上,我无意中发现了一个"仙"字,上方还有众神仙的图案。陪同的当地朋友说,他没有听说过有这样的景点,资料中也没有这方面的记载。经过大家讨论分析,觉得应该是我们的新发现。神仙居景区有个特点,每到一个景点,我们人所站立之处一定会有介绍景点的牌子,供游客了解,可是,这"仙"字石柱下面,这样的牌子我们无论怎么找也没有找到。我想,这个"仙"字放在神仙居景区有特别的意义,可能会是景区的"镇景之宝",我的当地朋友也表示会尽快与当地旅游部门联系。

我看到"仙"字,女儿和爱人发现石柱顶端还有一群"神仙",还说模样栩栩如生,当地朋友也证实了女儿和爱人的发现。只可惜,由于我眼睛近视,当时并没有看清楚。回家后,我在电脑上放大图片,虽是用老款手机拍的,像素不高,但的确也能看出个大概。

朋友推荐我们第二天玩公盂岩景区,说那是华东地区的"香格里拉"。我问朋友路好不好走,他说他也没有去过。考虑到朋友也没去过,为了减少他陪人的无聊,我就答应了。

第二天早晨5点20分起床,在县城里三转两转吃了早饭后就向公盂岩景区方向进发。6点48分,汽车在长满茅草的空地上停下,我们就开始上山。一路上,我弄不清到什么地点才算是走入景区,因为该"景区",既没有售票处,又没有公共设施,甚至还找不到上山的路。向导姓柯,是当地的一个村支委、退伍军人,一个有经商头脑的年轻人。

天气非常闷热,上山只走了约二十分钟,我就气喘吁吁,大汗淋漓,感觉体力不支,甚至到了好像再向上走十米都很难坚持的地步。女儿年轻,总能走在前面。向导鼓励我再坚持一下,前面快到一座竹亭,他已通知他的舅舅在亭中准备好了西瓜,到那儿好好休息一下。

西瓜特别新鲜,特别甜。他舅舅还建议我们一人买一块毛巾、一根登山杖。登山杖每根五元钱,我买了三根,其实只是硬木棒而已。至今我还放在家里,每年春天在阳台上种丝瓜、黄瓜时能用到。

休息过后,感觉身体明显舒适多了。我不时地与小柯支委聊天,问一些公盂岩的情况和村里百姓的经济状况。他说公盂岩至今还没有一条完整的山道可走,我们今天得当一回标准的驴友。他觉得发展旅游是一条很好的途径,还自豪地说仙居县主要领导都在这条山道上走过。

不知什么时候,他舅舅反超了上来,可能小柯和他舅舅感到我们走得实在太慢,就告诉我们前面只有一条路,然后,他们先往前走了。

我当地的朋友告诉我,今天的中饭在向导家里吃。或许听到有饭吃,大家来劲了,或许是刚才休息后体力稍有恢复的缘故,后面的爬山速度明显加快。上午9点我们就到达小柯家,一个挂满驴友队旗的院落。两条狗躺在泥地上懒懒地酣睡着,几只鸡勤快地来回跑动。

利用吃中饭之前的时间,小柯的舅舅带我们看景点,在到小柯家的路上往回走,向左转两个弯,在小径中穿过一片竹林之后,便看到了华东的"香格里拉"——公盂岩景区。

一眼望去,那里的山巍峨峥嵘,那里的岩挺拔秀丽,那里的梯田层层叠叠、生机勃勃,那里的房子简朴古老、别有韵味。阡陌交通,鸡犬相闻,真是人间仙境,现代版的世外桃源。女儿看到这美丽的景色,欢呼雀跃。

午饭有本鸡、马铃薯、笋干等七菜一汤。吃好后,利用朋友走开的时机,我向小柯付饭钱,这顿饭钱,应该包括路上吃的西瓜和小柯的向导费,可小柯说我朋友已经付过了。要解决这问题并不难,在女儿的掩护下,我老婆偷偷把一路的消费,包括昨天的门票、饭钱等一股脑儿放进了朋友的背包中。一路上,朋友好几次找东西翻开背包,还好,由于老婆放好了位置,一直到我们离开都没被发现,这是后话。

下午12点30分,我们开始走另一条路下山了。下山的路与上山路相比,艰难程度难以想象。大家有时穿梭在乱石之间,有时跨越于溪涧之上,有时在土路,不,甚至在没有路的土坡上徘徊。我走这样的小道很不轻松,女儿则走得更为艰难。小柯带头,我紧跟其后,女儿与她妈妈在后面,我当地的朋友压阵,我们每个人的手中都拿着登山杖,这不是摆设,下山不用它不行。我还不得不时刻注意脚下的"陷阱",给走在后面的家人和朋友提醒。一路上虽没有太有名的景点,更多的是残垣断壁,或清澈溪涧,或茂密丛林,它们同样也隐藏着美,不过那样的美要靠自己的双眼去发现。一路上我们偶尔会碰到一些驴友,大家都会不约而同地相互招呼,相互鼓劲。通过艰辛的三小时行走,下午3点25分,在走过用手拉动的栅栏后,我们终于到山下了。

这六个小时,我走过了自出生以来最难走的路。

那两天,我终于能好好地陪陪女儿,她非常开心,相信这两天的行程对她来说不仅是游玩,而且是人生的宝贵经历。

我问她感觉如何时,她说神仙居景区很美,但公盂岩景区更值得来,还说仙居之行比刚去的泰国要好玩,要有意思得多。

有意思就好,整个暑假我亏欠女儿的心情突然得到释放。

晚上7点不到,我们回到了家。临近晚上10点,我烧好糯米饭放入冰箱。第二天一早我为女儿做酒酿,上次家里做酒酿在二十年之前,那时候女儿还没出生呢。

三、累并快乐着

7月30日是女儿回校的日子。一大早,我为女儿做了一顿丰盛的早餐,其中有甜酒酿蒸蛋,也真巧,蛋是双黄蛋,好像专门为女儿送行准备着。美好的相聚总是短暂的,8点整,我们走出家门,去杭州萧山国际机场。

登机手续一会儿就办好了,女儿提议早点安检。我和爱人在安检口外面盯着,看女儿从书包里拿出电脑,跨进安检门,整理好行李后径直走了。她还是与上次一样,头也没有回,尽管我和爱人盼着她能回头并向我们招手。

女儿暑假在杭时,我已出过不少趟差。从8月2日起,我又忙着出差了,分别到过衢州市区及常山、开化,杭州临安和拉萨等地。这期间,我来回奔波,基本没有时间休息。如8月3日从开化回家时是晚上11点25分,第二天7点不到就到了临安,下午又回办公室处理事务到晚上8点多才回家吃饭,第三天6点多去西藏。从西藏回家是周一晚上10点多,周二上午开会,下午又要出差去……女儿回校后的很长时间里,我没有联系过她。

这两天,G20峰会正在杭州开,我虽牺牲休息时间忙于值班,但作为杭州人,作为浙江人,作为中国人,我们倍感自豪。昨晚在单位值班,今天中午,我在家午休前有幸在视频上看到女儿,她在学校里过得很好。我虽然感到累,但很快乐!

以我前天晚上写的《G20杭州》小诗结束全文:湛蓝的天空/璀璨的大地/那是我的家/世界的遗产/悠久的历史/那是我的家/西湖像楚楚动人的少女/美丽/空灵/西溪似丰姿绰约的少妇/包容/大气/钱塘江和运河像气宇轩昂的兄弟/青春/睿智/远方的朋友啊/世界最美丽华贵之天城/大家在此欢乐相聚/过几天当您离开/请务必带走美好的回忆/永不忘记。

完成于2016年9月5日

以后几次离别和梦中相聚我作了这样的记录:

再一次开怀畅饮笑到最后
漂亮甜甜的你呱呱坠地
似昨日却是廿年前的今夕
从此家里多了欢声笑语
也为我们带来了希冀

又到了我忙碌的日子
家里却闻不到丝丝香味
心中空落落寂寥难忍
无可奈何只有游来荡去

想起带你第三次上宝石山
爸爸为你取个乳名叫姗姗
联想到出生也是在周三
从此三呀三呀分不开

想起你儿时身体欠安时
为了腾出写字的右手
坚定地伸出布满针眼的左手
又一次让护士阿姨不忍心下手

想起你曾帮人破解成绩倒数魔咒
努力拼搏让自己体育优秀
心地善良波澜不惊
呵呵一笑坚信阳光总在风雨后

已经长大的你背井离乡
为了寻求梦想跨过太平洋
我知道太平洋大而又深
但无论如何阻隔不断舐犊情深

视频中看到了你的笑脸
终于盼来本学期考试结束
你已悄悄地订好蛋糕
等着同学们分享幸福与欢乐

但愿今夜我能做一个美梦

再一次来到加州

再一次牵起你的小手

再一次开怀畅饮笑到最后

2017年3月26日(她二十岁生日,大二下学期)

离 别

我不敢多看你长发飘逸的模样

我不敢多看你俊俏秀美的脸庞

秋风渐起秋叶起黄秋月渐明时

你用羸弱的肩膀背起重重的行囊

又要一年后才能回到可爱的家乡

我的心无比惆怅寂寥和忧伤

短暂的假期你那样地行色匆忙

电脑与书本陪伴你扑在学习上

而我常出差也去过浙东浙中和西藏

食言了,带你一起去看古堰画乡

食言了,一起去老家逛皮革市场

我的心无比惆怅寂寥和忧伤

你是小棉袄给我带来温暖和希望

可谁为你挡风避雨战胜惊涛骇浪
看着你纤瘦的背影渐行渐远
鼻根酸涩眼睛模糊我仰天怅望
望你保重身体好好学习心情舒畅
亲人为你祝福为你骄傲为你鼓掌
2017年9月25日（她离杭去读大三）

几件趣事

加州大学戴维斯分校采用Quarter制，一年有三个学期，第一学期从9月中到12月中，第二学期从1月初到3月中，第三学期从3月底或4月初到6月中，暑期7月至8月有选修课程。大一第一学期时，女儿有一门工程基础课，期末考试环节有测验，有实验，还有演讲。工科学生需要演讲，我认为很有针对性。一个工程要上马，前期工作会很多：有项目建议书、可行性研究、环境影响评价、社会影响评价、初步设计、施工图设计、施工招投标等等。工程师们"说、写、算、画"哪一项本领可以缺少？哪一项本领缺少都不行！因此，工程基础考试中要求演讲就不难理解了，正如她外语课的一项作业是拍视频一样，教育的目的是提高学生多方面的能力。

美国人非常重视演讲，他们从小时候就开始训练了。

演讲如何拿高分，女儿认为除了个人天赋外，好好练习很重要。

她白天忙于上课，而晚上在寝室里练习会影响室友，好在女儿早已关注到一处练习的好地方——学校洗衣房。她过去的时候，发现长方形的洗衣房没人，就径直走入一个角落开始练了起来。洗衣房只安静了几分钟，不知什么时候，有个学生蹿了进来，不久就发出了"咿……呀……嗨啊……"的声音。女儿看了他一眼后，继续练。那个学生更来劲了,边唱边跳了起来。女儿倒也没觉得什么,可当那个学生转身突然发现女儿的时候,女儿看他的身体好像颤抖了一下,"哦,对不起!"练声的学生忙着给女儿道歉。"没关系。"女儿笑笑说道。

女儿犹豫了一会儿,觉得还是换个地方练习较好,宿舍公共厨房也是练习演讲的好地方。

到了厨房,女儿又继续练了起来。练着练着,进来两个学生,他们用疑惑的眼神看着女儿,其中一人还打开了冰箱。当他们走出公共厨房的时候,她听到他们在嘀咕:"冰箱里的东西没有少。"呵呵,那两个家伙竟然怀疑女儿是小偷。小人长戚戚,君子坦荡荡,她不管三七二十一,继续练习起来。

那次女儿演讲得了满分。

女儿大一期间,曾去在加州大学戴维斯分校做访问学者的彭先生家蹭过四五次饭。女儿很喜欢去,不但彭夫人对她很好,而且他们有两个闺女,女儿觉得特别好玩。大的当时只有四五岁,英语说得很溜;小的只有四个来月,她胖嘟嘟的,看起来特别有趣,特别可爱。

2016年5月下旬,女儿又一次去彭先生家蹭饭。彭先生的高中同学,同为清华大学博士,在美国高校做访问学者的Q及夫人也在。彭夫人厨艺水平不错,准备了一桌丰盛的饭菜。其中,菜肴里有一道菜是红烧猪蹄。

大家坐下来后,主人强调这是猪的前蹄,味道要比后蹄好吃。然后两位清华博士便讨论起为什么前蹄比较好吃的原因。他们从结构形状、运动受力方向等不同进行全面的分析,讨论得非常起劲，主人一时忘记动第一筷了，好在彭夫人及时作了提醒。女儿看着桌上丰盛的佳肴，闻着食物扑鼻的香气，着实感到肚子有些饿了。那天晚上女儿告诉我，跟他们一起吃饭，收获颇多，实在有趣。不过，在回校的路上女儿还想着一个问题：假如下一次有机会与一帮文科朋友吃饭，再上同一道菜，大家会不会就猪的名字由来及猪的历史等方面也进行一番深入有趣的讨论呢？

学校里，与女儿同专业的人并不多，其中女生更少，她同届中中国女生只有三人。她觉得，土木工程专业并不枯燥，碰到同专业的同学，讨论起专业问题会很有趣。有一次，女儿去食堂吃晚饭，迎面走来一个同学，他手里拿着一袋洗衣粉，说要去洗衣房洗衣服。两人聊着聊着就开始讨论起专业问题来了，不知过了多久，女儿回到寝室，当室友问起晚餐吃了什么时，她才反应过来竟忘记吃晚饭了。第二天一早，女儿又碰到那个同学，他手中还是拿着一袋洗衣粉，当问他怎么会那样勤快时，他说昨天聊天后竟然忘记洗衣服了。

女儿在学校除读书外，还喜欢游玩，虽然受时间影响和顾及花费，她出去的次数并不多。不过有一次却完全出乎我的意料，还是大二的她在旅行的过程中，与我竟然在意外的时间和意外的地点相遇了。对了，可不是在梦里。

2016年12月14日至21日，我随代表团赴美国、加拿大就市政公用基础设施规划、垃圾和污水处理、市政供水及城市建设等进行了为期八天的访问。访问城市是美国旧金山和纽约、加拿大多伦多。在美国期间拟与旧金山对华办公室、曼哈顿商会等进行广泛交流。

行前，我十分期望能在旧金山与女儿碰面，旧金山距离女儿学校相对较近，我顺便带了些家乡的土特产及一条被子交给她。我们没有确定哪天出发。我事先与女儿联系过，她说考试完后想与同学一起出去旅行，也没有说具体想去哪儿。我说你们按计划行动吧，不要管我，因为我们手续没有办完，还不知道啥时候能走。如果我们父女碰不上的话，我打算将东西放在住的酒店，让她自己去取。

我们访问团完成签证后定了出发的时间，而她与同学比我们早定了玩的地点和出发时间。她们先从学校去波士顿，参观哈佛大学和麻省理工学院，再去纽约，然后回旧金山。她高兴地说网上已定好了哈佛大学的讲解员，是一名哈佛的在校大学生，还不需要费用。我们核对时发现，天哪，竟然有一天半时间（16日到17日上午）我与女儿都在纽约。

到了纽约我联系女儿，想不到她住的酒店离我住的地方只有两站地铁的路程。16日上午，访问团一行拜会了曼哈顿商会，由于联络方邀请的翻译水平有限，致使代表团与美方人员交流中出现了问题，后来万不得已只能请女儿和她同学"救火"，她们的帮助使我们在纽约的访问工作十分顺利。想不到两位大二的学生，又不是学环境工程的，竟然对我们与美方交流中使用到的一些专业英语有很好的把握，女儿和她同学的水平得到了曼哈顿商会美方人员的高度肯定。后来我问女儿，她说给排水工程在大土木专业之中，与环境工程学科有交叉，双方交流所用到的专业英语单词她基本上学过。女儿还说："不是还有一个学霸在旁边吗？"我对女儿说："可她是学数学的啊。"女儿没有再说什么，而是对我付之一笑。

　　我们访问的曼哈顿商会地处纽约市中心。联合国总部、华尔街金融中心、纽约证交所、纽约时报均分布在曼哈顿，甚至时任美国总统特朗普的家也在曼哈顿。整个曼哈顿高楼林立，是世界上最大的摩天大楼集中区。据有关资料，其中二百米以上的大楼超过三十五栋。尽管纽约车水马龙、人声鼎沸，但空气质量和水环境依旧非常好，视线特别通透，天空湛蓝，湖水清澈。每到夜晚，数千栋摩天大楼通宵明亮，晶莹剔透，因此曼哈顿也被喻为"不夜城"。这样的气势，在我们乘坐的飞机开始下降，还未到达肯尼迪机场时大家就体会到了。当然，在曼哈顿市中心停留的短暂时间里大家的体会则更深。我们认为，从城市建设角度看，如果旧金山对应的是"下里巴人"的话，那纽约则是"阳春白雪"。就拿被称作"世界十字路口"和"世界中心点"的时代广场来说，它璀璨夺目、气势磅礴、令人震撼。但你仔细探究，这"白雪"是有经济效益的。据了解，其中有不少是LED广告灯，发布广告者是要付费的，据说金额还不少。从这个角度看，奢华不夜城也没有浪费纳税人的钱，有的是经济高产出。

　　我问女儿："你想得到我们会在纽约碰面吗？""像做梦一样。"女儿高兴地说。我也感到非常惊奇，这样的机缘巧合莫非是老天爷的安排？

　　临近圣诞节，大家还盼着在异国他乡能遇到一场大雪，有趣的是，访问团离开纽约的那天还真碰上了，是一场皑皑白雪，来得悄无声息。这一路大家见到了白雪，我还见到了女儿，一切都如愿以偿。然而幸福的时光总是那么短暂，分别时，我送女儿及她同学到地铁口,大家依依不舍,然后各奔东西。

女儿同学是一名学霸,后来读了英国剑桥大学研究生,毕业后在深圳工作。

手表和衬衫

小时候，我用圆珠笔在细细的手腕上画手表，表壳画不圆，表带画得歪歪扭扭，分针时针位置也对不上。当时，我认为好玩，但更多的是儿时的梦想。手表、自行车、收音机，后来有了电以后还有电风扇，当时这些东西有个名字，叫"两转一响"或"三转一响"，是有钱人家才有的。我们家穷，自然没有这些东西。

老家在偏僻的农村，附近有个小集镇叫彭墩。"英国有个伦敦，中国有个彭墩。"那是我听老家几个年轻人开玩笑时说的。英国伦敦名气很大，知道的人自然很多；而知道彭墩的，全世界最多不过区区几千人，而且都是当地人。

老家离上海不远，约百来公里。20世纪70年代，周围不少年轻恋人结婚前要去上海走一趟，既是旅游，也顺便采购结婚用品。那时小地方物品实在匮乏，大上海就不一样。隔壁一位按辈分我叫她姑妈的邻居，婚前带着他男朋友也去了上海，回来后给大家谈了感受："一个皮包四只钉，尖头皮鞋三角形，小小洋伞玻璃柄，没有手表不是人。"前三句说的是这些年轻人去上海时的时尚装扮，最后一句说的是当时在大上海，没有手表不是人过的日子。我心里嘀咕着，有那么严重吗？没有手表的人难道就不是人了？我悄悄地向她瞥了一眼，看到了她手腕上也有着那亮晶晶的东西。

1982年6月的一天下午,学校安排的实习结束了,临近工作分配前我回了趟老家。进了家门,只有奶奶一人在,爸爸妈妈还在生产队里干活,两个弟弟念书还没放学。以前每次回家看到爸妈疲惫的样子,我就盼着能早点工作,好分担家里的困难。

爸爸妈妈息工回家了。不一会儿爸爸笑眯眯地交给我一样东西,原来是一块崭新的手表,当时我又惊又喜。妈妈说:"你快参加工作了,该有一块手表了。"这不但是我的第一块手表,也是全家的第一块手表。听爸爸讲,是家里卖了一头猪后买的,总共花了一百零五元。可我盯着手表,总感觉有点异样,原来这表是没法戴的。看到我一脸疑惑的样子,妈妈解释道:"东西你先放好,过几天再给你配根表带。"此时我想起我读初中时,妈妈给我买的搪瓷杯也没盖子,我用它带菜很不方便,上面还得盖上一层纸,然后用橡皮筋扎紧。大约又过了半个多月,家人为我配了表带,那时候我才拥有了一块完整的手表。

听大人们说,钻石牌全钢手表每块一百零五元,半钢八十五元。县城培隆百货商店里最好的手表是上海牌全钢手表,表身一百二十元。家人为我买全钢钻石牌已经十分尽力了,那时候我爸妈两人加起来一个月的收入不到四十元,并且有的还是分得的农产品实物折价。

我对这稀罕物十分喜欢。晚上睡觉前,不时地用耳朵贴着表面,细细聆听秒针走动时发出的"嚓嚓嚓"声音,那声音真的美妙极了,然后又小心翼翼地把它从手腕上摘下来放在枕头边,让它陪伴我进入美丽的梦乡;早晨起床后我上茅坑的时候,也不时偷偷地伸出手臂,生怕被别人看到,目睹着表的秒针一圈又一圈不紧不慢地转动，心里过瘾极了。

1982年7月10日，我参加工作了。

20世纪90年代，从外地进的简易的电子表一只大概不到二十元，表面上阿拉伯数字一闪一闪的，我觉得很有趣也很便宜，而且也不像机械表使用起来那么麻烦。我的钻石牌手表右侧有个小柄，每天要上发条，几天后还要将小柄拉出一截调整时间。想到这些，我就毫不犹豫买了一块电子表，然后把钻石牌手表回赠给了父亲。可惜的是那块电子表很不经用，没有多少时间就罢工了；倒是那块钻石牌手表父亲又用了好多年。

我又陆续买过几块手表，有给妈妈买的，有给爱人买的，有给女儿买的，也有给自己买的。那块飞亚达牌手表质量不错，有日期和星期，因为是石英表，不用上发条，时间又特别准，表面玻璃坏了修好后可重新用，我十分喜欢。不过有一次在家时把它放在屁股后面的口袋忘记取出来，妈妈是个勤快人，把我换下来的裤子很快扔进了洗衣机，当衣服从洗衣机取出的时候，手表已经停止走动。那是2007年上半年的事，当时女儿还在上小学四年级。十一年来，女儿已经从小学、初中、高中读到大三，已从一个小孩长成一个亭亭玉立的大姑娘了。

这十一年来我再也没有戴过手表。

2017年11月25日，女儿发来了微信，想给我买一块手表。说美国"黑五"期间东西打折力度大，宝路华机械表可以打四点三折，还发来了样式要我选择。虽然我感到很意外，但心里蛮感动的，可贵女儿一片孝心，立马用微信回复她："你看了觉得好就行。"两三天后我与女儿又用微信聊天。"爸爸，手表我买好了。""谢谢宝宝，怎么想到给我买手表了,我已经很多年没戴过表,平时用手机或电脑看时间已经习惯了。""我们家里就你没表啊!""那你自己买什么了?应该给自己买点。""我没有买,没找到合适的。""那你同去的同学呢?她们也没有给自己买吗?""她们给自己买了些衣服。"此时,我鼻根酸涩,无心再语。

2018年5月上旬的一天,我下班回家,打开分户门,鞋子还没有放周正,就听到老婆说:"女儿今天给你买了件衬衫,她不清楚你的尺码,在商店找了一个人比试了一番,那个人身高要比你高一点,但没有你胖。""女儿要我管牢你多运动,你已经太胖了,如果你再不好好运动,身体再胖一些的话那件衬衫会穿不来的,女儿说如果这样下次不给你买衬衫了。"我听后很激动:"嗯,知道了,女儿怎么想到给我买衬衫了?我记得去年你也给我买过衬衫,有一两件可能还没穿过呢。女儿给你买什么了?""她这次没给我买,也没有给自己买。"

临近女儿回家的几个星期,爱人与我陆续在家里搞卫生。打扫了客厅、书房、厨房和卫生间,窗户和热水器都仔细擦洗了一遍。所有的窗帘也洗了一遍。可有一个地方我一直想打扫,却一直提不起精神来,那就是连接主卧、儿童房和次卧的室外设备平台。设备平台实际上是一块水泥板,它兼挡雨和放空调室外机用,约四米长,但很窄,只有四十五厘米左右宽,而且平台护栏很矮,只有约六十厘米高,平台离地面有三十多米。6月9日上午,我拖着笨重的身体,用力翻出窗户。说是翻,其实是先两只脚站在室内凳子上,然后挪动屁股坐到窗台上,再转身双脚朝外像滑滑梯一样滑下去,着地后再侧身。由于平台绝大部分被空调外机占用,能站脚的地方很小。我一只手用力拉住窗框,眼睛不敢往下看,另一只手腾出来干活,两条腿有些发软。由于摆了空调外机,打扫的效果很不好。家里的结构工程师发现我的窘境后,转身拿了一根上仙居公盂岩时的"登山杖"——当年用五元钱向当地农民买的一根木棒,还弯弯曲曲的——一端用绳绑个油漆刷,这个自制的"扫帚"很管用,我很快将犄角旮旯中的垃圾扫成一堆,然后用硬纸板当畚箕把垃圾清除出去。我曾担心平台不够牢固,问:"结构师,这平台荷载多少?我站久了有没有问题?会不会坍塌下去?""你再胖的话就不行啦。"都什么时候了,她都不忘调侃我一番。

等我爬回室内的时候已感到身上有点湿漉漉了。我一次次拿着盛满水的牛奶壶,壶口对着平台往下浇,平台的一端被冲得干干净净,但有地漏的那一头水却越积越多。我来到阳台上,试图隔着阳台窗框用马桶吸盘吸地漏,可手不够长,我马上想到了用过的"登山杖",将一头绑着马桶吸盘。爱人将它用力摁下去又快速拉上来,用不了一会儿工夫,地漏弄通了。

2018年6月12日至14日,当地时间周一到周三上午,女儿有四场考试,再加上上周设计课已完成答辩,上午前应该全部考完了,大三学年就结束了。14日下午1点30分,当地时间晚上10点30分,我联系她却没反应。晚上问了爱人,她今天也没有联系过女儿。不着急,再等几天吧,她将回到美丽的杭州,幸福的家。

她一定还会捎上给我的手表,还有衬衫。

我们期待着那一刻的欣喜。

幸福的相聚总是那么短暂。

云儿洁白,心儿忐忑,望着大雁你高高翱翔。

2018年8月28日上午,女儿乘坐11点的国航班机从杭州到北

京,下午3点40分飞旧金山,第二天当地时间12点20分到达学校(去读大四)。前一晚,我作了如下一首小诗:

惜别宝贝

昨天仿佛盼星星一样等你
明天依依惜别送你留学远行
聚聚分分叨念这就是生活
每次却有每次的悲伤欢喜

今晚我要高高地举起酒杯
饯别寻找诗和远方的宝贝
健康快乐努力要记在心上
你一定会实现梦想和愿望

无须担忧你的至爱和亲朋
我们会调节会保重会潇洒
你尽情拥抱明天的美丽吧
这里永远是你最温暖的家

2018年8月27日

几年来,女儿买的这块机械手表我一直佩戴着,时间很准,也不需要上发条,真方便。

双喜临门

一喜是女儿大学提前毕业。

她每学期的选课在二十一个学分左右,是选课最多的学生之一。这也为她大学提前毕业打下基础。

公立大学的课不好选,要选的同学实在太多了。其中,有一门课选课尤其艰难。这是一门经济类的课,绝大部分同学来自经济学院,而像她这样的工科生很少见。她有幸选到了这门课,且已上课两周了,感觉读起来特别有味道。两周后她突然发现学校管理系统中自己这门课变成了灰色,这意味着该课她无法再继续上下去了,也无法参加考试。更糟糕的是,此时因选课系统关闭,想改选其他课已经不可能了,也意味着她那个学期的学分也会减少。

其实女儿经济类的课程成绩非常好。例如有一门会计课,五百多名学生考试,她名列第三。女儿决定与学校去沟通。

老师说选该课是有条件的,之前需要上过相应的基础课并获得规定的学分,他认为女儿不够条件,而女儿认为符合规定。

女儿把会计、经济、金融等上过的课、取得的成绩,以及高中时经济课的内容、成绩全部搬了出来。老师仔细了解以后要求留下资料,并答应报学院研究后再定。

没过几天,学院有了答复,同意女儿继续上那门课。女儿非常珍惜来之不易的学习机会,最后考试得了 A$^+$,成绩超过了绝大多数来自经济学院的同学。

她除了主修土木工程外,还辅修工程管理。学校课程多,广度宽,除了基础课、专业课外,还学习会计、投行、二外以及多门文科课程(学校规定文科课程如不拿到一定的学分也同样毕不了业)。选课基本靠抢,课间基本靠跑,大二后住宿吃饭学校不管。有一门数学课,老师是中国人,清华大学本硕和哈佛大学博士、博士后,她上课时讲得有板有眼,除了讲话有点北方口音外,条理特别清楚,板书写得非常到位,中国学生尤其喜欢。选这门课的学生实在多,同学们为了有一个好的学习效果,前排位置与讲台之间地上挤满了坐着甚至趴着的学生,无论男女同学都一样。"趴着听课"现象在国内大学恐怕没有听说过。我问过一个年轻的同事,他曾在杭州的一所大学读过书,他说同学们听课都喜欢往后几排挤,前几排几乎是空着的,偶尔有几个想考研的同学在。"有没有女生?"我问他。"两三个吧。"他回答。"那你的对象就从前几排的女生中找。"我不忘调侃他一番。事实上,我说的并没错,那前几排的女生一定比较认真和努力,具备勤劳致富的基本条件。

想不到女儿向来相对薄弱的数学课,那学期也取得了 A$^+$ 的好成绩。

2018 年 12 月 14 日,大学提前毕业了,她读本科总共花了三年零三个月,GPA 比同年级同专业同学平均分高百分之二十五。据说学校该专业本科四年准时毕业率只有百分之四十四,换句话说一大半同学要延期毕业,可见她是多么不容易。本来女儿完全可以提前一年毕业,是我劝她适当放慢学习脚步,申请研究生还有大量的准备工作要做,需要留出足够的时间。她同学中,提前一年毕业的只有一位成绩超级棒的女生,本科毕业后选择直接工作。像女儿这样在12月毕业的,也为数很少。

致姗姗

工院阿妹未消磨
本科用时三年多
青春无悔勤拼搏
人生有幸多付出
走路赏景需停顿
张弛有度入木深
扎扎实实打基础
时时甘当小学生

姗姗同学2015年9月12日外出求学,历时三年又三个月,今天终于大学毕业了,感谢她的辛苦付出。

作于2018年12月14日

知 了

总说毕业遥遥无期
转眼间已各奔东西
青春年少无知无畏

> 谁家都是信心百倍
> 走出校门进入社会
> 才疏学浅必须领会
> 人生世界绝对不易
> 只要努力绝无悔意
> 明天风景分外妖娆
> 登高望远何惧辛劳
> 期待当下赛过蜜甜
> 祝愿今后更加美妙
> 彼与此比差距不少
> 此心安处便是最好

2018年12月19日

女儿暑假都抓得较紧。大学期间除了一个暑假在家准备GRE（美国等国家的研究生入学资格考试）考试外，其余暑假全在实习。其中，准备读大学的那年在一家培训机构实习，其他年份在建筑和市政类设计等咨询机构。实习很重要，既能积累工作经验，又能为申研增加筹码。

二喜是她申请"康哥斯伯"（康奈尔大学、哥伦比亚大学、斯坦福大学、加州大学伯克利分校）四大梦校硕士研究生，全都被录取了。这些学校的整体排名和专业排名都是杠杠的，况且她心也真大，只申请了这四所啊，多一所也没有。

去美国读研除了本科平时成绩、GRE成绩、各种各样的文书以外,还要有三位老师的推荐信,国内本科的同学还要托福成绩。女儿12月份本科毕业,研究生秋季入学要等次年八九月份,这其中的空当她可以安排在美国或国内实习。还有,我们希望女儿硕博联申,她一开始是答应的,后来并没那样做,改为只申请硕研,理由是可以早点参加工作。

老师的推荐信刚开始只准备了两封,有一封是学校里的一位美国工程院院士为她准备的。我们催促她早点完成准备,免得到时手忙脚乱。2018年10月14日凌晨2点02分,女儿发信息告诉我们"推荐信全部到位"。爱人回复她:"嗯嗯,很好,辛苦了。有空呼一下我们啊。时间快到了,早点递交资料。"我看到后马上给女儿点了个赞。后来据她说,为她写最后一封推荐信的老师是在半路上被她"逮着"的,女儿吃好中饭后早早在学校一楼楼梯边守着,老远看到一位老师嘴里哼着小曲很高兴的样子过来了。"就是他了!"女儿果断上前与他商量,进展顺利。三天后的凌晨4点21分,她发来了新考的GRE成绩,表示还没达到她理想中的分数。"好,辛苦了!努力过后不后悔!"我这样对她说。年轻人就是机灵,她先申请了美国两所春季开学的学校。春季开学对她特别有利,本科提前毕业后,马上可以去读研究生,两者时间衔接可以说天衣无缝。美国还有春季入学的研究生,这一点我是不清楚的,可女儿这方面的信息比我多,不过春季开学可选择的学校并不多。

2018年10月30日早晨6点40多分,我打开手机后发现女儿北京时间凌晨4点在"猫窝"群里陆陆续续发来了微信,除了一张照片外还说了"康奈尔""工程管理""打听一下值不值得去?""学费五万多(美元)(一年)"。我看到康奈尔大学发的邮件是当地29日。"猫窝"是我们仨联络的微信小群。"好的,先恭喜了!"我立马给她回信。后来她又补充了学费的具体数额。"学费不是问题,什么时候必须定下来?"我问女儿,她回复说不急,12月1日前决定。我把消息告诉给爱人后,她在微信中虽然点了三个赞,发了三朵鲜花。可是她还是不放心。

"亲爱的咪咪,这算正式录取(了)吗?(我们)两个文盲不认识(英文)字,盼盼(娘俩对我的称呼)说只认识'祝贺'。"女儿回复:"是的。"还俏皮地写了:"认识我的(英文)名字就好。"她老妈不愧为专业出身,她问了句:"工程管理分专业方向吗? 有选吗?""去了可以再选。"女儿回复道。

2018年11月15日0点48分,女儿发来了康奈尔大学的收费通知,她在上面写了"总的学费保险费和生活费",同时在一串阿拉伯数字上画了一个红圈。我刚好醒着,说:"请翻译一下,什么时候要交费? 交多少美元?"女儿说了总的费用,兴许是半夜之故,我也看得云里雾里,最后按我理解的意思写了一段话后发过去请女儿确认。女儿对此作了解释,还说12月1日前只要交五百美元的留位费就行,余钱到校再交。而且她说目前在戴维斯住的房子已经谈好了转租意向,并且已收到别人交来的七百美元定金,交留位费的钱有了。她还征求我的意见,其他学校是否不申请了,她妈妈曾经希望申请斯坦福大学和加州大学伯克利分校的。女儿的担心就是哪怕被录取了,也已经交了一半的钱,上了一半的课,再走人不划算了。我让她明天再征求一下妈妈的意见,我说你如果不想申或者申到了也不想去,那就算了。关于费用的事绕来绕去一时半会没有弄明白。她交代我先睡吧,不早了,明天起床后再聊,还说她学校由于附近大火空气质量差停课了,所以这两天有些空余时间。听到这样的消息我反而难以入睡,又问了她一些情况,直至确认学校是安全的才放心入睡。11月18日早上,女儿交了康奈尔大学的留位费。

这中间,我们夫妻俩办妥了护照和签证手续,想去美国参加女儿的本科毕业典礼,可是后来我们考虑到拿到签证后她马上要去康奈尔大学读研,没有太多的时间陪我们,从而放弃了出国计划。在美国,孩子大学毕业是家族中一件非常重要的事情,美国家庭普遍会全家参加毕业典礼。国内留学生家庭也有很多去参加的。现在想,那次放弃参加女儿的毕业典礼是我近年来最大的人生遗憾。万万想不到,第二年有了新冠疫情,之后她的两次毕业都没有典礼可参加了。

11月29日晚上11时54分,女儿向她妈妈发了一条英文信息,我们理解的意思是:"我是个人,哥大证明的。"还发了一张似乎是录取通知书的照片。爱人直到第二天上午7点多才发现。我俩一时半会儿也没搞清楚她说的是啥。那时不像现在有方便的翻译软件。"这啥意思,两个英文文盲都看不懂(照片上的英文),哥大录取了?"是个人?她又不是集体,肯定是代表个人。是个人?那肯定是个人了,难道还是猿猴不成?爱人想到这里,她恍然大悟,连忙发了条信息:"我懂了。"过了十几分钟,女儿也回了条信息:"爸爸不是认识恭喜的英文单词吗?""认识是认识,可照片不够清晰,恭喜恭喜!"后来再仔细看,哥伦比亚大学的录取通知书也是美国时间29日发的,与康奈尔大学发录取通知书只差了一个月。

为什么女儿说哥伦比亚大学能证明呢?原来,哥伦比亚大学的统计学研究生一时被国内的人觉得十分容易录取,有人认为非常水。以至于有一次爱人与一个浙江大学本科毕业的年轻同事谈起女儿报了哥大时,同事说出了最直白的话:"只要是个人,就会录取的。"其实女儿申的专业哥大也是较强的,据了解并不是那么好录取。呵呵,我们懂了,原来她被哥大录取了。

这两所春季入学的美国常春藤盟校都向女儿抛来了橄榄枝,去不去需要决定,去哪一所学校需要选择。哥伦比亚大学也是大牛校,可想到茅以升毕业于康奈尔大学土木工程专业,与梁启超、王国维、陈寅恪一起被称为清华"四大导师"的赵元任毕业于该校数学专业。学建筑的林徽因、梁思成曾就读该校,而且冰心和徐志摩也在那儿学习和生活过。似乎康奈尔大学对我们更有吸引力,凭感觉,女儿决定入读该校。

据百度百科等资料,康奈尔大学是一所研究型大学。该校是美国大学协会的十四个创始院校之一,著名的常春藤盟校之一。

康奈尔大学主校区坐落在纽约州西北部手指湖地区的伊萨卡小城(纽约市西北约四个小时的车程),另有两个校区位于纽约市和卡塔尔教育城。

学校主校区占地面积二千三百英亩,与美国东北部典型的较为拥挤的大学相比,呈现出一派开阔的宏大气度。校内约七百座建筑呈现出各式的建筑风格,包括哥特式、维多利亚式、新古典主义式及少量的现代风格建筑,分布在位于东山高地上的中央校区和北校区、位于山坡上的西校区和南邻中央校区的大学镇。紧邻主校区,学校还拥有一块十一点七平方公里的康奈尔种植园。

学校标志性建筑是麦格劳钟楼(McGraw Tower),于1891年建于尤里斯图书馆(Uris Library)之上,高一百七十三英尺,由地面至顶楼共一百六十一级台阶。麦格劳钟楼具有古朴的风格,还保留着中世纪欧式建筑的风貌,由建筑师威廉·亨利·米勒(William Henry Miller)设计,已经陪伴着康奈尔大学的莘莘学子走过了一百多个春秋。塔内有康奈尔编钟(Cornell Chimes),共二十一个编钟,每当太阳落山时,钟楼上会有学生表演敲钟音乐,敲响校歌及其他乐曲,乐声回荡,令人十分震撼。

康奈尔大学由埃兹拉·康奈尔和安德鲁·迪克森·怀特于1865年建立,是常春藤盟校中创建于美国独立战争之后的新生力量,其办学理念影响了全美高等教育,办学规模为当时全美高校之最。

康奈尔大学的立校之本是任何人都有获得教育的平等权利的理念,是常春藤盟校中第一所实行性别平等的男女合校大学,在招生录取上最早实行不计贵族身份,不分信仰和种族,并以创建学科齐全、包罗万象的新型综合性大学为建校宗旨。

学校采用公私合营的办学模式,最初以农工学院为特色而起家,目前已发展为包含土木工程、生物工程、农业科学、经济学、社会学等专业的综合性大学。

截至2020年10月,共有六十一位康奈尔大学的校友或教研人员荣获诺贝尔奖,在全球高校中列第十二位,居全美第十位。

总之一句话,该学校值得读。

2019年1月7日,女儿于北京时间11点30分(旧金山时间1月6日19点30分)从加州萨克拉门托机场起飞,经停凤凰城、费城机场,飞往纽约州伊萨卡,北京时间23点30分(纽约时间10点30分)左右到达伊萨卡机场。"你一个晚上没睡,下飞机后还要去康村(学校处于偏远的城市,康奈尔大学被大家俗称为'康村')找住宿。辛苦了宝贝,我们好佩服,谢谢你！去康村后记得好好休息,养足精神后再投入到学习当中。"我在微信中及时联系了她。

学校住宿很紧张,又是春季读研,女儿决定去康奈尔大学前已向学妹转租到了宿舍,据说那位学妹去其他国家学习交流,房间刚好有几个月的空当,双方签订了合同,女儿交了定金。但毕竟是第一次来到陌生的地方,一切又要从头开始。

1月20日上午,女儿发过来九张康奈尔大学的美景照片,有商学院楼、法学院楼、学校图书馆,还有学校和附近的卡尤加湖的照片。我听说康奈尔大学在山上,环境很美,没想到环境有那么美,怪不得女儿称康奈尔大学为"世外桃源"。过了两天,女儿又发了当地体感温度零下三十摄氏度的信息,说学校的瀑布都被冻住了,看起来像水晶一样。"那你怎么办呀？新的羽绒服能抵挡住寒冷吗？"她告诉我们可以的,我们这才放心了。

2019年2月14日上午10点49分,女儿发来了两条微信,内容简短得不能再简短：一张照片和一个英文单词"offer"。我愣了一下,查了照片中的文字开头,没有发现"恭喜"一词,因为这个单词我比较熟悉,许多英文单词认识我,我却不认识他们,然后匆匆忙忙通过百度查阅,确认是一张斯坦福大学的录取通知书。斯坦福大学是全球顶尖学校之一,学校工科排名在全球数一数二。敢申请斯坦福大学工程学院说明女儿有勇气,值得鼓励,但我一直觉得她录取的可能性极小,尽管我一直没有与女儿和爱人明说,怕打击她们的积极性。我立马把消息告诉了爱人,然后回复女儿"恭喜恭喜",爱人依样画葫芦,用"恭喜恭喜"回复了女儿。我们感谢女儿在2月14日这个特别的日子给我们送来了特别的礼物,感谢斯坦福大学对女儿的眷顾。

至此,女儿申请的康奈尔、哥伦比亚、斯坦福三所大学硕士研究生的offer已收入囊中,只是加州大学伯克利分校还没消息,伯克利发offer的时间一般在3月中下旬。

3月15日上午,女儿给我们发来了本科毕业证书的照片,毕业证书与学位证书合一,证书上还有荣誉毕业生的标记。

"更乱了。""伯克利给两万美元。"2019年3月20日6点50分,我突然发现女儿凌晨5点又在家庭群里发来了微信,这次的信息有三条,比上次多一条:一张照片、照片文字中显要位置有congratulations(祝贺)! 这下我确信女儿也被加州大学伯克利分校录取了,并且我也大致猜测伯克利给了奖学金使她的选择增加了难度。我立马回复她:"恭喜。先静一静。"中间还夹着鲜花、礼物等表情符号。爱人知道消息后回复她:"恭喜恭喜。咪咪百发百中。"后面带了点赞、鲜花等一串表情符号。

至此,女儿历时五个月的研究生申请及等待季终于结束了。赶在她生日六天前,以四发全中的结果圆满收官。感谢"康哥斯伯",感谢女儿。

可是加州大学伯克利分校怎么会给她奖学金呢?这个问题我没有整明白。后来从与她视频聊天中才知道她申请了奖学金,不但伯克利申请了,而且向斯坦福也申请了,只是女儿一直对我们保密罢了。呵呵,女儿胆子也真够大的。斯坦福大学给她发的offer没有提起奖学金的事,没提起,就意味着没有,这个我懂的。

那三所学校,康奈尔大学在读,加州大学伯克利分校有奖学金,斯坦福大学更加有名,要换学校吗?若要换的话去加州的哪一所呢?一切由女儿决定,不过建议好好比较后再定夺,我发她微信的内容是这样的:"福校有几大好处:一是名气更大,二是研一可住校(研二抽中签可住校),三是安全性较好,还有就是私立、地方大和学生少。伯校的优点:一是有奖学金两万美元,二是当TA(教学助理)可免学费(据说TA工作量大,学习又紧,你是否有时间有精力也要考虑好)。不过我们缺少学校该专业同学就业状况。硕士以就业为目的,就业是应考虑的主要因素之一。另据别人说福校开学前也可申请TA不知是否真的?以上请你综合考虑并与同学商量下,然后再与我们讨论吧。辛苦了,祝天天快乐!"

斯坦福大学的奖学金估计泡汤了,因为学校曾回复3月底前会决定,时间过了还没有消息,意味着不会有了。斯坦福大学不给女儿奖学金再正常不过,毕竟这样的学校奖学金不会随便让人拿的。

4月9日上午8点17分,女儿发过来一段我们全看不懂的英文。空一行附了一句话:"我要感动到哭了。"我们问:"怎么回事?"女儿回了:"斯坦福大学给我三万美金。"这几个字是分三行写的。这样的好事是我们做梦也不会想到的。从女儿的微信中得知,学校要求4月16日(美国时间4月15日)前回复去还是不去,offer上要求是到4月底前答复的,目前要求提前了,同时这笔奖学金还要提前办手续,需要学生复函要还是不要。

斯坦福大学工程学院的offer太有吸引力了,女儿舍不得拒绝,但是要去斯坦福大学就读的话需要与在读的康奈尔大学联系,不知康奈尔大学同不同意,假若不同意,那也是没法去新学校就读的。女儿决定先与康奈尔大学的导师谈了再说。

4月10日中午,我发了微信:"宝宝,与导师谈得怎么样?"女儿回复我一份她妈刚与她聊天的截屏。半小时前爱人问她同样的问题,女儿回答:"顺利。"

"我签字画押啦,虽然4月15日截止,但今天提前交掉了。"女儿提前递交决定并将消息告知了我们。一天后,女儿告知福校已经发来欢迎她就读的信,同时女儿还告诉我们康奈尔大学还保留了她一年的学籍。斯坦福大学,学生家长喜欢叫成"福校",称学生为"福娃",称家长为"福爸或福妈"。

感谢"康哥斯伯"。这下,如果女儿签证顺利的话可以毫无后顾之忧去斯坦福大学读书了。

从康奈尔归来

2019年5月18日至19日,我把家里彻底打扫干净,迎接将要回家的女儿。家里淋浴房中脚踩的塑料格栅需用废弃的牙刷慢慢刷干净,爱人操作起来比较内行,其余的活由我慢慢完成,包括擦玻璃窗和门柜,吸地板和吊顶,清理床底下的书袋子和空调外机室外平台,打扫阳台,整理花草树木,等等。我爬上爬下,气喘吁吁,实足忙了两天,晕头转向。现在商家策划的节日多,其目的是要消费者多消费,5月20日谐音"我爱你"也变成一个节日了,可我不是在消费,而是在等着女儿的归来。

女儿在离开康奈尔大学前,在朋友圈发了学校的几张照片和"朝暮阴晴远近,都会铭记在心"的感悟,可见她对学校是饱含深情的。

女儿那次回来一路上非常辛苦。她从康奈尔大学出发,经纽约,停香港,到达杭州萧山机场,路上共花了三十三个多小时。飞机晚点一个多小时,5月23日凌晨1点我们才接到女儿。当我们在萧山机场国际到达处看到她的第一眼,就发现她已明显消瘦了,说明她在外求学的确辛苦。回来后时差还没有倒好,就去了一家公司实习,直至9月初才离开公司。

女儿难得回家,我得找机会多陪陪她。平常她在公司实习,利用几个周末,我和爱人一起陪她到过德清县新市镇、绍兴市安昌镇、湖州市南浔镇等地。后来发现,这三个地方全是中国历史文化名镇。

6月1日,在德清县新市镇,我印象最深的不是吃红烧羊肉,也不是参观临河而居、傍桥而市的水乡街景,而是向当地老伯问路时所遇所见和参观钟兆琳纪念馆。

在临河骑楼下,我们欲问路人哪里有较好的吃饭地方。一位老伯在藤椅上半躺着,看起来精神矍铄、面目慈祥,他一定是本地人,我们与他打了招呼。他客气地站了起来,我发现他身体不胖不瘦,双目如炬,身高一米七十三左右。他问我们从哪里来,并给我们指路,还介绍新市概况。说着说着,他突然间撩开衬衣,右手拍得胸脯啷啷响,说:"怎么样,我身体可以伐? 你们猜猜我有多大年纪?""非常好,我猜七十三(岁)左右。"我回答道。"今年八十四(岁),我在这河边休息,雨落不着,风吹得到,看人来人往,过神仙日子,外面无论哪儿我都不想去了。"那老伯自傲地说。

妈妈曾对我说过,艰辛生活自出家门三里路外开始。我的理解是过去出家门三里路外,家人和近邻一般帮不上忙了,若有问题必须由自己解决;我也相信年轻时无论走到哪里,到老了一定是故乡最好。可是由于各种各样的原因,有的人能叶落归根,有的人却难以如愿。

是啊,人生可以远航,但不能缺少乡情。

在镇上的钟兆琳纪念馆,得知钟教授是我国电机工程专家和教育家,中国科学院学部委员,早年曾留学美国康奈尔大学电气工程研究生院；他指导并参与研制出我国第一台交流发电机和电动机，促成了我国第一家民族电机制造厂开业；他从事教育六十余载，学子遍布海内外，是江泽民和钱学森等的老师。而女儿刚从康奈尔大学回来，她就读工程学院硕士，可以说与钟教授是校友，虽然我们望尘莫及，但参观这纪念馆感到特别亲切。

是啊，能力可以不同，但不能缺少努力。

7月28日我们去了绍兴市安昌镇。安昌镇中间有一条河，河之南民居连绵不断，河之北商铺鳞次栉比，我们参观了中国银行展陈馆、绍兴师爷馆和仁昌酱园。许多形状各异的小桥连着河两岸。在岸上看到乌篷船不时地在水中慢慢划过。脸色黝黑的船夫坐在后艄，两脚踏着船一侧的桨柄，以腿的伸缩蹬踏使长长的桨身不时地划水前进。船行的方向靠手操纵尾桨来把控，那尾桨一直稳稳地扎入水中。侧桨的灵动和尾桨的敦厚好像是做人需要的两项基本功一样。不过那次去安昌印象最深的不是这些，而是河之北最西头的一个店家。

炎炎夏日，即便走在骑楼下我也是汗流浃背。我们已经走过热闹的地段，街西边有点冷清。此时又看到了一家卖冷饮的小店，虽然之前类似的店有不少，但此时大家走累了，很想作短暂的休息调整。店主看我们驻足不前，很热情招呼我们进店。她个子平常，模样精干，年纪不到五十岁。店面不大，有一间门面宽度，不过有些进深，面积约有二十来平方米。我们围着四仙桌并坐在长凳上，然后要了一碗木莲豆腐、一支黄酒棒冰和一碗绿豆汤，这三样便是该店主打的冷饮品种。我吃的是黄酒棒冰，除了绍兴在其他地方没有见过，似乎有一点点黄酒味，有浓浓的绍兴味道；女儿吃的是木莲豆腐,看起来是一碗水,别无其他东西,但从水中捞起来有无色透明的方形固体。店里没有空调,只有一把电风扇摇曳。吃着吃着,一下子感觉暑气已消。店主很朴实也很健谈,说她女儿大学毕业后在城里建设银行工作,还招了女婿,小两口住在城里,而她还是喜欢住在小镇上,店面是自家的,不需要交租金,开店并不是以赚多少钱为目的,而是为了打发时光。我们在店里坐了好一会儿,离开时我支付了费用,每样冷饮五元,共十五元,绝对是良心价。

是啊,做人可以平凡,但不能缺少良心。

8月17日我们去了湖州市南浔镇。南浔曾是富甲一方的宝地。清光绪年间民间用动物形体大小来衡量南浔一户家庭的财产,一千万两(白银)以上的称为"象",五百万两以上的称为"牛",一百万两以上的称为"狗"。这里当年共有"四象八牛七十二金狗",真是罕见的巨富之镇。镇上存有驰名中外的嘉业堂藏书楼、江南园林小莲庄、枕河民居百间楼、民国元老张静江故居等,除了一幢幢古建筑呈现在人们眼前外,还有灵动的河水碧波荡漾和摇橹船在水上不停地穿梭。

在南浔,我对小莲庄印象最深。

小莲庄又称"刘园",占地约二十亩,是晚清南浔"四象"之首、清末光禄大夫刘镛的私家花园,据传他家的财产达两千多万两银子之巨。小莲庄是典型的江南园林式建筑,以荷花池为中心,由外园、内园及刘氏家庙组成,并以"园中园"闻名遐迩。园林及建筑构思精巧,亭榭楼阁,曲桥长廊,花木扶疏,曲径通幽,民国十三年(1924年)竣工,建设历时四十年之久。特别是"净香诗窟",这里曾是主人邀请文人雅士吟诗酬唱之地，室内天花藻井，一似升状，一为斗（笠）状，故又俗称"升斗厅"，其别具一格的建筑构造，据说为海内孤品。

是啊，体量可以有差别，但不能缺少特色。

这中间，娘俩还去了英国游玩，她们希望我也同去。我对她们说："我就不去了，省下的钱你们路上花掉，可以提高点消费档次。"我不是对游玩提不起兴趣，而是单位那段时间事情多，而且欧洲包括英国我曾去过，去时路上还丢了一个旅行包，当时心情并不太好。

女儿在英国玩得很开心。特别是利用团组自由安排的时间，溜进了伦敦海德公园附近的帝国理工学院主校区，主动找到几个学生交流，还去了学校图书馆看书。回来后对我说想不到该校面积不大，建筑密度又高，但学习氛围一流。至于参观牛津大学和剑桥大学，都有导游带着，只是看看学校外表而已。因英语出色，女儿在旅行团中很受欢迎。"姗姗，姗姗"，许多上海爷爷奶奶叫个不停，或要帮忙带路，或要指导购物，她一路上忙得不亦乐乎。

是啊，旅行可以有近远，但不能缺少欢乐。

去斯坦福大学

斯坦福大学（Stanford University），位于美国加州旧金山湾区南部帕罗奥多市境内，临近高科技园区硅谷（Silicon Valley），是私立研究型大学，全球大学高研院联盟成员。斯坦福大学于1885年成立，1891年开始正式招生，占地约三十三平方公里（八千一百八十英亩），是美国占地面积最大的大学之一。杭州西溪国家湿地公园总面积约十一点五平方公里，我去西溪国家湿地公园的次数已经不计其数，由于范围太大，我从来没有一次是逛完整的，斯坦福大学面积是西溪国家湿地公园的三倍，校园之大，真的令我难以想象。

斯坦福大学发展势头超级猛烈。20世纪60年代，当同在旧金山湾区的公立大学加州大学伯克利分校在学术活动和学生运动上远近驰名之际，斯坦福大学却还默默无闻。斯坦福的腾飞，是70年代之后的事。虽然走上快车道时间不长，但是成绩令世人瞩目。截至2021年4月，斯坦福大学的校友、教授及研究人员中有八十四位获得诺贝尔奖（数量居世界第七）、二十九位获得图灵奖（数量居世界第一）、八位获得过菲尔兹奖（数量居世界第七）。在"四大榜"——U. S. News、QS、泰晤士、软科上，斯坦福大学排名均非常靠前。

斯坦福的腾飞，与斯坦福面积大有很大关系。1951年，工程学院院长特曼（Frederick Terman）提出了一个构想：将一千英亩的土地以极低廉、只具象征性的地租，长期租给工商业界或毕业校友设立公司，再由他们与学校合作，提供各种研究项目和学生实习机会。斯坦福成为美国首家在校园内设立工业园区的大学。这便是斯坦福大学的转折点。正是得益于这个建议，斯坦福跻身于美国的科技前沿。斯坦福大学被科技集团与企业紧密围绕，与高科技产业和商界建立了密切的联系。随着美国西海岸高科技带的兴起，斯坦福大学的地位越来越举足轻重，斯坦福大学从此就成为硅谷的核心。

斯坦福大学培养了众多高科技公司的领导者，其中包括惠普、谷歌、雅虎、罗技、色拉布、美国艺电公司、太阳微、英伟达、思科及领英等公司的创办人。此外，斯坦福亦为培养最多美国国会成员的高等院校之一。

斯坦福大学这块敲门砖，真的有点厚。女儿从2018年暑假搞定GRE，10月找老师推荐，12月18日递交申请，2019年2月14日拿到offer，4月15日定校，5月31日收到I20表，7月15日去上海面签被"check"，过了二十天后，女儿每天在网上查询结果，直至8月20日才收到同意结果，8月26日终于收到签证，中间还有申请宿舍、定奖、买保险等等，这些都像通往幸福路上的一个个堡垒，女儿必须一个个去攻克。这中间我们最担心的是签证环节，万一签不出来就无法成行，而且签证的事情学校也管不着。办签证的那段日子，焦急、忐忑、灰心、懊悔、期盼、五味杂陈，只有我们自己知道。懊悔来自重新办理签证，如那次不办的话女儿是可以成行的，因为读本科时签了五年,可是女儿想重办,期望顺利再拿到五年签。但突如其来的审查,使我们不明就里,一时找不到北,还好谢天谢地最后总算通过了,但只给了一年签,比没重签时只延长了三个月,有聊胜于无的感觉,而且还承担了被拒签和上不了斯坦福大学的风险。早知道是这样的结果,就不办理新的签证了。几年后,女儿分析可能不是无缘无故给的"check",大概率是她大学时在国内的一家单位实习过,可能有些敏感,尽管这是一家普通的研究型单位。

女儿在斯坦福大学读可持续设计与建造专业,学制两年,一年签时间显然是不够的,当时的想法是第二年再签,或者不签也行,暑期回来在杭待上几个月,赶在8月份签证过期前到达美国。

2019年9月12日,是中秋节的前一天,第二天女儿将出发去斯坦福大学读书。晚上,圆圆的月亮悬挂在天空,大地银光遍布。阳台上脱叶的枇杷枝丫探出户外,一动不动宛如一幅静物画。我突然感到,女儿仿佛是那一轮明月,而我就像脱叶的枇杷树。是啊,这几年我的头发越来越少,像棵树掉了大部分叶子一样,头顶显露出来了。在这样的环境里,我记录了当时的心情。

女儿明天去福校

蒙蒙天亮复凭栏

丝丝袅袅又一番

三藩求学已四年

明日挑战不平凡

踽踽独行瘦影只
茕茕孑立闯远川
最愁中秋无云起
遥望天上剩孤月

2019年中秋前夜

  2019年9月13日,是中秋佳节,本是一家人团聚赏月的日子,但女儿为了求学,来不及好好过节,上午10点多便进入杭州萧山国际机场出发大厅,前往斯坦福大学读研。俗话说,儿行千里母担忧,女儿行两万多里去一个陌生的地方,为父的能不焦虑吗?那是一种落寞惆怅的感觉啊。

  女儿路上并不顺利,飞机原定中秋节那天8点杭州起飞,经停香港,女儿下午2点转机去旧金山,可航班临时更改,改成上午11点25分杭州起飞,下午1点55分到香港,停留近五个小时后于晚上6点45分飞旧金山,造成约好接机的学长有事不能前往,打乱了计划。幸亏得到未曾谋面的女儿南京学姐及其家长的热情帮助,女儿才于9月14日中午11点多顺利到达斯坦福大学安排的学生宿舍。女儿的那位学姐与女儿同属工程学院但不同专业,即将读研二。她来机场接表弟,他与女儿同乘香港至旧金山的CX892班机,女儿座位是41A,小伙子的座位是40A,是同一航班前后座。他当时还在加州大学圣克鲁兹分校读研,一个学期后将转学南加州大学,那一次他也是去美国读书。

女儿到了学校后,第一件事就是发来学生证照片。学生证简朴大气,信息很全,有学校名称、女儿的彩色照片、大"S"衬托红杉树的徽标、学生编号、发证日期还有条形码等信息。底色为白色,学校名称、学生编号、大S字是紫红色,红杉树是深绿色。9月16日,女儿还发来她拍摄的九张校园照片。她还爬上了胡佛塔,胡佛塔是斯坦福大学的地标建筑,是为了纪念校友美国前总统胡佛而修建的。女儿说,塔内有图书馆、纪念馆等。在塔顶观景台,她俯瞰了斯坦福大学的校园景色。土黄色墙面暗红色屋顶的西班牙式建筑在阳光下格外醒目,学校后面的群山一览无余,蓝天白云下的校园仿佛无边无际。女儿将斯坦福大学的硬件环境称之为"豪华庄园"。

学校的环境很美,可学生们的学习生活委实是不轻松的。我在网上能查到"斯坦福鸭子综合征",说的是斯坦福大学的学生往往处于这样一种状态:学生像水面上的鸭子,看起来非常悠闲,可鸭掌在水下拼命划动。是啊,斯坦福大学学生几乎都是读书高手,学校学习任务繁重,就看同学们如何应对了。女儿在校时候,我常问女儿最近学习忙不忙。她常这样回答我:"感觉人快要飞起来似的。"是啊,她的硕士研究生学制是两年,共四十五个学分,只有百分之十的同学能够一年修完学分,经过个人申请、学校审核可以提前毕业。女儿也拼命学习,考虑到突如其来的疫情和签证等产生的不利因素,期望早日能拿到文凭,以至于学得太快了,但成绩非常不错,最终竟也名列在这百分之十能提前毕业的同学当中。还有个别课程,因她本科时没有学过,学校要求与本科生一起学习,一起参加考试。斯坦福的本科生几乎个个是学神,女儿也敢于和他们比拼,最后该科成绩竟然名列前几位,令这些学弟学妹不敢小觑。

女儿也是一只斯坦福小鸭子,由于学习紧张,很少发微信朋友圈,还常常不看手机,甚至连我与爱人双方大家庭群中的红包也不抢,连人人有份的红包,她也不愿意要。可有一次她在总结2019年的生活时,在朋友圈里突然发了"几个月在Ithaca(伊萨卡)抗风雪,几个月在家当闲鱼,几个月在Palo Alto(斯坦福大学所在城市)掉头发"。我觉得十分奇怪。其实假期在家,她并没有当"闲鱼",大部分时间在一家公司实习。她说到掉头发,说明学习实在是太紧张了。

女儿在斯坦福大学时,正遇上新冠疫情突发,2019年第二个学期期末考试改在线上进行。女儿在斯坦福的学习成绩也很不错,更可喜的是她属于越到后面越会提升的那种。可第三个学期完全是线上上课,学校决定成绩不计入GPA。但即便不计入,她的GPA也有三点八三(满分为四),如果最后学期计入,GPA估计在三点九以上。学生的GPA计分规则呈正态分布,所以能得到这样高的GPA我们已经满足了。虽然疫情肆虐,好在那个时候形势并不紧张,同学们在课外时间还经常能小范围活动集会,大家也相安无事,只是可惜美国大公司来校招聘活动几乎停办了,给女儿找工作增添了困难。对于网课,女儿也没有抗拒的心态,反倒心情放松,乐观对待。2020年4月7日,她发了朋友圈:"从上幼儿园小班以来是第一回,我居然因为要开学了而内心有点小激动,尽管是网课。"

女儿在斯坦福除了读书以外,通过竞争性选拔,2020年4月至8月间获得了学校教授领衔和三位研究生共同参与的与澳大利亚昆士兰投资有限公司合作，对共建"一带一路"国进行宏观经济量化研究的任务，女儿倍加珍惜这来之不易的实习机会，与大家共同完成了《关于"一带一路"基础设施项目投资建议报告》。有的同学因转专业等原因中间退出了课题组，女儿却自始至终参与。报告通过建立评价模型，对具体项目案例进行归纳，分析贷款、投资资金流向和国企参与度，筛选出适合投资的国家和板块，为投资者提供参考依据。

2020年上半年，女儿从斯坦福大学硕士研究生毕业。由于新冠疫情，学校当年并没有举行毕业典礼（2021年夏天补办的），也没有将"2020"的"时间胶囊"埋在地下（第二年补埋的），只是在网上象征性地搞了一个仪式。毕业那天，近一年没有联系过的南京学姐的妈妈突然发我微信："你好，你女儿好厉害，这么快就毕业啦！恭喜恭喜。""谢谢你们，她读得太快，学校里没有待够呀。如果没有新冠疫情和签证问题，也许她还会上一些自己喜欢的课，并兼顾下实习。"我回答道。"能不能麻烦你找找电子毕业册上我女儿的名字？"她问我。"巧了，就在我女儿上面一位，在三十二页。"我答道。"请截个屏给我看看，谢谢啦。""好的。""收到了，真巧。"我也百思不得其解，问女儿情况，女儿说："学姐姓计，与我的姓英文都是J开头。"真是无巧不成书。7月15日她发来了她的毕业证书，证书有棕红色的封皮，喜气和高贵兼具，字体依旧是花体。之后，女儿面临两条路：或找工作或去康奈尔大学继续读书。

再出发

康奈尔大学的工程管理专业女儿也很喜欢，特别是这个专业有大量的商科课程如管理金融、管理会计与财报、衍生证券、估值原理、数据分析、人工智能战略和应用、风险分析和管理等课程可以学习，女儿说这些课程对她这个工科生是很好的知识补充，或许今后工作中还能用到呢。再说返回康奈尔读书手续并不复杂，非常可喜的是此时还处在学籍保留期，只要个人填上申请表，所在的工程学院审批后即可复学。要是超过了学籍保留期，手续可能要复杂一些。

由于疫情，那个学期康奈尔大学的工程管理专业课程可以在美国本校上，也可以回国在西湖大学上，这一点，康奈尔大学为学生考虑得非常贴心，出台了国际学生可以在全球十几个国家的当地大学暂时学习的政策。当时被告知她的专业课可以去清华大学或上海交通大学上，后来却有所变化。不过，女儿从2015年起一直在美国上学，对西湖大学的情况并不熟悉。当然，若要我们家长选，来西湖大学暂时学习是不错的选择，毕竟离家近，大学也很有知名度。

可女儿还是希望留在伊萨卡学习。

2020年8月16日，女儿坐飞机从加州首府萨克拉门托起飞经费城到伊萨卡。晚上睡觉前，我发了朋友圈微信："明天我将开启纽约州的时间窗口，重新记挂一个非常美丽的地方，一个夏天凉爽冬雪来得很早的地方，在那里有我最亲最爱的宝贝。"有好几位朋友以为我休假去美国了，为消除误会，我将一段文字发了朋友圈："谢谢各位亲。这次她独自从美西飞美东，经过十二小时多的长途跋涉（包括等待时间），路上虽看不到父亲的背影，也没有母亲的目送，虽然双手推着两个沉重的二十八寸大箱子，肩上背着沉重的两台电脑，行路是那么的不便，但是她是幸运的，因为有那么多叔叔阿姨哥哥姐姐的关心关爱。"晚上11点02分女儿从费城向伊萨卡进军，8月17日凌晨2点05分，在我的追问之下，女儿告知已到了学校的宿舍。

在康奈尔大学，要在上网课、参加考试和申请找工作之间找平衡也不容易。有一次，在女儿身上竟然发生了乌龙事情，有一门期货与期权课是上午8时考试，她误以为是晚上8时，考试时间她还在上网课呢。她说，上午8时那么早开始考试可是开天辟地头一回，看样子她是犯了经验主义的毛病。还有一次，不知怎么回事一份重要的邮件放在垃圾箱了，等她发现时间已经过期。这些事，女儿开始时不敢对我们讲，后来我们相互聊天中她才和盘托出。之后我发现她有一定的思想负担，以为学分不够，影响她准时毕业。为了让她轻装上阵，我与爱人对女儿说，即使她延迟一个学期毕业也没关系，与大多数人比，还是提早毕业了，毕竟高中提前一年，大学提前二百天，斯坦福研究生提前一年。再说，再花上一个学期的学费也没关系，毕竟斯坦福给过三万美元奖学金，已经为我们省钱了。除了口头安慰她之外，我还专门给她写了封信。信是这样写的：

宝宝：

　　最近辛苦了！望注意保重身体，有条不紊，保持好心情。当前遇到点挫折没什么大不了的，下次尽量吸取教训便是。我相信，你肯定会顺利度过当前艰辛和充满挑战的日子的。今后回过头来看，这种经历一定是人生中最宝贵的收获和财富之一。"大雪压青松，青松挺且直。要知松高洁，待到雪化时。"老一辈无产阶级革命家陈毅《青松》的诗句一定能鼓励你取得胜利。伊萨卡的雪再大，一定会有融化的时候，不是吗？

　　来信还有两件事与你商量：一是常备本子记重点。为了不使重要的事情忘记，是否准备一个本子，有关事项及时记录一下，并常常翻本子对照？人们常说"好记性不如烂笔头"是有道理的。这次一门功课忘考了，你也不要过于纠结，请早点商请老师及时采取补救措施，包括适时补考等。二是注意联系方式。如与国内联系，除了邮箱（国内此方式用得较少）以外，你一定要写上国内的手机号码。近期招聘，望你开着华为手机，并注意保持每天查阅手机短信的习惯。一般来说，有邮箱和手机短信两种联系方式，给你的信息不太会遗漏的。当然，"垃圾"邮件也需注意，再不要忘看了。

　　顺便说一下，本月28日（国内时间），有个网上初试，你可以从我发你的招聘公告中查到。其他招聘也宜根据自身能力有所顾及。

　　宝宝，爸妈理解你现在很不容易，请你放心，我们都是你最坚强的后盾。再适当努力一下吧，美好的生活一定在等着你！

　　祝你顺心开心！

爸爸
2020年10月24日晚于家中

　　后来，女儿向任课老师发邮件说明了原因，老师表示非常同情，但是没有想到老师说考虑到没有开过先例，不同意补考。不过，事后我们得知了两个不坏的消息：一是毕业学分已经够了，那门课也不是必修课，该课没参加考试毕业不受影响；二是老师根据她的平时作业、前期测验成绩等给了她这门课 B^+ 的等次。

　　这是她在康奈尔大学唯一的 B^+ 成绩，其他十五门功课不是A就是 A^+。

　　最后学校给她的GPA为四，我们对此也感到十分奇怪，不知这GPA是怎么计算出来的。只听说她有一半是上商学院的课，按规定，商学院老师给学生的平均GPA只能打到三点五。我听说GPA成绩达到四在康奈尔大学是非常困难的。

　　都说美国读书很苦，特别是考试期间有很多同学要开夜车，不过，女儿倒还好，无论本科还是研究生阶段，她一般能在晚上11点前睡觉。

　　在被喻为常春藤联盟中的"学术高压锅"的康奈尔大学，我感到女儿最辛苦的不是读书而是找房子和搬家。很多美国大学虽然面积很大，但学生宿舍并不多，我以为，他们不缺钱建造宿舍，从某种程度来说，他们觉得找宿舍是学生接触社会的重要途径，也是培养个人能力的重要渠道。在美国大学,一般是大一新生或研一新生能保证住校,博士生也不能保证住校,多数学生得自己找宿舍。女儿两次去康奈尔大学住的宿舍都是从校友那转租的,第一次是校友去了国外交流;第二次是碰到了疫情,房主人在国内上网课。第一次转租与第二次转租都是同一幢楼,只是层数第二次比第一次高一层而已。

2020年12月,女儿达到康奈尔大学硕士研究生毕业条件并申请毕业。至此,她二十三岁那年完成了美国东西两所名校的理学和工学双硕士研究生学业。拿到康奈尔大学毕业证比较迟,已经是2021年3月份了(证书上的毕业时间是2020年12月)。女儿毕业后没有离开学校,一方面她在教授的公司打工,另一方面,她还在网上为加州硅谷的另一家风投公司干活。

2021年下半年,康奈尔大学恢复了课堂上课,学生从四面八方回校,校舍突然紧张起来。女儿一边找工作,一边还得在学校宿舍作短暂停留。由于租来的房子别人要用,女儿只得临时再换地方。这次临时租房,只租一个多月。转租房子给她的校友是美国新生,人还在外地,房子里连床都没有,需要女儿帮忙购买。女儿来来回回走了好几趟,有一个晚上夜已经很深了,她从新地方整理东西回宿舍,为了抄近路,走着走着,偏离了方向,竟然闯进了一片墓地。月亮在云层中时隐时现,冷冷的月光穿过树林,地上光亮斑驳,有的清亮,有的朦胧,周围是死一般的寂静,似乎还有一股股阴森森的气息盘踞着。女儿独自一人在夜色中徘徊,连大气都不敢出。后来,她转了回来,走上了大路,在战战兢兢中终于回到了宿舍。女儿给我讲这个故事时表情非常轻松,但我有一次讲给家里老人听的时候,竟然发现老人控制不住情绪,眼泪啪嗒啪嗒往下掉。

后来,她在新的宿舍只住了一个月不到,8月底,女儿换了工作,去加州硅谷的另一家风投公司上班了。本来,我们希望她早点回国,上海的一家国有公司也给她发了管培生offer,当时也买好了回国的机票,预订了机场的酒店,预约了机构的疫情检测,可最终她决定,先在美国打拼一段时间,学点本领再回家。

近几年,在晚上及有些周末的白天,我除了看书外还看主播直播节目,有"美国双博士爸妈""凯锐妈谈留学""ZJ寻游记""美国硅谷的安娜"和"桃小仙小提琴"等。其中"美国双博士爸妈"和"ZJ寻游记"都直播过美国不少大学的情况。2021年10月,我看了"ZJ寻游记"中有关康奈尔大学的直播视频,看后我写了一小段话,算是观后感吧。

她雄踞于东山之上,濒临尤加卡湖,悠远辽阔,一万四千亩,一个用脚两天也丈量不完的地方。

这里森林茂密,溪谷幽深,层峦耸翠;静水流深与滂沱瀑布交错,"大斜坡"望着远山缠绵悱恻;麦格劳钟楼巍然屹立,图书馆风格独特;还有数百幢建筑各领风骚,建筑博物馆浑然天成。

云销雨霁,小野鹿不忘处处撒欢。风疾雪骤,学生们为"可以学到任何想学的学科"而忙。月悬星垂,两位创立者依旧隔着时空对话。

我虽没有到过康奈尔大学,却一直对那个美丽的地方魂牵梦绕。"伊的家""绮色佳",那是女儿曾经学习过的地方。女儿称之为:世外桃源。

啊!视频几十分钟,我已思绪万千。

姗姗个子颀长,身材有些瘦削,文文气气、大大方方,是一个非常普通的女孩。她读高中前,我一直以为她会往文科方向发展,想不到最后成了一名理工女。还有她出国求学,先后获得斯坦福大学和康奈尔大学两校工程学院不同专业的硕士学位,我更是做梦也没有想到的。后来她对从事的风投工作,那么热情,我也没想到。她还没有读博,离优秀还有一定的距离,多数家庭的小孩还比较容易仿效。

不过,女儿也是不容易的。分析女儿的成长过程,能取得现在这样的成绩,我感到灵动是前提,努力是基础,内驱力是根本,挫折是财富,魄力是翅膀,它们缺一不可。

儿时调皮的天性要鼓励,不能抹杀。调皮的天性对保持孩子的好奇心和人的灵动有益,对创新力的培养不可或缺。她小时候乖巧和调皮并存、思路活跃和意志坚强并存特别明显。同时,我发现她的记忆力也很强,能轻松背诵圆周率π小数点后一百位数,她不是为背而背,当时也没有《最强大脑》等电视节目和网络知识可以参考,而是纯粹觉得好玩。

努力是基础。爱迪生曾说"天才是百分之九十九的汗水加百分之一的灵感"。可见努力很重要,但努力并不是死读书,更不能依靠题海战术和牺牲休息时间读书,如果是那样,一生恐怕也很难有成就,更成不了大器,而是要努力开动脑筋,学会使巧劲。不光要向书本学,而且要多玩多思,多探究大自然,多了解科技前沿,培养多方面的兴趣，并埋下批判性思维的种子，把学习和兴趣结合起来，以后甚至把工作和兴趣联系起来，不但能增添现实灵感，而且今后还容易出成果。

内驱力能产生内部唤醒，产生人体内部的强劲动力。女儿六岁时要求报名上自然英语，并让我漏夜排队这则故事是她具有很强内驱力的最好诠释。我分析如果没有那次漏夜排队，没有后来参加"十岁小小记者看香港"活动，她这样一个平平常常的孩子可能会是另外一种成长经历。等春风来，不如追风去，是被动应对还是主动作为，是被逼无奈还是兴趣使然，是偶尔用力还是长久持续，都会产生不一样的结果。

没有一个人的成长是一帆风顺的。无论她考杭州外国语学校名落孙山，还是在康奈尔大学漏考一门课都是人生中的挫折，其他肯定还有一些挫折我并不知道，因为女儿喜欢报喜不报忧，这都算不了什么，关键是要学会"吃一堑，长一智"，把挫折当财富，跌倒了再爬起。强大的毅力和健康的心理很重要，在心理上要学会调节自己，有些事情是不以人的意志为转移的，有些事情是我们能力所不能及的，但只要我们努力了，不论结果如何，就是英雄。

一个人的魄力往往会产生意想不到的效果。亚里士多德曾说："在这个世界上，如果你没有勇气，将一事无成。"无论古今中外都一样，有魄力，可以以少胜多，以弱胜强，出奇制胜。她申研时，我以为她能被康奈尔大学或加州大学伯克利分校录取已经很不错了，想不到她会申请斯坦福大学，而且还申请奖学金，这件事，我觉得女儿是很有魄力的。

她能被斯坦福大学录取出乎我的意料，但仔细想想也并不是完全没有可能。她经常倒逼自己向优秀的人学习,有一位学姐,上一年被斯坦福大学录取,她俩曾共同学习同一门课,取得了很好的成绩。从女儿读大学或研究生的经历看,学会抱紧学霸的大腿很重要,但是想要与学霸为伍,自己也得有一定的资本。

成绩只能代表过去,未来美丽图画要靠她自己来描绘。更何况在科技日益快速发展的今天,任何人在面临机遇的时候都会迎接新的挑战。再说,我们已生活在国内国际各方面竞争日益加剧的时代,根本没有资本沾沾自喜而忘了努力。当今世界,不光国内卷,国外也卷。都说除了学计算机、人工智能、数据分析外,非美国人在美国找工作也很不容易。我认为的确如此,即便学生时代想在美国找实习岗位也有一定困难的。女儿工作的公司招一名实习生,有近百名学生报名,并且好多同学是名校光环加身。

有人说,读书一般的小孩是来报恩的。是啊,我觉得这些孩子长大后往往与父母亲生活地点较近且结婚也早,大人们容易较早过上承欢膝下的幸福日子。而相对来说,读书优秀的孩子和家长要更多地做好承受孤独的心理准备。从这方面来说,老天爷是比较公平的。由于疫情等原因,2019年9月13日女儿去美国后还没有回过家,我已近五年没见过女儿了。有人说,陪伴孩子成长,是父母的一次次目送,可这几年,我却连一次目送孩子的机会都没有。思念的滋味真是无以言表。特别是新冠疫情期间,她最敬爱的外婆感染新冠,元气大伤。外婆生病的日子里,女儿只能望着屏幕问候外婆,直到2023年3月9日,外婆离大家而去,女儿也没能当面见上外婆最后一面,这种遗憾谁能体会?女儿的爷爷奶奶,在我回家时,都要问起姗姗什么时候能回来。我无言以对。她读书时让我们省心，而现在呢，远在万里之外，我们无时无刻不挂念着她。

美国硅谷是全球最大的科技创新中心之一，也是全球最重要的风险投资市场之一，对于女儿来说，硅谷的确是学习本事的好地方。中国的风险投资市场近年来发展迅速，吸引了越来越多的国内外投资者。下一步，我希望她再努力学些本事，然后早点回来。

祝愿女儿，祝愿我们，也祝愿大家快乐生活，明天一切会更美好。

准备：2019年冬天

第一稿：2023年3月23日

第二稿：2023年8月26日

第三稿：2024年1月25日

第四稿：2024年9月8日

后记

时间过得真快。电闪雷鸣、虹销雨霁的夏季没有走远,蓝天深邃、岁月静美的秋天瞬息即逝,寒冷和特别充实的冬天才刚过去,桃红柳绿、千林万林散绿荫的春天已经来临。四季交替,岁月轮回,带来的是匆忙和希冀。近五年来,我利用业余时间对着电脑键盘,半夜三更敲,周六周日敲,越敲文字越多,越敲信心越大,敲出的内容越来越像书稿。

写作中,凭记忆外,我需要无数次向父母等人请教和核实情况,还要收集相关材料。收集材料的过程也是还原经历的过程。

曾经,我初中毕业证上缺了照片,当年觉得照片不好看,自己把它揭了下来。后来发现女儿的独生子女证上也缺了照片,一问,如出一辙,女儿说照片难看,也把它揭掉了。她的照片另外还有,可我的照片上哪儿去找呢?还有,我高中毕业证书是一页纸,当年放在老家大床的小柜子中,我去杭州读书前,叮咛爸妈一定要保管好,可后来还是无影无踪了。需要的东西找不到,往往会留下苦涩的回忆。

事情经历多了,我对存放资料变得格外上心。如女儿出生时医院开具的"指名咨询费"(爱人剖宫产指定医生动刀)四百元收据,还一直保留着。从这张收据中,还能看出爱人当年住院的房号、床号。

纵然百密,也有一疏。如果没有本次写作,由于搬家等原因,有些老物件恐怕会永远躺在家里的某个角落,尽管我知道这些东西不会丢,比如爱人当年成为女朋友之前送我的《硖石风貌》画册和她所写的珍贵便条,报道我等家长为孩子上杭州市青少年活动中心自然英语漏夜排队报名的《钱江晚报》等。石火光阴,这些物件的历史有的快四十年了。我一边写一边找,越难找越想找,功夫不负有心人,在书稿第三次修改期间,又意外发现不少老物件,我如获至宝。老物件的重新发现,对补充完善文稿功不可没。

除了敲键盘外,我还多次寻找过去的足迹。一晃,我离开故乡超过四十年了,走时风华正茂,现在华发苍颜。

家乡海宁的一草一木那么亲切,东山铁骨柔情,西山含情脉脉,南关厢"富不外露",茅桥、新桥和大寨桥风姿依旧,横头街、干河街焕然一新,长山河影影绰绰,盐官古城新韵,彭墩(小集市)热闹非凡。随着2024年2月3日首届"中国彭墩土味年货节"开幕,知道彭墩的人越来越多。

我人生的大部分时间生活在杭州,而女儿生在杭州,长在杭州。杭城的点点滴滴如此温情,一公园歌声悠扬,宝石山如凤凰飞翔,绿水芙蕖亭诗意无限,弥陀寺路历史厚重,杭州市保俶塔实验学校树木高耸。这些都让我得到不少创作灵感。

改书稿是一件非常累人的事,好像孩子出生前产妇所经历的七灾八难,必须凭着一股不服输的精神从容面对。2024年春节年初二至初五,妈妈、小弟和小弟媳去江苏做客,我住在小弟家有幸照顾"90后"的爸爸(他喜欢坐在客厅西南角沙发上与老猫一起闭目养神），同时在餐厅里守着电脑绞尽脑汁，还不能忘记给鸡、鸭、猫喂食。这是数易其稿的其中一次罢了，所幸心里是踏实的，成果是可喜的。

春回大地，万象更新。春天是充满希望与生机的季节，也是一年中我最期待的季节。这个春天，我的首部作品《潮生月上：我和斯坦福学子》即将出版。读者诸君如碰到了它，那就请随便翻翻吧。不过我希望读者诸君和更多的朋友走进我的家乡，走进孩子成长的地方，那里一定不会让你们失望。

感谢浙江文艺出版社对出版本书的大力支持。

感谢浙江文艺出版社的编审校人员，他们的敬业精神值得称道。

感谢女儿的老师、同学和学长学姐们，是你们引领女儿不断成长进步。

感谢我的亲人们，有的提供大量素材，有的提出要求建议，关爱无微不至。

感谢所有支持帮助我的老师、同学和朋友。

2025年春